이 책은 제 아버지
故 마오로 님께 바칩니다.

차례

쓰는 여자, 작희
009

1

그의 명함은 우스꽝스럽기 짝이 없었다. 명함은 코팅이 된 유광의 아트지였는데, 검은색 바탕에 빨간색 목판체로 **'작가 전문 퇴마사'**라고 쓰여 있을 뿐 이름도, 전화번호도, 주소도 적혀 있지 않았다. 나는 건성으로 그를 대했다. 글을 방해하는 영혼이 있다는 말은 믿을 수 없었다. 그뿐만 아니라 그런 말도 안 되는 일에 몰두하는 경은과 윤희가 많이 못마땅한 상태였다.

작업실을 함께 쓰는 경은과 윤희는 일이 안 풀린다고 느끼면 점집을 찾아다녔다. 경은은 견진까지 받은 가톨릭 신자였고 윤희는 독실한 기독교 집안에서 자랐지만 어느 순간부터 창작자들을 괴롭히는 귀신이 있다고 믿었다. 경은과 윤희처럼 대본을 쓰는 작가들 사이에서 퇴마의식이 유행처럼 번지고 있었다.

경은은 방영을 앞둔 드라마가 허무하게 엎어진 뒤부터였다. 시나리오를 쓰는 윤희도 아홉 번이나 작품을 고쳤지만 영화 관계자에게 첫번째 초고가 제일 훌륭하다는 말을 들은 후부터 였다.

"은섭 씨는 그런 날 없었어? 글만 쓰려고 하면 어깨랑 머리가 돌을 얹어둔 것처럼 무거운 거야. 두억시니 같은 괴물이 내 머리를 꽉 누르는 것 같았다고."

경은은 말끝에 손바닥을 쫙 펴서 머리를 감쌌다.

"두억시니는 뭐야?"

내가 묻자 윤희가 검색을 해 이미지를 보여주었다. 괴물이라고 해야 하나, 요괴라고 해야 하나. 두억시니는 헬스로 단련된 것처럼 우람한 근육을 가졌다.

"뭐가 이리 근육질이래?"

나는 피식 웃었지만 경은과 윤희는 그 어느 때보다 진지하고 심각한 얼굴이었다.

"선생님 성함이 어떻게 되시죠?"

나는 퇴마사를 빤히 바라보았다.

"미스터…… 그냥 미스터라고 불러요."

경은과 윤희도 잠시 의아한 눈치였지만 더는 묻지 않았다. 하긴 그를 미스터라고 부르건 미스터리라고 부르건 그다지 중요한 것은 아니었다.

미스터는 구운 달걀 같은 피부를 가진 이국적인 남자였다.

나이는 마흔가량 돼 보였지만 날씬한 몸피만 보면 사춘기 소년 같았다. 나는 명함을 받을 때 그의 얼굴을 뚫어지게 보았다. 그의 회갈색 눈동자는 기분 나쁠 정도로 강렬했다. 그는 경은의 책상 쪽으로 다가갔다.

"키보드에 잡귀가 붙어 있네요."

경은의 얼굴이 일순 하얗게 변했다.

"글쓰기에 어려움이 있었겠어요."

경은이 고개를 끄덕이자 그는 발을 옮겨 윤희의 책상 앞으로 갔다.

"여긴 하나도 아닌 둘이 붙어 있군요."

윤희의 입이 작은 항아리 모양으로 동그랗게 벌어졌다.

"5,000자를 쓰고 분명 저장을 했는데, 다음날 999자만 남아 있었어요."

"그분들 소행입니다."

윤희가 칼에 찔린 연기를 하는 배우처럼 비틀거리며 뒤로 물러섰다. 그 결에 벽에 걸린 액자 몸서리와 윤희의 머리가 부딪혔고 나는 바닥으로 떨어지는 액자를 향해 손을 뻗었다. 그러나 액자는 손에서 스르르 빠져나가 바닥으로 향했다. 이후에 벌어질 일은 뻔했다. 유리는 산산이 깨질 것이고 그와 동시에 윤희와 경은의 새된 비명이 난무할 것이다. 그러나 웬걸. 액자는 천장을 향해 온전한 모습으로 누운 채 너무나 멀쩡했다.

"이름이 작희라고 하는데요."

나는 바닥에 떨어진 액자를 집어올리다 말고 눈을 치켜 떴다.

"네?"

"이름이 작희라고 합니다."

"쟈키……요?"

"아니, 작, 희! 이작희. 그분이 옆에 계십니다."

나는 바짝 긴장해 주위를 둘러보았다. 그러나 이내 냉정을 되찾았다. 최근 나는 1930년대 후반 관철정에서 서포를 운영했던 작희라는 여자의 일기를 읽는 중이었다. 일기는 쓰인 지 팔십 년이 넘은 데다 글씨까지 악필이라 쉽게 읽을 수 없었다. 그러나 한 문장씩 해독하는 마음으로 한글 파일에 옮겨 적었고, 그 분량이 아직은 노트로 다섯 장 정도밖에 되지 않았는데도 일기의 주인에게 흠뻑 빠져든 상태였다. 일기의 주인은 이작희, 작희의 어머니는 김중숙. 두 사람 모두 세상에 이름을 알린 적 없지만 글을 쓰는 여자들이었다.

나는 경은과 윤희에게 작희라는 여자는 소설을 썼고 그녀의 일기를 다 읽게 되면 시간을 초월하여 당사자를 대면할 수 있을 것 같다는 말을 했었다. 그 말이 미스터에게 흘러들어갔으리라.

내 표정은 차가웠을 것이다. 실제로 나는 자칭 퇴마사를 비웃고 있었으니까.

"작희 씨가 소복이라도 입고 있나요? 피도 좀 흘리면서?"

"아뇨."

미스터는 조금은 멍한 얼굴로 무엇인가를 응시했다.

"검정 치마에, 검정 저고리를 입고 있네요."

그는 느린 어조지만 또렷하게 말했다.

"아, 지금 작가님을 뚫어지게 봅니다. 오른편에 서서요."

오른쪽 뺨이 일순 얼어붙는 것 같았다. 그러더니 무슨 영문인지 다시금 불이 붙은 듯 뜨거워졌다. 나는 대꾸 없이 자리로 돌아와 가방을 챙겼다. 약속 시간보다 조금 일렀지만 이들과 일 초도 더 머물고 싶지 않았다.

"은섭 씨 외출하려고?"

경은이 퀭한 눈으로 물었다.

"응. 큰아버지 뵈러 가야 해. 좀 늦었다."

"아, 그 자료 전해드리는 날이구나."

가방을 챙겨 나가다가 미스터에게 말했다.

"저는 급한 일이 있어서요."

"그래요. 다음에 봬요."

미스터도 건성으로 대답한 후 작업실 구석구석을 훑었다. 문을 닫고 계단을 내려가는데, 짧은 비명이 연이어 들렸다. 또 무슨 말에 속아 저리 비명을 지르나. 다시 올라갈까 하다가 가방을 고쳐 메고 주차장으로 발을 옮겼다.

한 달 전, 큰아버지는 P시의 고택에서 자료를 찾았다고 했다. 그러나 앓고 있던 안구 질환이 악화되어 무리하게 글자를 읽을 수 없는 상태였다. 자료는 1930년대에 활동했던 소설가 오영락의 작품으로 추정되는 두 편의 자필 원고와 이작희라는 여성의 64페이지 분량의 일기장이었는데 나에게 꼼꼼히 읽어봐달라고 부탁을 했다.

「미쿠니 주택」이라는 제목이 붙은 자필 원고는 총 열두 장이었다. 원고의 첫 문단을 읽었을 때 오영락의 대표작 「미쿠니 아파트」라는 걸 알았다. 「미쿠니 아파트」는 교과서와 수능 모의고사에도 실릴 정도로 유명한 작품이었다. 특이한 점은 원고를 〈신가정〉이라는 잡지 10쪽부터 페이지마다 한 장씩 붙여 보관했다는 점이다.

큰아버지는 「미쿠니 주택」과 같은 필체로 쓰인 「량량과 호미」도 궁금해했다. 「량량과 호미」는 오영락의 미발표 소설로 추정되는데, 이것은 총 여덟 장으로 원고가 돌돌 말려 있었다.

"은섬아, 니가 보기에 그 소설은 어떻던?"

"결말이 다소 미흡하긴 했지만 그래도 흥미로웠어요."

오영락은 1942년까지 활발히 작품 발표를 한 작가였다. 나는 팔십여 년 전의 그의 자필 원고를 읽으며 벅찬 감동을 느꼈다. 다행히 보존 상태가 양호하고 글씨도 반듯하게 쓰여 있어서 읽는 데 무리가 없었다. 문제는 바랠 대로 바랜 일기장이었다. 세로쓰기에 알아보기 힘든 글씨 때문에 자음 모음까지 따져 옮겨 적어야 내용을 추측할 수 있었다.

"일기 주인이 이작희라고?"

"네."

"이작희는 들어본 적이 없어. 근데 이작희는 신여성이냐?"

"네?"

"그이가 공부라도 좀 한 여자난 말이다. 그러니까 동경 유학을 했거나, 이화여전 같은 여학교를 나왔거나."

일기의 문장이 떠올랐다. 어머니가 자신을 학당에 보내려고 했지만 결국 약속을 지키지 못하고 돌아가셨다는 내용이었다.

"학교는 못 다닌 것 같습니다."

"그렇지? 그런 것 같더라. 내 얼핏 봤지만 글씨 꼴이 가갸거겨만 간신히 뗀 것 같더구나. 그럼 재조명할 만한거리는 전혀 없을 테고."

왜 그랬을까. 내 몸이 움츠러들었다. 작희는 이 세상 사람도 아닌데, 어디선가 큰아버지의 말을 엿듣고 비통해할 것만 같았다.

"큰아버지, 이작희는 관철정에서 서포를 운영했어요."

"관칠정이 어디지? 관철동 말하는 거냐?"

"네, 그런 거 같아요."

"서포면, 서점을 말하는 거고?"

"네."

큰아버지는 작희의 일기에는 더이상 관심을 보이지 않고 오영락의 초고 상태에 대해 한번 더 물었다. 설명하기 어려웠지만 그때 나는 큰아버지가 일기에 관심을 갖지 않는 데에 안도감을 느꼈다.

작업실의 비명을 뒤로 한 채 주차장 앞에서 만난 자동차는 참혹했다. 한 달 넘게 차를 쓸 일이 없어 몰랐다. 차 지붕 위로 감나무 가지가 늘어졌는데, 이름 모를 새들이 그 위에 앉아서 나를 내려다보았다. 앞유리는 새들의 배설물로 뒤덮여 있었다. 같은 건물을 쓰는 세입자가 내 차를 보고 혀를 끌끌 찼다. 나는 회색 덩어리들을 향해 온갖 욕을 쏟아붓고 싶은 걸 참았다. 큰아버지가 근무했던 대학을 목적지로 설정하고 시계를 보았다. 일단 회색 덩어리를 제거할 시간은 충분했다.

내비게이션이 알려주는 가장 가까운 세차장으로 이동했다. 도심에서 자동세차장을 본 건 처음이었다. 진입하는 길은 협소했고 출입구에는 주렴 같은 것이 매달려 안과 밖을 구분했다. 이동 표시대로 차를 몰았다. 연보라색 점프 수트를 입은 세차장 직원이 무심한 얼굴로 계산을 했다. 나는 직원의 지시대로 기어를 중립으로 놓고 사이드 미러를 접었다. 정적이 흐른 것도 잠시 자동차가 세차 터널 안으로 밀려들어가자마자 격한 진동이 일었다. 전에 없던 일이었다. 기계음이 더욱 거세지며 자동차 앞유리로 비눗물이 번졌다. 난데없이 목이 바짝 마르고 식은땀이 흘렀다. 어지럼증을 느껴 이마에 손등을 댔다. 아마, 그때였을 것이다. 혼자가 아니란 느낌이 든 것은.

나는 조수석으로 고개를 휙 돌렸다. 무채색의, 흑백사진에서 빠져나온 듯한 여자가 앉아 있었다. 머리카락 한 올까지 순식간에 얼어붙는 것 같았다. 그런 나를 향해 여자는 눈으로 말하고 있었다. 당신은 나를 알고 있습니까? 여자는 고개를 돌리거나 시선을 피하는 일 없이 내 눈을 뚫어지게 보았다. 나는 꽉 막혀 있던 목구멍을 겨우 열고 죽을힘을 다해 비명을 질렀다.

차문을 열었다. 귀가 먹먹해질 정도로 시끄러운 기계음과 함께 차가운 물줄기가 나를 덮쳤다. 순간 차에 머물 수도, 차 밖으로 나갈 수도 없었다. 그 와중에 여자의 모습과 표정만은 더욱 또렷하게 보였다. 여자는 깊고 그윽한 눈으로 무어라 말을 하고 있었다. 그리고 암전이 되었다.

세차장 직원은 내가 이십 분 넘게 정신을 잃었다고 했다. 직원이 마른 수건을 건네며 말했다.

"지난번 손님은 억지로 나오려다 머리를 다쳤는데, 그래도 손님은 다행이에요."

나는 고맙다고 말하고 싶었지만 목소리가 나오지 않아 목례를 한번 했다. 시계를 보았다. 약속 시간이 지나 있었다.

큰아버지는 퇴직을 했지만 대학측의 배려로 연구실을 하나 사용하고 있었다. 대부분의 약속은 그 연구실에서 이루어졌다. 어찌된 일인지 큰아버지는 약속 시간에 늦은 나를 탓하지 않았다. 심지어 그 어느 때보다 부드러운 표정으로 나를 반졌다.

"어서 오너라."

큰아버지의 맞은편에는 안나가 앉아 있었다. 나는 안나 옆에 앉았다.

"은섬아, 오랜만이야."

오는 길에 옷이 대충 마르긴 했지만 관심을 갖고 봤다면 내입성을 이상하다고 느낄 만했다. 그러나 큰아버지와 안나는내가 오기 전부터 나누던 대화에 집중한 채였다. 얼마나 지났을까. 큰아버지가 내 쪽으로 고개를 돌렸다.

"그래, 원고 좀 보자."

내가 가방에서 서류 봉투를 꺼내는 동안에도 큰아버지는안나에게 집중했다. 그리고 병원에서 안구에 직접 주사를 놓는 시술을 받고 있다고, 하지만 시력이 나아지지는 않을 것 같다고 말했다. 그 말에 안나가 안타까운 표정을 지으며 걱정의말을 보탰다.

큰아버지는 내가 건넨 서류 봉투를 받아 안나에게 주었다.안나는 오래된 잡지 한 권과 돌돌 말린 종이를 꺼냈다.

"아, 잡지 안에 초고를 한 장씩 붙였네요."

"총 열두 장이다."

"네, 그런데 오영락 작가는 초고를 왜 이렇게 보관했을까요."

"나도 그게 궁금하구나."

안나가 이번에는 돌돌 말린 종이를 펼쳤다.

"이 원고가 그 미발표 작품이군요. 생각보다 보존 상태가 좋네요. 종이가 한지 같은데요."

첫 장을 빠르게 읽은 안나가 나를 보고 말했다.

"호랑이 사냥을 하는 소녀가 나오네."

"응."

"우화인가."

"……"

안나가 봉투 안을 살폈다.

"무슨 일기가 있다고 하지 않았나요?"

"그건 오영락 일기가 아니란다."

"아, 그렇군요. 그래도 같이 있던 거니까 그 일기가 뭔지 궁금한데요."

큰아버지가 내 쪽을 보았다.

"은섬아, 일기에 무슨 내용이 쓰여 있던?"

안나가 내게로 시선을 돌렸다.

"글씨가 알아보기 힘들고 종이가 훼손돼서 이제 겨우 한 장 읽었어요. 시간이 많이 걸릴 거 같아요."

나도 모르게 거짓말이 튀어나왔다.

"안나가 궁금해하니 그것도 그냥 가져오너라. 안나야, 은섬이가 네 학교로 갖다주면 되겠니? 아니면 네 집으로 보내줄까?"

내 얼굴이 뜨겁게 달아올랐다.

"아뇨, 교수님. 생각해보니까 당장은 필요할 것 같지 않아요. 나중에 제가 은섬이 만나 받아가겠습니다."

안나는 옆에 앉은 내 손등에 자신의 손을 가만히 올렸다. 그것은 친교의 표시이며 상대의 마음을 헤아리고 있다는 의미였다.

안나와는 여중과 여고를 같이 다녔다. 안나는 전교 1등을 놓치지 않았고 눈에 띄게 예쁜 학생이었다. 선생님들은 안나를 무한정 귀애했다. 그리고 지금의 안나는 그때보다 더 많은 사람에게 주목받는 작가이자 소위 말하는 명문대 교수이며 영향력 있는 출판사의 편집위원이었다. 안나는 재학중 딱 한 번 쓴 단편소설로 내로라하는 문학상을 받고 등단했다. 게다가 젊고 아름답기까지 해 어디에 있어도 사람들의 시선을 사로잡기에 충분했다. 어느 자리였던가. 술에 취한 안나는 상기된 얼굴로 나에게 말했다.

"너도 알다시피 나는 준비된 작가가 아니었어. 습작을 한 것도 아니고, 그렇다고 내가 소설을 많이 읽은 편도 아니었고. 어쩌다 쓴 그 한 편이 나에게 새로운 길을 열어준 것 같아. 그때처럼 정신없이 보낸 적은 없었어. 학교에 자릴 얻으려면 얼마나 많은 일을 해야 하는지 너도 잘 알 거야. 정말 전쟁이었어. 그 와중에 내가 소설집이라도 낼 수 있었던 건 마감 덕분이야. 정말 나를 키운 건 청탁과 마감이었지. 청탁이 오면 어쩔 수 없이 쓰게 되잖아. 왼쪽엔 논문, 오른쪽엔 지도교수님이 준 과제가 산처럼 쌓여 있는데 그 사이에 노트북을 두고 마감 전날, 떠오르는 대로 문장을 쓴 거야. 거짓말이 아니야. 첫 문장이 생각났거든. 그리고 이어서 두번째 문장을 썼지. 자정에 시작했는데 해 뜰 무렵에 단편 하나를 다 썼어. 그렇게 쓴 소설들이야. 청탁이 없었다면, 나는 한 글자도 못 썼을걸. 그래서 청탁도 없는데 혼자서 벽을 보며 글을 써내는 작가들을 보면 정말 뭐라고 해야 하나, 내 입장에선 그저 경이로울 뿐이야. 그 사람들이야말로 진짜 작가 아니겠어."

겸손한 건지 오만이 섞인 발언인지 잘 파악이 되지 않았다. 분명한 건 안나의 말을 들을수록 내 상황이 곤궁해지는 느낌이었다는 것이다.

안나는 팬덤을 가진 작가였다. 크고 작은 사회적 이슈에 자신의 목소리를 낼 줄 알았다. 팬들은 그 목소리에 힘을 실어주는 걸로 안나의 발언을 빛냈다. 큰아버지는 학부 시절부터 안나의 총명함을 칭찬했고 그녀의 졸업 이후 행보 또한 자랑스럽게 생각했다. 그뿐만 아니라 안나가 더 큰 야망을 가질 수 있음에도 불구하고 여전히 문학을 하고 있는 것은 본연의 순수함을 잃지 않았기 때문이라 믿었다. 그에 보답이라도 하듯 안나는 인터뷰에서 자신의 현재를 있게 한 사람이 바로 대학 시절 은사, 내 큰아버지라고 밝혔다. 과장이 아니었다. 안나의 임용을 도운 사람이 큰아버지였으니까. 한동안 안나의 연관 검색어에 큰아버지의 이름이 오른 적이 있었는데, 큰아버지는 그 사실을 은근히 뿌듯해했다. 어쩌면 안나보다 더 순수한 건 큰아버지인지도 모른다.

큰아버지가 오영락의 자필 초고를 손에 넣었을 때, 그 글을 제일 먼저 읽어줬으면 했던 사람은 조카인 내가 아니라 제자인 안나였다. 그러나 안나가 논문 심사와 학회 준비 등으로 시간을 전혀 낼 수 없다는 걸 알고 나에게 부탁을 한 것이다.

나는 안나의 부드럽고 윤기 나는 손을 무심히 내려다보았다. 안나는 내 손을 또 한번 꼭 쥐더니, 강의가 있어 먼저 일어나겠다고 말했다. 큰아버지는 안나에게 시간을 내주어 고맙다고 했다.

"바빠도 교수님이 부르시면 바로 와야죠."

안나가 가방을 챙기며 말했다.

"참, 은섬아. 요즘 바쁘니? 안 바쁘면, 연재 하나 할래?"

"……"

나는 아무 말도 하지 않았는데 내 눈이 아닌, 큰아버지의 눈이 동그래졌다.

"교수님, 문진 출판사에서 잡지를 하나 창간하거든요. 저도 관여하고 있어요. 후원사가 큰 기업이라 재정은 걱정 없고요."

"그거 기쁜 소식이구나. 있던 잡지도 없어지는 판국에."

안나는 한껏 여유 있는 표정으로 나를 보았다.

"사실 내가 연재를 하기로 약속했는데 학기 끝나기 전에 넘겨야 할 논문이 급해서……"

'땜빵'이 매번 나쁜 건 아니었다. 그러나 나는 마음이 꼬일 대로 꼬인 상태였다.

"고맙긴 한데, 네가 써야 하는 걸 나에게 넘기면 잡지사에서 난감해하지 않을까?"

"아, 그건 괜찮아. 저자 정리를 하면 돼."

'정리'라는 말까지 내 신경을 건드렸다.

"생각 좀 해볼게. 지금 끝내야 할 글이 있어."

"장편?"

"응, 장편."

"계약이 됐어?"

"아니, 아직."

"지금 쓰는 걸 우리 잡지에서 연재하면 어때? 원고료도 후해서 생활에 보탬이 될 거야. 연재 완료하면 바로 출간도 가능하고. 알다시피 책이야 아무데서나 낼 수 있지만 판매를 전략적으로 잘하는 곳은 많지가 않잖아."

안나가 하는 말 중에 잘못된 건 없었다. 그러나 이상하리만치 비루해지는 기분이었다.

"결정해서 연락할게. 아무튼 고맙다."

"고맙긴…… 근데 지금 쓰는 글은 어떤 내용이야?"

"아, 그냥…… 작가들 옆에 붙어 있는 귀신에 대한 이야기야."

도대체 무슨 거짓말을 하고 있는 거지? 아무 말이나 하고 있는 내 자신이 멍청이처럼 느껴졌다.

"재밌겠다. 나도 아주 가끔은 내 옆에서 뭔가가 내 글쓰기를 방해하고 있는 건 아닌가, 그런 느낌을 받은 적이 있거든. 흥미롭네. 잘 써봐."

큰아버지는 안나가 사라진 문 쪽을 응시했다. 얼마간의 침묵이 이어진 뒤 큰아버지가 내게로 시선을 돌렸다.

"은섬아."

"네."

"연재도 하고, 오영락 평전도 쓰도록 해라."

"네?"

"말 그대로다. 안나가 말하는 연재도 하고, 오영락 평전도 써보는 게 좋겠다."

"오영락 평전이라뇨?

"……"

"오영락에 대한 학위 논문만 해도 기백 개다."

"……"

"개인사도 찾아보면 나올 테고. 자료 정리를 끝내면 자료가 알아서 널 오영락의 일대기로 안내해줄 거다."

"……"

큰아버지는 나를 물끄러미 보았다. 나는 느닷없는 큰아버지의 주문에 어이가 없었다.

"너는 어찌 생각하니? 내가 오영락 고향에 문학관을 하나 지을 생각인데. 안나는 나를 도울 거다. 너도 나에게 힘이 되는 역할을 해줬으면 한다."

나는 큰아버지의 계획을 듣다가 의문이 생겼다.

"큰아버지, 조심스러운 질문인데요. 지금 하시고 싶어하는 일이 큰아버지께 득이 되는 건가요?"

큰아버지는 이익 없는 일에 몸을 던지는 사람이 아니었다. 내 질문이 뭐가 우스운지 큰아버지는 손뼉을 치며 웃다가 나중에는 기침까지 쏟아냈다. 큰아버지의 입에서 나온 침이 내 얼굴로 튀었다. 큰아버지가 미안하다고 하며 휴지를 뽑아 건넸지만 나는 휴지를 꼭 쥐었을 뿐 큰아버지가 무안해할까봐 바로 닦아내지 않았다.

"돈은 안 될 수 있지만, 사람이 모이잖니. 내 노후에 이보다 재미있는 일이 어디 있겠어."

그러나 나는 알 것도 같았다. 큰아버지가 시작하려는 일이 당장엔 돈이 안 될지 몰라도 작은 권력으로 군림할 수 있는 일이라는 걸. 작은 권력도 권력이고, 작은 권력으로도 위세를 부릴 수 있을 것이다.

큰아버지는 슬하에 자식이 없고 부인과도 이른 이별을 했다. 그런 큰아버지는 조카들에게 학비를 대주는 등의 경제적 지원을 헤줬다. 어릴 때부터 도움을 많이 받아왔기 때문에 나뿐 아니라 동생들도 큰아버지에게 빚진 마음으로 살았다.

생각에 빠져 있는 나에게 큰아버지가 고백하듯 말했다.

"은섬아. 안나의 행보에 난 늘 박수를 쳤지만, 마음 한구석에 아쉬운 점이 있었다. 안나는 번듯하게 성장했는데 피가 섞인 내 조카딸은 등단도 겨우겨우 하고, 책이라고 낸 것도 아무 주목을 못 받았잖니. 네 글이 소위 잘나간다는 작가들과 비교해 뭐가 그리 부족하겠니. 네 작품은 아주 훌륭해. 그런데 작품만 가지고는 안 된다. 너도 이젠 문단의 중심으로 들어가야 하지 않겠니. 작가는 어린아이와 같다. 작가를 향한 애정의 손길이 있어야 성장할 수 있어. 가뜩 요즘처럼 책도 안 팔리는 시절에 지지해주는 출판사 하나 없이, 밀어주는 선생 한 명 없이 빛을 내긴 어렵다. 음식점도 그렇잖니. 누가 먹어주고 칭찬해주고 알려주고 그래야 장사가 될 거 아니냐. 글도 마찬가지야. 네 글이 옥인지 돌인지 판별해줄 사람을 만나야 한다. 작가가 글 열심히 쓰는 건 당연한 거다. 하지만 그 이외의 것에도 집중해야 한다는 거야. 어디 문학만 그렇더냐. 세상 일이 다 그러하지."

장황하게 늘어놓는 큰아버지에게 묻고 싶었다. 지금 하시는 말씀과 내가 오영락의 평전을 쓰는 것이 무슨 관계가 있느냐고. 큰아버지는 생각에 빠져 있는 나를 빤히 쳐다봤다.

큰아버지의 연구실에서 나오자마자 화장실로 갔다. 찬물로 세수를 했다. 거울을 보았다. 내 옆에 누군가 서 있는 느낌이었다.

주차장에 차를 대고 작업실로 올라갔다. 작업실에 있어야 할 경은과 윤희가 없었다. 창문이 열린 것도 아닌데 어디선가 축축한 바람이 불어왔다. 책상 위에 놓인 개인용 스탠드 세 개가 번갈아 깜빡였다. 누군가 나를 지켜보며 신호를 보내는 것 같았다. 노트북 앞으로 가서 며칠째 한 문장도 쓰지 못한 소설을 열었다. 제목은 '작희'였다.

2

중숙은 신유년 겨울 흰 눈이 탐스럽게 쏟아지는 날 작희를 낳았다. 시어머니가 자신의 딸에게 아무렇게나 말성이라는 이름을 지어줬지만 중숙은 딸에게 이름을 붙일 수 있는 사람은 그 애를 잉태하여 열 달을 품고 살과 숨을 준 자신밖에 없다고 생각했다.

作囍.

중숙은 고심 끝에 지을 '작'과 쌍 '희'자를 찾았다. 딸아이가 이야기를 지으며 기쁘게 살았으면 하는 마음에서였다. 중숙은 때때로 붓을 꺼내 작희의 이름을 적었다. 작희는 아장아장 걸을 때부터 어머니가 쓴 자신의 이름을 신기한 눈으로 바라보곤 했다. 중숙은 작희의 이름을 정성껏 쓴 후 태몽을 들려주기도 했다. 작희는 태몽 이야기를 수없이 많이 들었지만 매번 처음 듣는 것처럼 새로워했다.

푸른 파밭이 펼쳐진 곳을 걷던 중이었다. 중숙은 발걸음이 그렇게 가벼울 수가 없었다. 어디선가 종달새 소리가 들려 그 방향으로 고개를 돌렸다. 파밭 끝에 이르렀을 때 쪼그려 앉아 있는 아이를 보았다. 아이의 피부는 옥양목처럼 하얗고 두 뺨은 발그레하게 생기가 넘쳤다. 아이가 무엇인가를 광주리에서 꺼내 부드러운 흙속에 심었다. 가만히 보니 붓이었다.

"붓을 심는 거니?"

"아니어요, 이야기를 심는 거예요."

"이야기라고?"

아이는 붓을 또하나 땅에 심으며 중숙을 향해 웃었다.

"이 붓은 무럭무럭 자라 큰 이야기가 될 거예요."

중숙은 그 아이가 자신의 딸이란 걸 깨달았다. 너무나 기쁜 마음에 다가가 아이를 와락 끌어안았다.

다음날, 남편 홍규에게 지난밤 꿈이 태몽 같다고 말했다.

"심을 게 그리도 없나? 돈 될 걸 심어야지, 붓을 심어 무엇 하려고."

중숙은 홍규에게 기대하는 바가 없었다. 그럼에도 그의 말과 행동에 영혼이 파삭하게 마르는 것 같았다. 중숙은 다정한 아버지와 그리운 친정집 식구들을 생각했다.

중숙은 3남 1녀의 막내딸로 귀하게 자랐다. 아버지 남형은 중숙이 원하는 건 모두 들어주었다. 중숙의 어머니 신씨 부인은 딸을 오냐오냐 키우는 남형을 만류할 때가 있었지만 그녀 역시 막내딸을 애지중지했다. 그러나 중숙이 일곱 살 되던 해 신씨 부인은 지병으로 세상을 떠났다. 본부인이 있어도 첩을 여럿 두는 일이 흔했던 시절이라 남형이 아내를 새로 맞지 않는 것을 모두들 의아해했지만, 정작 남형은 딸을 키우느라 외로울 틈이 없었다. 하나를 가르치면 열을 깨치는 중숙의 영리함에 놀라고 또 놀랐다. 남형은 딸아이를 일본보다 더 먼 나라로 보내 서방의 학문을 배우게 해야겠다고 결심했다. 그러나 죽마고우인 한철의 장남이 미국에서 공부하는 이야기를 전해 듣고 마음을 접었다. 대한제국 여권을 소지하고 공부를 하러 간 한철의 아들은 타국에서 말도 못할 어려움을 당했다. 한철은 큰 바다를 건너온 아들의 편지를 똑같이 필사해 원본은 액자에 끼워 보관했고, 필사본은 품에 품고 다니며 읽고 또 읽었다. 남형은 시도 때도 없이 큰아들 걱정을 하느라 잠 못 이루는 한철을 위로했다. 지금은 고생이지만 공부를 마치고 돌아오면 조선을 이끌 큰 인물이 되어 있을 거라고. 하지만 남형은 정작 중숙이 한철의 아들처럼 머나먼 타국으로 공부하러 가겠다고 할까 두려웠다. 그래서 조선땅 안에서 어떤 공부든 중숙이 원하는 건 다 시켜줄 생각이었다. 남형은 연이 닿은 주디 스크랜트라는 서양인 여성에게 중숙을 맡겼다.

　여성 전용 병원을 설립하는 등 의료 선교를 펼쳤던 주디는 중숙이 보구관의 의사가 됐으면 좋겠다는 말을 내비쳤다. 남형에겐 그보다 끔찍한 말이 없었다. 환자의 피고름을 봐야 하는 일을 금이야 옥이야 키운 막내딸에게 시키고 싶지 않았다. 다행히 중숙은 의료에 관심이 없었고 이야기 짓는 일에만 빠져 있었다.

남형은 중숙이 원하는 책은 모두 구해주었다. 조선의 오래된 고소설일 때도 있었고 다른 나라에서 출판한 백과일 때도 있었다. 백과는 온갖 잡다한 것들을 소개했는데, 중숙은 백과에서 본 자행차를 원했다. 남형은 수소문해서 자행차를 구해다주고 잘 탈 수 있도록 옆에서 도와주는 사람까지 두었다. 한번은 중숙이 한낮에 자행차를 끌고 나가 경성 시내를 달렸는데 행인들의 시선이 개미떼처럼 달라붙었다는 말을 전해 듣고 남형은 절대로 집밖에서는 타선 안 된다고 엄히 말했다.

달이 밝은 밤이었다. 중숙은 눈을 감고 자행차를 타도 될 만큼 길을 외웠지만, 달이 아무리 밝다 해도 구르는 바퀴가 만날 작은 돌멩이의 존재까지 알 수는 없었다. 중숙은 자행차와 함께 개천에 처박혔다. 두 무릎에 깊은 상처가 생긴 것도 모자라 여린 얼굴이 피에 젖었다.

남형은 애물단지를 금지했다. 중숙은 식음을 전폐하고 몇 날 며칠을 울었다. 중숙의 말이라면 하늘의 별도 따다줄 것처럼 살았던 아버지였지만 딸자식을 위험에 노출시킬 수는 없었다. 자행차보다 순사들을 조심해야 할 시절이기도 했다. 그즈음 종로 경찰서에서 남형의 일가를 예의 주시하고 있었고 빌미만 잡히면 남형을 경찰서로 불러들였다. 장남과 차남 모두 조국을 위해 남은 생을 바치겠다며 만주로 건너간 지 오 년이 넘었다. 남형은 적지 않은 돈을 때마다 만주로 보냈다. 왜란이 있을 때에도 목숨 잃는 것을 두려워하지 않았던 조상의 후예였다. 뼛속 깊숙한 곳에서 움튼 우국충정은 말린다고 말릴 수 있는 일이 아니었다.

남형은 일본 놈에게 작위를 받게 된 자들과 의도적으로 호형호제하며 지냈다. 친분을 유지하기 위해 때가 되면 진귀한 것들을 갖다 바쳤다. 그 덕에 혐의가 있어도 취조만 당하고 금세 풀려날 수 있었다. 하지만 순사들의 의심스러운 눈을 피하는 데도 한계가 있었다. 새로 부임한 젊은 순사가 남형을 모질게 고문한 날이 있었다. 이 사실이 남작의 귀로 들어간 건 꼭 하루가 지나서였다. 남작이 손을 썼지만 남형은 그 하루 동안 만신창이가 되어 실려나왔다.

고문이 중병의 원인이었다. 거동조차 쉽지 않았다. 남형은 자신의 남은 날이 그리 길지 않으리라고 예감했다. 가까스로 몸을 일으킨 남형은 근수를 시켜 가진 재산을 처분하게 했다. 아들들에게 보낼 마지막 자금이 될 거란 생각에 눈물을 왈칵 쏟았다. 지아비 없이 홀로 손자를 키울 며느리가 가여워 볕이 잘 드는 집 한 채와 채마밭이라도 가꿀 수 있는 작은 땅을 마련해주었다. 남형의 집에는 2대에 걸쳐 집안일을 맡아온 이들이 있었다. 이들에게도 큰마음을 썼다. 피를 나누지는 않았지만 혈육이나 다름없었다. 남형은 그들을 생각하며 또 뜨거운 눈물을 쏟았다. 마지막까지 남형을 돕던 근수의 눈도 젖어갔다.

"근수야, 네가 나한테 온 지 몇 해가 된 거냐?"

"올해로 이십 년입니다."

"네가 열 살에 나에게 왔으니, 그래 이제 서른이구나. 너도 그만 새장가를 들어야 하지 않겠니? 네 처가 그리 떠난 건 안타까운 일이다만 이제라도 좋은 인연을 만나 너도 따뜻하게 살았으면 좋겠구나."

근수는 빙그레 웃어 보였다.

"어르신도 오래도록 혼자 계시지 않았습니까."

"나를 닮아 뭐 하겠느냐. 더 늙기 전에 네 옆에 다정한 배필이 있으면 좋겠다는 생각이 들어 하는 말이다. 네가 남은 생을 적적하지 않게 보냈으면 한다."

근수는 남형의 말에 고개를 숙였다. 남의 말 하기를 좋아하는 이들은 남형이 고자일 거라 수군대다가 돈 버는 데만 미쳐서 여자에겐 관심이 없는지도 모른다고 말했다.

"근수야. 오는 봄에 중숙이를 혼인시키려 한다."

"중숙 아가씨를요?"

"내가 죽으면 천애고아가 되는 건데…… 중숙이에게 울타리가 돼줄 이들이 생겼으면 좋겠구나. 이충길 어른에게 아들이 한 명 있다고 들었다."

"네, 바로 알아보겠습니다."

근수는 남형의 마음을 이해 못할 것은 없었지만 한편으로는 걱정이 되었다. 중숙이 이 결정을 순순히 받아들일 수 있을까.

셋째 아들 성완은 전기회사에 다니고 있었는데, 일이 끝나면 아버지를 살릴 약을 백방으로 찾으러 다녔다. 남형은 지쳐 돌아온 아들에게 쓸데없는 일에 애쓰지 말라고, 애비를 진짜 위하는 것은 누이동생의 혼사에 만전을 다하는 것이라 했다.

남형은 사위될 자의 인품이 온후하고 세상사 돌아가는 이치에 분별만 있으면 된다고 생각했다. 남형은 이충길에 대한 좋은 기억이 많았다. 그는 지체 높은 양반의 자제였지만 부모님이 돌아가시자마자 노비 문서를 없앤 인물이었다. 아랫사람들을 두루 살피고 너그러운 아량을 베풀었으며 군수로 일할 때는 그 고을의 행정을 성심으로 계획하여 고종 황제의 치하를 받았다. 무엇보다 자신의 아내를 귀히 여기는 사람이었다. 여자를 종처럼 부리는 자들이 얼마나 많은가. 하지만 충길과 같은 아비를 둔 자손이라면 자신이 애지중지하는 중숙을 맡겨도 문제가 없으리라 믿었다.

근수의 노력으로 이충길과의 만남이 진행되었다. 충길은 건강이 나빠 자리보전을 하고 있었지만 남형을 맞기 위해 몸을 일으켜 세수를 하고 머리를 빗고 방안에 밴 환자 냄새를 빼기 위해 환기를 시켰다.

"연락을 받고 얼마나 기뻤는지 모릅니다."

"너무 늦게 찾아뵈어 죄송합니다."

남형이 충길을 향해 고개를 숙였다.

"죄송하다니요. 큰 은혜를 입고도 인사를 못 드린 제가 송구할 따름입니다."

십 년도 더 된 일이었다. 충길의 막내딸이 친정에 있다가 급체를 했는데 명의를 부르고 한약방에서 온갖 약을 가져다 써도 듣질 않는다는 이야길 들은 남형이 주디에게 도움을 청했다. 서양의가 충길의 집에 방문하여 약을 썼고, 다음날 그의 막내딸이 자리에서 일어났다고 했다. 그저 운이 좋았을 뿐이라고, 나을 때가 되어 나은 것뿐이라고 해도 충길은 남형에게 큰 은혜를 입었다고 생각했다.

두 사람 모두 자신들의 앞날이 얼마 남지 않았음을 알고 있었다. 그러나 충길과 남형의 얼굴에는 화색이 돌았고, 충길은 심지어 술상까지 보게 했다. 술을 마실 수 있는 몸 상태는 아니었기 때문에 입술만 축이는 수준이었지만 그 어느 때보다 흥에 취했다.

남형은 충길의 아들이라면 군자일 거라 믿어 의심치 않았다. 그러나 충길은 아들 흥규에 대해 숨기는 것이 있었다. 딸만 넷을 낳은 후 처가 더이상 생산을 못하게 됐을 때 어머니의 권유로 씨받이를 들여 아들을 보았다. 이 일을 아는 사람은 어머니와 아내와 아들을 낳은 생모뿐이었다. 생모는 어느 어촌으로 가서 어부의 아내로 산다고 했다.

미우나 고우나 흥규는 집안의 5대 독자였다. 충길은 자신의 바람이 늙은이의 욕심이란 걸 알고 있었지만, 어쩌지를 못했다. 중숙이 탐이 났기 때문이다. 충길은 남형의 시선을 피하며 아들 흥규가 부족한 점이 많으니 혹여 속 좁고 경망스러운 짓을 하면 사위일지라도 단단히 혼을 내 바로잡아달라고 말했다.

남형은 자신의 아들을 낮추는 충길의 인품에 또 한번 놀라며 자신의 딸 중숙이야말로 부족한 점이 많은 여식이라고 말했다. 이미 별나기로 사방팔방 소문나 있었는데, 충길의 집안에서 군말 없이 자신의 딸을 며느리로 받아들이는 것에 남형은 말할 수 없는 고마움과 미안한 마음을 동시에 느꼈다. 단지, 남형은 안사돈의 얼굴이 편안해 보이지 않고 찬 기운이 맴도는 것이 마음에 걸렸다. 남형은 큰 장사를 하면서 여러 사람들을 접했는데, 습한 기운이 느껴지는 자와는 거래를 하지 않았다. 그런 자들은 남형을 애먹였기 때문이다. 그러나 남형은 애써 생각을 바꾸어 자신을 탓했다. 자신이 중병으로 하루가 다르게 쇠하니 보는 눈까지 무디어진 거라고.

남형은 어두운 마음을 털고 셋째 아들과 며느리들을 불러 혼사를 차질 없이 준비하라고 당부했다. 아들과 며느리들은 흥규에 대한 구설이 많다는 말을 전하지 못했다. 아버지가 기적적으로 기력을 회복해가는 상황이었다. 지금 혼사를 엎는다는 건 다시 아버지 남형을 자리보전하게 만드는 일 같았기 때문이다.

홍매화가 활짝 핀 날이었다. 뜨겁게 차오른 눈물 때문에 매화 꽃잎이 눈앞에서 허무하게 뭉개졌다. 중숙은 주디 선생님을 찾아가 혼사 때문에 학당을 그만둬야 한다고 말했다. 주디는 중숙이 인재라고 생각했기 때문에 학업을 중단하는 걸 그 누구보다 안타까워했다. 주디에게서 중숙과 가까이 지냈던 친구들이 평양과 일본으로 유학을 가기 위해 준비중이란 이야기를 전해들었을 때만 해도 아버지가 쾌차하시면 공부를 더 하리라 마음먹었다. 그러나 그것이 불가능한 꿈이란 걸 곧 알게 되었다. 자신에게 상의도 없이 혼사가 일사천리로 진행되고 있다는 사실을 알게 되었을 때 중숙은 손발이 끊어진 것 같은 절망을 느꼈다.

중숙은 혼사 이야기가 나왔을 때 병든 아버지에게 뛰어갔다. 아버지는 중숙이 뛰어온 이유를 모를 리 없었다.

"네 친구 중에 시집 안 간 애가 있더냐?"

"있습니다. 저와 같이 학당에 다닌 정림이, 은순이, 덕희는 시집을 안 가고 공부를 하러 간다고 해요. 정림이는 평양으로, 은순이는 오라비들 있는 일본으로 갑니다. 덕희는 부모님이 학비를 끊어서 지금은 고전중이지만, 내년엔 무슨 수를 써서라도 아메리카로 유학을 가겠다 했어요."

"정림이, 은순이, 덕희 모두 훌륭하구나."

"……"

"그런데 중숙아. 애비도 어쩔 수 없는 유물인가 보구나. 이 애비가 살아 있을 때 네 울타리를 만들어줘야 편안히 눈을 감을 것 같다."

"아버지, 그런 말씀 마세요. 저는 아버지 없으면 살 수 없어요."

"자식은 부모가 없더라도 살아야 한다. 모든 자식들은 그래해야 한다. 네가 낳은 자식도 마찬가지다. 부모가 없더라도 생명을 지키며 살아남아야 한다."

남형은 힘겹게 웃었다. 담장 옆 감나무에 까치 둥지가 있었다. 눈이 빨간 어미 까치가 먹이를 물어와 밥을 달라고 아우성치는 새끼들에게 먹였다.

"쟤들처럼 말이다. 부모는 자식을 낳으면 저렇게 돌봐야 하지만 새끼들은 어미의 품을 떠나 세상을 향해 홀로 날아가야 한다. 사람도 짐승들과 마찬가지로 그 이치를 따라야 해."

자릿물을 들고 온 큰올케가 중숙을 일으켰다.

"아가씨, 아버님 주무셔야 하니 내일 이야기하기로 해요."

중숙이 큰올케와 문밖으로 나가자 남형의 두 눈에 물기가 어렸다. 중숙이 낳은 외손주를 안아보고 싶다. 딸이건 아들이건 그 아이는 제 어미를 닮아 영리하고 도량이 넓을 것이다. 그리고 자신이 뜻하는 바를 관철하는 의지도 있을 것이다. 남형은 어지러운 마음을 진정시키고 싶어 눈을 감았다. 지금은 왜놈들이 몰려와 승냥이처럼 조선인들을 물어뜯고 있다. 딸아이를 홀로 두고 갈 수는 없다. 때 아닌 접동새 소리가 처량하게 들려와 남형의 잠을 앗아갔다.

사주단자가 오가고, 올케들은 중숙의 혼사에 공을 쏟았다. 특히 혼수는 올케들이 심사숙고하여 골랐다. 장안에서 내로라하는 부잣집 막내딸이라 자개장으로 휘감아 보낼 법도 했지만 오동나무로 만든 가구를 골랐다.

남형은 보수가 필요해 보이는 충길의 집을 수리해주겠다는 뜻을 기분이 상하지 않게 전달하였다. 그러나 충길은 단호히 거절했다. 황정목 일대의 땅을 예단으로 보내겠다고 하니, 그것 역시 받을 수 없다며 거절했다. 강씨 부인은 그런 영감이 못마땅했다. 혼자만 고고하지. 홍규 역시 아버지가 못마땅한 건 마찬가지였다.

"홍규야."

"네, 어머니."

"처갓집에 갔을 때 네 처 될 아이를 보았다며?"

"장인어른이 불러 한지리에서 보았습니다."

"혼례 전에 한자리에 불러 모았다고?"

"네. 같이 차를 마셨습니다."

"역시 장사치들이라 본데없는 집안이로구나. 어디 혼사도 치루기 전에.”

어머니는 흥규를 차갑게 응시했다.

“그건 그렇고 너도 이젠 일가를 이루는 몸이 됐으니 하는 말이다. 사내들 속성이 열 여자 마다않는다지만 처 둔 자가 밖에서 한눈팔고 다니고 첩질을 일삼으면 돌부처도 돌아앉는다 했다. 이 어미 말이 무슨 뜻인지 알겠느냐?”

흥규는 어머니의 뼈 든 말 때문에 순간 얼굴이 붉어졌다. 그간 흥규가 자유연애를 즐기는 걸 알면서도 한 번도 나무라지 않았던 어머니였다.

“듣자 하니 네 장인 되실 분은 평생 혼자 지냈다 하더구나. 세간에선 말이 많던데, 내 보기엔 범상치 않은 분은 확실한 거 같다.”

“어머니, 아까는 본데없는 집안이라 하시더니요.”

흥규가 웃음을 흘리며 말했다. 강 씨는 아들이 자신을 조롱한다고 느꼈지만 타박하지 않았다.

“네 처 될 아이는 어떻던?”

흥규는 중숙을 떠올렸다. 뭐라 답을 해야 할지 몰라 머뭇거렸다.

흥규는 중숙이 머무는 처소 지근거리에서 걸음을 멈췄다. 우연찮게 들려온 논리정연하고 단호한 목소리 때문이었다. 담장 안을 엿보니 그 목소리의 주인은 장차 아내 될 중숙이었다. 중숙이 교우로 보이는 자들과 나라 걱정을 하고 있었다.

"자기 집 안방에 신발 신고 쳐들어온 날강도 놈들을 받아줄 사람이 세상 천지에 어디 있겠어. 마찬가지로 무력을 동원해 힘이 약한 나라를 침범하는 제국들은 도둑놈이다. 우리집에 든 도둑놈은 우리가 내쫓아야지."

중숙의 말이 틀린 건 아니지만 흥규는 그녀의 말투나 태도가 매우 거슬렸다. 흥규는 그길로 자신에게 몸과 마음을 다 주고 있는 한숙의 집으로 향했다. 한숙은 교우인 한기의 동생인데, 결혼 일 년 만에 친정으로 돌아와 있었다. 한숙은 민적상 남의 처였고 그녀가 돌아온다 해도 맺어질 수 없는 관계였지만, 자신의 혼사를 앞두고 한숙이 토라져 있는 게 여간 신경쓰이는 게 아니었다.

흥규는 한기의 집에 처음으로 간 날 새하얀 원피스를 차려입은 한숙을 보고 넋이 나갈 뻔했다. 한숙은 햇빛 때문에 찡그린 얼굴을 하고는 떨어진 장갑 한쪽을 줍느라 가늘고 부드러워 보이는 허리를 숙였다. 치맛단 아래로 드러난 발목은 눈처럼 하얬다.

"저 멋쟁이 여성은 누구인가."

"골치 아픈 내 누이."

한기는 자신의 여동생이 못마땅한지 고운 눈으로 보지 않았다. 그날, 불꽃은 흥규만 튄 게 아니었다. 한숙도 잘생긴 흥규에게 마음이 끌렸나. 흥규는 집안의 성화로 혼사를 치르더라도 지금처럼 한숙과의 관계를 유지할 생각이었다.

홍규가 한숙과 애정 다툼을 하던 그 시각, 중숙은 친구들과 이야기꽃을 피웠다. 혼례 소식을 듣고 놀라 달려온 그들이었기에 친구들의 방문이 더없이 위로가 됐다. 동시에 정림과 은순의 머리카락이 싹둑 잘린 것을 본 중숙은 놀라움을 금할 수 없었다.

"누가 자른 거야?"

"내가 잘랐지."

정림이 아무렇지도 않게 말했다.

"자르니 편해?"

"응, 편해. 하지만 처네라도 쓰고 다녀야 할 판이야. 하도 손가락질을 해대서 말야."

은순이 까르르 웃었다.

"나는 처네는 없고 햇빛가리개 있잖아, 옛날 여자들이 썼던."

"그 쌀 키 같은 거?"

중숙은 친구들과 깔깔대느라 모처럼 시름을 잊었다. 은순은 타국의 정치와 문화를 자주 접해 중숙이 알지 못하는 이야기를 많이 했다. 마타하리라는 아름다운 무용수가 이중간첩으로 몰려 러시아에서 총살을 당했고, 서양식 소변 대야가 미술 전시관에 전시가 되었고, 다른 나라에선 〈타잔〉이라는 무성영화를 보려는 사람들로 인산인해를 이루었다는 등등의 이야기들을.

다음주면 은순은 일본으로, 정림은 평양으로 떠날 터였다. 그 애들은 날개를 단 듯 자신이 원하는 방향을 찾아 나설 것이다. 중숙은 새로운 학문을 접한 그 애들의 미래를 상상해보았다. 감탄이 연이어 나왔다. 한편, 정림과 은순이 보고 싶어도 자신이 가닿을 수 없는 세상에 있을 것 같아 마음이 아팠다. 중숙은 우울해지는 기운을 떨쳐내려 동무들에게 물었다.

"정림이랑 은순이는 공부가 끝나면 뭘 할 테야?"

정림이 지체하지 않고 말했다.

"글을 써야지."

"계속 이야기를 쓸 거야?"

"이야기도 좋지만 우리나라 백성들이 읽고 즉각적으로 반응할 수 있는 글을 쓰고 싶어."

"즉각적 반응?"

"아무래도 현실을 고발하는 글이 되겠지."

"멋지구나."

은순도 말했다.

"나도 정림이와 생각이 같아. 생각해보면 조선에서 내가 배운 교육은 엉터리였어."

중숙이 놀라 은순을 보았다.

"알다시피 나는 아메리카 말을 더 배우고 싶어했잖아. 셈도 좀더 깊이 있게 배우고 싶었고. 그런데 우리가 배운 것들 말이야, 청소에 바느질에, 툭하면 기숙사에서 먹을 반찬이나 만들게 하고. 기억나? 우리가 한 김장. 나는 산처럼 쌓여 있는 배추를 보고 무섭증이 나서 혼났어."

배추가 무섭다는 말에 중숙이 소리 내어 웃었다. 그런 중숙을 정림은 한동안 깊고 다정하게 바라보았다.

"참 중숙아, 내가 이번에 일본인 여성 문인을 한 명 알게 됐어. 그 사람은 귀족 출신인데, 자식이 있는데도 자신의 이권을 모두 포기하고 남편과 갈라섰어. 왜냐하면 결혼 시작부터 남편의 정신적인 학대가 있었대. 자식이 있었지만 일단 자신이 살아야 자식을 돌볼 수 있다고 생각했다네. 세간의 손가락질을 받았지만 남편한테서 벗어나 지금 꿋꿋하게 자기 글을 쓰며 어려운 일본 여성들을 위해 힘쓰고 있어. 그분이 집을 나올 때 자식만 눈에 밟혔을까. 연로한 부모님과 동기간들은 또 어떻고. 그분은 종속적인 삶에서 벗어나기 위해 얼마나 많은 밤을 뜬눈으로 지새웠을까."

중숙은 정림이 왜 이런 말을 하는지 알 것 같았다.

"정림아, 내가 혼례를 거부했더니 아버지가 피를 토하고 쓰러지셨어. 다시 혼례를 하겠다고 하니 기적처럼 벌떡 일어나셨지. 일단 아버지를 살려야 해."

중숙은 친구들의 속을 시원하게 해줄 수 없는 자신이 답답하기만 했다.

중숙의 식구들은 혼례 준비로 여념이 없었다. 행랑아범의 어린 손주까지 중숙을 시집보내기 위해 크고 작은 일을 준비하는 듯했다. 중숙은 자신을 덮쳐오는 불안감에서 벗어나고 싶었지만, 할 수 있는 일이라고는 먹는 것도 자는 것도 잊은 채 이야기를 짓는 것뿐이었다. 늘 쓰던 공책에 경필로 또박또박 글을 적어 문장을 채울수록 중숙은 창자 속에 갇혀 있던 찌꺼기까지 모두 숨으로 토해내는 기분이었다. 한 문장이 끝나기 전에 다음 문장이 생각나 이어 적었다. 새벽에 일어나 소피를 보러 가려던 올케가 그만 자라고 걱정의 말을 보태도 중숙은 글을 계속 썼다.

삼경도 훨씬 지나서였다. 희뿌연 형체가 자신의 맞은편에 있는 걸 느꼈다. 중숙은 이제 놀랍지도 두렵지도 않았다. 손님은 여자였고 서양의 것인 듯한 의복을 입고 있었다. 웃옷에는 고깔 같은 모자가 달려 있었다. 처음 보는 의복이었지만 편안하고 따듯해 보였다. 여자가 가느다란 손가락으로 모자를 더 눌러쓴 후 중숙이 쓰는 글을 뚫어지게 보았다.

"결말은 어떻게 되는 걸까."

손님이 혼잣말처럼 중얼거렸다.

"나도 잘 모르겠습니다. 당신은 내가 어떤 결말을 내면 좋다고 생각하나요?"

손님은 한 번도 중숙을 바라보지 않은 채 말했다.

"이 주인공들은 바다로 가는 건가?"

"바다로 가려면 정말 많은 걸 버려야 합니다."

이후에도 누가 묻고 누가 답하는지도 모를 말들이 오갔다. 속이 답답한지 손님은 웃옷에 붙은 모자를 벗었다.

"버려야 얻을 수 있어. 그러려면 용기가 필요하지."

중숙은 대답하지 않았지만 가슴이 시원해졌다. 손님이 돌연 희미해졌다. 중숙은 주저하지 않고 병풍 뒤 다락에서 보따리를 꺼내 간단히 짐을 쌌다. 사위가 어둡고 고요했지만 아버지의 기침 소리가 그 적막을 깨부쉈다. 이를 악물고 아버지가 계신 방을 향해 절을 올린 후 집을 나섰다. 아무도 중숙이 나간 걸 몰랐다. 자행차를 타던 날처럼 중숙은 빠르게 밤의 거리를 걸어나갔다.

동이 트자 행인들이 하나둘 보였다. 중숙의 마음이 무거워졌다. 피를 토하는 아버지의 모습이 머리에서 떠나지 않았다. 정림과 은순의 집을 찾아갔지만 그 애들은 집에 없었다. 막막한 한숨이 쏟아져나왔다. 몸을 누일 곳은커녕 당장 물 한 모금 얻어먹을 집이 없었다. 무능하기 짝이 없는 자신이 한심스러웠다.

중숙은 이틀을 밖에서 지내다가 눈에 불을 켜고 찾으러 다니던 근수에게 잡혔다. 물 한 모금 제대로 먹지 못해 몰골이 해쓱해진 중숙에게 근수는 어르신이 그리 오래 버티지는 못할 것 같다고 말했다. 중숙은 그 일본인 여성 작가를 생각했다. 도대체 그이가 가진 용기는 어떤 것일까. 그러나 중숙은 어쩔 도리가 없다고, 운명이 자신을 끌고 가게 내버려둘 때라고 생각했다.

　새 식구가 들어온 이후 충길은 매일 아침 눈을 뜨는 게 기뻤다. 며느리의 두 눈동자는 볕 좋은 가을날 같았다. 깊고 청명해서 보기만 해도 기분이 좋았다. 점심상을 차려온 중숙을 충길은 다정하게 불렀다.

　"아가."

　"네, 아버님."

　중숙은 상을 내려놓고 충길 앞에 앉았다.

　"들리는 소문에 말이다, 네가 바퀴를 탔다고 하던데."

　"지금은 타지 않습니다. 걱정하지 않으셔도 됩니다."

　"그런 날이 오면 좋겠구나."

　중숙은 고개를 들어 시아버지의 다음 말을 기다렸다.

　"네가 그 바퀴 타는 걸 내가 한번 보는 날 말이다. 나도 시내에서 다른 이들이 타는 걸 많이 보았다만 멀찍이서만 보았지 가까이서 본 적은 없단다."

　중숙은 인자한 시아버지의 미소에 답하듯 작게 웃어 보였다.

　"그게 많이 비싸더냐?"

　중숙은 가격을 가늠해보았다.

　"네, 조금 비싼 걸로 알고 있습니다."

　"그렇구나."

"하지만, 아버님."

"그래."

"아버님이 쾌차하시면 제가 구해다드리겠습니다. 그리고 제가 타는 걸 보여드리는 것보다 아버님이 직접 타시는 걸 제가 보고 싶습니다."

충길은 소리 내 웃었다.

"그래, 꼭 그랬으면 좋겠구나."

"그리고 탈 것은 더 있습니다."

충길은 고개를 끄덕해 보였다.

"비차도 타 보셔야지요."

"비차라……"

충길은 탈것들을 상상하며 맑게 웃었다. 중숙도 그런 시아버지를 보니 저절로 미소가 지어졌다. 충길은 너그러운 표정으로 중숙에게 물었다.

"참, 아가. 네가 글을 잘 쓴다고 들었다. 너는 무얼 쓰느냐?"

"이야기를 쓰고 있습니다."

"그 이야긴 완성을 했느냐?"

"아직 다 쓰지 못했습니다."

"그래? 어떤 이야기더냐?"

"호랑이 사냥을 괴로워하는 여자아이의 이야깁니다."

문밖에서 기척이 났다. 문이 열리며 시어머니 강 씨와 시누이 경혜가 방으로 들었다. 시누이 손에는 탕약이 들려 있었다.

강 씨는 충길의 병세가 호전되는 것 같아 안색이 밝아졌다.

"흥규 처가 자행차를 구해다주겠답니다."

"그 바퀴 말씀입니까."

강 씨가 며느리를 돌아보았고 충길은 대답 대신 자애로운 표정으로 웃었다.

"아버진 저만 보면 한숨만 쉬시면서, 오늘은 다행히 기분이 좋으신가보네요."

"새아기 덕분에 애비가 좀 웃었다."

"고마운 일이네요."

말과 다르게 경혜는 새초롬한 표정을 지었다. 흥규에겐 결혼한 누이가 넷 있었다. 누이 셋은 멀리 시집을 가 얼굴 한번 본 적이 없지만, 사직정에 사는 막내 시누이 경혜는 친정을 풀방구리에 쥐 드나들 듯 오갔다.

중숙은 시누이가 들어오지 않았다면 아버님께 얼마 전 어렵게 구해 읽은 『전우치전』에 대해 이야기했을 것이다. 전우치가 무능한 왕을 능멸하며 한일자를 그어 그 위로 폴짝 뛰어 올라 자신은 왕의 땅에 발을 붙이지 않았다고 말하는 그 대목처럼 허무맹랑하지만 결말이 속 시원한 이야기를 쓰고 싶다고 말하고 싶었다. 『무정』과 같은 소설도 좋지만 중숙은 옛 소설처럼 선악이 극명하고 순차적으로 이야기가 흘러가는 게 좋았다.

경혜는 상을 들고 방을 나서는 중숙을 물끄러미 보았다. 중숙의 발이 댓돌 위에 닿기도 전에 경혜의 목소리가 문밖으로 흘러나왔다.

"돈 많은 집 여식들은 다 저런가요. 애가 이상하게 뻣뻣해요."

충길이 작지만 엄한 목소리로 말했다.

"손윗사람이면 너그럽게 아랫사람을 보듬어줘야 너도 존경을 받는다. 하나밖에 없는 올케니 먼저 마음을 많이 베풀어라."

중숙은 하루에도 몇 번씩 안국정을 떠나는 상상을 했다. 그러나 그러한 바람이 현실이 되려면 아버지가 돌아가셔야 한다는 전제가 있어야 했다. 중숙의 눈에선 둑 터진 것처럼 걷잡을 수 없는 눈물이 흘러나왔다.

꽃 피는 봄보다 낙엽 지는 가을을 더 좋아해 마당에 쌓이는 낙엽을 그대로 두라고 한 사람은 충길이었다. 충길은 낙엽이 마당에 이불만큼 수북하게 쌓인 날 눈을 감았다. 덕이 높은 시아버지가 세상을 떠났기 때문에 일가는 물론이거니와 그를 아는 모든 사람들이 슬픔을 표했다.

시아버지가 안 계신 안국정의 생활은 고독했다. 그나마 식모로 온 여자아이 점예가 중숙의 옆에서 말동무를 해주었다. 점예는 중숙보다 많이 어렸지만 유일하게 중숙을 따뜻하게 보는 사람이었다. 중숙이 상을 들려고 하면 부리나케 달려왔다.

"그만 들어가세요. 제가 치울게요."

중숙의 시선이 아이의 얼굴에서 손등으로 옮겨갔다. 손등이 터져 핏물이 비쳤다. 얼음을 깨 빨래를 하고 밥을 지었을 손이다.

"나 좀 따라올래?"

아이는 조금 멍한 얼굴을 하더니 이내 근심을 숨기지 못했다. 꾸지람이라도 들을 거라 생각하는 듯했다. 중숙은 옷궤에서 화장품을 꺼냈다. 손이 건조하고 아플 때 바르면 제법 효과가 좋았다.

"손등에 발라봐. 갈라지고 피나는 데 바르면 좋단다."

점예는 눈이 휘둥그레져서 생전 처음 보는 물건을 내려다보았다. 도대체 어떻게 쓰는지도 모를 물건이었다. 중숙은 상자의 뚜껑을 열었다. 굳은 촛농처럼 생긴 작은 알맹이를 꺼내 수저처럼 생긴 쇠 위에 얹었다. 그리고 촛불에 가져다대고 쇠를 달구자 알맹이가 녹았다.

"너무 오래 데우면 안 돼. 살이 델 수 있으니까. 이렇게 조금 녹았을 때 녹은 알갱이를 손등에 문질러줘."

중숙은 미끄덩한 것을 점예의 손등에 얹고 부드럽게 발라주었다. 갈라진 상처 안으로 기름이 스며들었다. 신기하게도 바르는 즉시 손등이 부드러워지는 느낌이었다.

"왜 저한테……"

"내 손등은 아직 멀쩡하잖니. 근데 점예는 몇 살이나 됐어? 아홉 살?"

다정하게 이름을 불러주는 아씨 때문에 점예는 말까지 더 듬었다.

"아, 아니요. 열한 살 됐어요."

"나는 열여덟."

점예는 중숙이 너무 좋아 해맑게 웃었다.

중숙이 매일 밤 무엇인가를 쓰고 있다는 걸 알고 있던 점예였다. 어서 글을 배워 중숙이 쓰는 글을 모두 읽고 싶다 생각했다.

시아버지가 돌아가시고 시댁의 담장은 창살로 변했다. 강씨는 며느리 중숙의 외출을 허락하지 않았다. 중숙은 잉여의 몸이 된 것처럼 옴짝달싹을 못했다. 중숙은 매일 밤 담을 넘는 꿈을 꾸었다. 그러나 운명인 것인가. 원치 않은 소식이 찾아왔다. 밖으로만 돌던 흥규가 술에 취해 중숙의 방으로 쳐들어왔고, 그날 흥규의 씨가 중숙의 배 안에 자리를 잡은 것이다. 중숙의 아랫배에서 무엇인가가 불룩거렸다. 중숙은 절대 넘지 못할 철벽을 마주보는 느낌이었다. 그러나 이런 중숙의 마음을 아는지 모르는지 시어머니 강 씨는 박꽃처럼 환하게 변했다. 입덧을 하는 중숙에게 소뼈를 고아 먹이는 것도 모자라 매일같이 고기반찬을 올렸다.

"얘야, 고기를 많이 먹어라. 그러면 아들을 낳는다고 한다."

강 씨는 중숙을 보고 꿈꾸는 듯한 눈으로 말했다.

"뒤태를 보니 아들이다. 배가 넓적한 걸 봐도 그렇다. 애야, 아들을 낳아라. 아들을 낳으면 니 남편도 마음을 잡을 게다."

중숙은 아버지가 그리워 매일 밤 자다 깨어 울었다. 그도 그럴 것이 태기가 있고 나서부터 매일 밤 아버지가 꿈에 나왔다. 그 얼굴이 한 번도 편한 적이 없었다. 중숙은 시어머니에게 친정집에 다녀오겠다고 했다가 모진 소리를 들었다. 친정은 아들을 낳고 다녀오라고 했다.

어느 날 중숙은 시어머니 모르게 점예를 친정집에 보냈다. 아버지의 건강은 차도가 있는지 다른 친정 식구들은 무탈히 잘 지내는지 궁금해서 견딜 수가 없었다.

점예는 중숙의 일가가 순사를 피해 뿔뿔이 흩어져 집이 폐가가 돼 있는 걸 목격했다. 다행히 아직도 집을 지키는 근수 아저씨를 만날 수 있었다.

"중숙 아씨는 아프신 데는 없는가?"

"아프신 데는 없고 아기를 가지셨습니다."

근수는 기쁘지도 슬프지도 않은 표정 없는 얼굴이었다. 그는 잠시 기다리라고 말하고는 집안으로 들어가더니 큰 보따리 두 개를 만들어왔다. 중숙이 읽던 책과 잉크가 들었다고 했다. 그러고는 문밖으로 나가 인력거를 불러 세웠다. 점예는 근수가 시키는 대로 인력거에 올라탔다.

"중숙 아씨에게 부디 잘 사셔야 한다고 전해주게."

그의 붉은 눈에 물기가 번졌다. 그 모습을 본 어린 점예의 눈시울도 뜨거워졌다.

인력거꾼이 짐을 내렸다. 점예는 책이 이렇게 무거운 줄 몰랐다. 중숙의 거처로 낑낑대며 보따리를 옮겼다.

"그게 뭐니?"

"그 댁 이근수라는 분이 전해달라고 하셨어요."

보따리를 풀던 중숙의 표정이 환해졌다.

"아, 이건 켈리 선생님의 나랏말이네."

중숙은 아무 쪽이나 폈다.

"스쿨."

점예는 중숙의 입을 뚫어지게 보았다.

"스쿨은 학당이란 뜻이야."

"스쿨."

점예가 따라했다. 중숙이 보따리 안에서 또다른 책을 한 권 꺼냈다. 한글 교본이었다.

"점예야, 너에게 맞춤인 책이구나. 이건 다 네 거야. 열심히 외우고 따라 써보면 도움이 될 거란다."

점예는 중숙의 말이 믿기지 않는지 눈만 껌뻑거렸다.

"그런데 점예야, 우리 아버지를 뵈었느냐?"

점예는 고개를 푹 숙였다.

"아니요."

"아, 아버지가 많이 편찮으신 모양이구나."

점예의 이마가 땅에 닿을 듯이 내려갔다.

"그럼?"

"돌아가셨다고……"

점예를 지켜보던 중숙의 입에서 괴로운 탄식이 새어나왔고 얼굴은 금세 검푸르게 변했다. 점예는 중숙의 배가 점점 커지는 걸 보고 아씨가 잘못될까 싶은 두려움에 울음을 터뜨렸다. 점예는 검게 질린 중숙을 끌어안았다.

강 씨는 며느리가 산고를 치르는 동안 맑은 물을 떠놓고 달을 향해 기도했다. 홍규는 어디에 있는지 며칠째 집에 오지 않았다. 비록 자신이 낳은 아들은 아니지만 가문의 대를 잇는 아이라 온 정성을 다해 키웠다. 그러나 노력이 헛되었다. 천성이 제 아비와 다르게 방탕했다. 그 애 어미는 어느 어촌에서 새 서방을 얻어 자식 낳고 살고 있다는데, 그럼 제 어미를 닮은 것인가.

싸락눈이 함박눈으로 바뀌었다. 이불 속청을 뜯고 솜을 한 움큼씩 뜯어낸 것 같은 탐스러운 눈송이였다. 눈이 내리는데도 하늘에는 커다란 달이 환하게 비추고 있었다. 좋은 징조인 것이다. 넋을 놓고 달을 바라보고 있던 그때 산파의 목소리가 들렸다. 강 씨는 떨리는 마음으로 며느리의 거처로 발을 옮겼다.

"아씨, 조금 더 힘을 내세요."

얼마 지나지 않아 아기 울음이 들렸다. 강 씨는 당장이라도 뛰어들어가고 싶은 걸 꾹 참고 기다렸다가 찬바람이 산모의 방으로 새어들어가지 않게 단도리를 하며 조심스럽게 들어섰다. 강보에 싸인 아이를 보며 산파에게 치하를 아끼지 않았다.

"고생 많았네. 나도 자네 덕분에 내 딸들을 무사히 낳지 않았는가."

그러고는 조금은 안쓰러운 눈으로 며느리를 보았다.

"마님, 아씨는 잠시 잠이 들었지만 곧 깨어날 겁니다."

"이 아이가 정말 큰일을 했네. 대를 이어주니 이 얼마나 고마운가……."

산파의 얼굴이 묘하게 일그러졌다. 눈치 빠른 강 씨가 산파의 표정을 읽었다.

"왜? 무슨 일이라도?"

순간, 강 씨는 심장이 쿵 하고 내려앉았다. 아기의 사지가 성하지 아니하기라도 한 건가.

"어서 말을 하게."

"저…… 애기씨는 딸입니다요."

강 씨는 엉덩방아를 찧듯 바닥에 주저앉았다. 누군가 낄낄대고 웃는 소리가 귀를 찌를 듯이 들려왔다. 산파가 있는데도 강 씨는 실망감을 숨길 수 없었다. 이 어리석은 년아, 무슨 근거로 아들이 태어났다고 확신했던 거냐. 마당으로 포근하게 떨어지던 아름다운 함박눈과 휘황찬란한 달빛에 정신을 놓았던 거냐, 애도 보기 전에 아들이라고 철석같이 믿은, 이 촐싹맞은 늙은 년아. 강 씨는 자신의 표정을 읽고 있는 산파를 그제야 의식하고 고개를 휙 돌렸다.

"수고 많았네."

문밖으로 나와 여전히 환한 달을 보았다. 그러나 달빛이 그토록 음흉하고 흉물스럽게 보이긴 처음이었다. 강 씨는 이를 악물며 밖에서 떨고 있는 점예에게 말했다.

"미역국은 푹 끓여놓았느냐."

"네."

"아씨 방에 상을 들여라."

강 씨는 악물었던 이를 풀었다. 피맛이 느껴졌다. 흰 눈에 대고 침을 퉤 뱉었다. 붉은 혈흔이 눈 위에 점점이 번졌다. 말 많은 문중 사람들은 장손의 첫 출생을 모두 기대하고 있었다. 딸을 낳은 건 며느리인데, 자신까지 흠집을 내려 들 것이 분명했다. 그들은 아직도 갓을 쓰고 밥을 먹는 고리짝들이었다.

홍규는 두어 달 만에 집으로 돌아왔다. 어디로 유랑을 다녔는지 얼굴이 갈빛으로 그을렸다. 그는 아랫목에 누워 있는 딸아이를 의아하게 내려다보았다.

"어린 것이 왜 이리 눈이 사나워?"

중숙이 보니 정말 아이가 제 아비를 노려보는 것 같았다. 중숙은 작희를 안고 젖을 물렸다.

"어머니가 이름을 지으셨다지? 얘기 들었소?"

"아뇨. 어머님을 못 뵌 지 좀 됐습니다."

"그래? 그럼 앉아만 있지 말고 어머님한테 문안 인사라도 드려야지. 남들 다 낳는 애 낳은 게 무슨 벼슬이오?"

중숙은 천천히 고개를 돌려 홍규를 차갑게 응시했다.

"끝 말자에 이룰 성. 계집아이인데도 이름을 기가 막히게 지었네."

누구 마음대로 내가 낳은 내 딸 이름을 당신들이 짓는가. 홍규가 나가자 점예가 소반에 점심상을 봐서 들여왔다.

"이번엔 다 드셔야 해요."

중숙은 음식을 목구멍으로 삼키는 게 끔찍할 지경이었다. 밥을 한 입 먹고 미역국도 한 술 넣었지만 아버지가 돌아가신 줄도 몰랐던 불효녀가 어떻게든 살려고 이렇게 꾸역꾸역 미역국을 먹는다는 생각에 눈물이 주르륵 흘렀다. 점예도 덩달아 눈물이 쏟아질 것 같아 시선을 강보에 싸인 아기 쪽으로 돌렸다. 아기가 감고 있던 눈을 반짝 뜨고 점예를 뚫어지게 바라보았다. 갓난아이의 검은 눈동자가 붓으로 검은 점을 찍은 것처럼 또렷했다. 점예는 홀린 듯 아이의 눈을 바라보았다.

3

알람이 울리기 전에 눈이 떠졌다. 오전 여섯시 오십분. 식구들이 출근 준비로 바쁠 시간이었다. 욕실에서 나는 물소리, 마루 위를 밟는 슬리퍼 소리, 오늘도 누군가 거실 티브이의 볼륨을 잔뜩 올려놓은 것 같았다. 이웃나라에서 일어난 폭동을 보도하는 특파원의 목소리가 거칠었다. 나는 집안이 고요해질 때까지 기다렸다. 직장에 다니는 남동생이 제일 먼저 문을 열고 나가는 소리가 들렸다. 이어 임용이 된 여동생이 구두 소리를 요란하게 내며 문을 나섰다. 아버지는 2교대 근무를 해서 출근시간이 오전일 때도 있고 오후일 때도 있었는데 오늘은 오전인 모양이었다. 대체로 제일 늦게 출근하는 사람은 엄마였다.

"아침 먹어. 갈치 한 토막 있으니까."

내키지 않았지만 문을 열고 거실로 나갔다. 엄마가 나를 보고 애써 웃었다. 불과 삼 일 전, 엄마는 잘 마시지도 못하는 술을 마시고 나에게 성토를 했다. 잘 다니던 회사를 그만두고 왜 돈도 안 되는 소설을 붙잡고 있느냐고, 남들 다 하는 결혼도 안 하고 나이 마흔에 부모한테 얹혀사는 게 잘하는 짓이냐고. 나는 말의 폭격을 당할 수가 없어 넋 나간 얼굴로 엄마를 보았다.

"은섬아, 미안한데 빨래 좀 널어줄 수 있니?"

엄마는 또 어색하게 웃었다.

"뭐가 어렵다고."

발코니로 가서 빨래를 턱턱 털어 건조대에 널었다. 엄마가 아파트 정문을 빠져나가는 것이 보였다. 어수선했던 집안에 고요가 찾아왔다. 나는 쏟아지는 오전의 햇빛이 좋아 눈을 감고 음미했다. 햇빛이 내는 자글거리는 소리를 들었다. 달팽이가 푸른 잎을 먹을 때 내는, 보이는 세계를 차단하고 나머지 감각에 집중하면 분명하게 들리는 그 작은 소리를.

그러나 휴대폰이 아침의 고요를 깨부쉈다. 덜 마른 빨래처럼 눅눅한 마음으로 내키지 않는 전화를 받았다. 미스터가 오전에 방문하니 늦지 말라는 경은의 전화였다.

작업실에 도착했을 때는 오전 열시였다. 문을 열고 안으로 들어섰지만 미스터는 알은체 없이 하던 말을 이어갔다. 그는 조금 화가 나 있는 것 같기도 했다.

"입을 닫는다는 건 내 이야기의 압력을 높이는 일이죠. 그런 상태로 글을 써야 문장에 탄력이 붙는 거고요."

"그런데 저희같이 협업이 필요한 사람들은요, 일하는 분들과 소통을, 그러니까 입을 많이 열어야 하잖아요."

"당연한 말씀입니다. 말은 회의 때 많이 하면 됩니다."

"그렇죠. 우리에겐 해도 해도 끝이 없는 작품 회의가 있죠."

경은이 순순히 인정을 하자 미스터의 표정이 부드러워졌다. 윤희가 경은과 미스터의 표정을 번갈아 살핀 후 물었다.

"저희 작업을 방해하는…… 그러니까 제 작업을 방해하던 그분은…… 지금 여기 없는 건가요?"

"아뇨. 계십니다."

미스터는 아무렇지 않게 말했다.

미스터가 천천히 고개를 돌려 내 쪽을 바라보았다. 나는 반사적으로 팔짱을 풀었다. 미스터의 눈이 일순 커졌다가 다시 원래의 상태가 되기까지의 그 짧은 시간도 기다릴 수 없어서 나는 물었다.

"왜요? 여기에 또 이작희가 있어요?"

"아뇨. 이작희는 없고 지금은 김중숙이라고 하는 사람이 있습니다. 그분들은 책방을 하셨던 모양입니다."

미스터의 입에서 '김중숙'이란 이름이 나오자 나는 몸이 잔뜩 움츠러들었다. 세차장에서 만난 작희는 스스로 만든 환영일 뿐이라 여겼다. 그러나 나는 일기의 첫 장에서 읽은, 작희의 어머니 김중숙이라는 이름과, 그녀가 이야기 쓰기를 좋아하는 1903년생 여성이란 것을 그 누구에게도 이야기한 적이 없었다.

"이은섬 작가님."

"……"

나는 미스터를 향해 서 있지만 시선은 그의 어깨 뒤 어딘가로 향해 있었다. 이은섬, 이성적 사고를 멈추지 마. 너는 남들이 재미삼아 보는 그 흔한 사주 풀이에도 관심이 없던 사람이잖아. 그러나 미스터가 지금 읽고 있는 일기가 어떤 것인지 알려달라고 하자마자 책에 대한 정보를 읊었다.

"가로 15, 세로 18, 겉장 빼고 내지만 총 64페이지…… 세로쓰기로 글씨는 알아보기 어렵게 써서 천천히 읽어야 합니다…… 표지는 군청빛이 돌고 내지는 한지 느낌이 나고…… 글자가 번지거나 뭉개진 부분은 돋보기로 찬찬히 집중해 읽어야 알 수 있어요……"

"그렇군요."

"그러나 곰팡이가 피거나 좀이 슨 부분은 읽기가 불가능해요."

"그렇겠죠."

미스터는 대수롭지 않게 말했다.

내 어머니 김중숙 씨는 어떤 마음으로 글을 썼을까.

어머니는 이야기를 끝내고 싶었을 텐데.

나는 계속 쓸 것이다.

나는 작희의 일기에서 해독하듯 찾아낸 이 세 문장을 떠올렸다. 그때, 경은이 내 옆으로 와서 나를 빤히 들여다보았다.

"작희는 뭐 하던 여자야?"

"쓰는 여자였어."

"쓰는?"

"응, 글 쓰는."

"글 쓰는?"

경은이 오른손으로 연필 쥐는 모양을 해 보였다.

"응, 이야기를 썼더라고."

"아, 쓰는 여자라니. 막 동질감이 생기려 하네."

윤희의 표정도 진지했다. 지금으로부터 팔십여 년 전, 글에 매달려 살던 한 무명의 여자에게 경은과 윤희도 관심을 보였다.

"혹시 주변에 기록원 같은 데 근무하는 사람 있어?"

내 질문에 경은과 윤희가 고개를 갸웃했다.

"기록원이라면? 국가 기록원 말하는 건가요?"

묵묵히 듣고만 있던 미스터가 끼어들었다.

"네. 훼손된 부분을 복원하고 싶어요."

미스터가 느닷없이 큰 소리로 껄껄 웃었다. 그 웃음소리가 너무 커서 연극적으로 느껴질 지경이었다.

"나라 세금으로 운영하는 곳에서 사료적 가치도 없는 장삼이사의 일기를 복원해줄 것 같습니까?"

맞는 말이었기 때문에 기가 꺾이는 기분이었다.

"하지만 제가 고문서 복원 일을 해본 경험이 있습니다."

나는 의심에 찬 눈으로 그를 보았다. 그를 얼마만큼 믿을 수 있을까.

"일기가 어떤 형태로 훼손이 됐는지 봐야겠네요. 그렇게 오래됐으면 산성화가 진행됐을 테고, 클리닝도 해줘야 합니다."

"클리닝이라면?"

윤희가 물었다.

"원고를 중성수에 담근 후 때를 빼야죠. 지금이라도 당장 가능하긴 한데, 나중에 유압 프레스기 같은 것도 필요합니다. 음, 괜찮아요, 지인한테 빌리면 되니까. 참, 일기장 내지가 한지라고 했습니까? 한지면 복원이 수월하지요."

"정확히는 잘 모르겠어요."

미스터를 만난 이후 처음으로 믿음이 솟아났다. 지금은 우물에 빠진 강아지를 꺼내지 못해 애를 태우던 순간과 같은 심정이었다. 그러나 일기를 다 읽을 수 있게 된다면 강아지를 우물 밖으로 구조한 것과 같은 안도와 환희를 느낄 것이다.

망설임 없이 가방에서 일기가 든 서류 봉투를 꺼내 미스터에게 주었다. 미스터는 다소 무표정하게 일기장을 펼쳤다.

"빠르면 일주일, 늦으면 한 달이 걸릴 수도 있겠군요. 그런 데 복원 비용은 별도로 청구가 되는데 괜찮겠습니까?"

"네, 얼마가 됐든 상관없어요."

당장 이번달 카드 대금도 해결하지 못한 주제에.

"그래요, 알겠습니다."

미스터가 일기가 든 서류 봉투를 조심스레 자신의 가방 안에 넣었다. 그때, 안나에게서 문자 메시지가 왔다. 긴장한 채로 문자를 확인했다. 다행히 안나는 연재가 가능한지에 대해 물었다. 나는 망설이지 않고 연재를 하겠다고 답했다. 연재를 수락하면 적어도 몇 달 간은 수입 걱정을 덜 수 있을 테다. 마음이 편하지는 않았으나 하등 도움도 안 되는 자존심은 내려놓기로 했다. 미스터는 내가 휴대폰에서 시선을 뗐을 때 선포하듯 말했다. 99일간의 대장정이 시작될 거라고. 나와 다르게 경은과 윤희는 무슨 경건한 의식이라도 기다리는 듯 얼굴에 엄숙함이 깃들었다. 미스터가 그럴 듯한 퍼포먼스라도 보여줄 거라 기대하는 것인가. 하지만 미스터는 주 5일 단위로 99일간 지켜야 하는 아홉 가지 규칙에 대해 늘어놓았다.

-일정한 시간에 일어난다.

-삼십 분 이상 걷는다.

-단·탄·지 비율에 맞춘 약 오백 칼로리 이내의 아침식사를 한다.

－오전 여덟시 오십분까지 작업실에 입실한다.

－아홉시에 글쓰기를 시작한다.

－작업중 휴대폰은 무음으로 둔다.

－열두시에 단·탄·지 비율에 맞춘 칠백 칼로리 이내의 점심식사를 한다.

－두시부터 여섯시까지 오후 글쓰기를 한다.

－여섯시에 작업실에서 퇴실한다.

그는 규칙이 적힌 종이를 우리에게 나눠주었다.

"이게 퇴마인가요?"

나보다 경은과 윤희가 더 답답해하는 것 같았다. 미스터는 종이 하나를 더 주었다. 입금 계좌가 적혀 있었다. 그는 가벼운 표정으로 우리를 향해 말했다.

"99일간 실천하는 겁니다. 입금은 그쪽으로."

미스터가 사라지자 경은과 윤희가 넋이 나간 서로의 얼굴을 바라보았다. 그러고는 각자의 자리로 돌아가 퇴마의식을 했던 주변 작가들에게 전화를 걸어 미스터에 대해 물어보았다. 나는 미스터가 작희의 일기를 가져간 것이 떠올라 자리에서 벌떡 일어났다. 심장이 요동을 쳤다. 도대체 무엇에 홀렸단 말인가. 미스터한테 전화를 걸었다. 어서 일기를 가지고 돌아오라고. 그러나 그는 전화를 받지 않았다. 휴대폰이 울렸다. 미스터일 거라 생각했지만 큰아버지였다.

큰아버지는 오영락을 통한 작은 사업이 잘 진행될 것 같다고 했다. 평생 대학에 있었지만 동시에 크고 작은 문화 사업을 다수 진행해왔던 그였다. 어쩌면 큰아버지는 영영 작희의 일기에 관해서는 묻지 않을지도 모른다. 큰아버지의 말대로 가갸거겨만 간신히 뗀 배움 없는 자들은 그의 관심 밖에 있을 것이다.

4

강 씨는 작희에게 냉랭했다. 사직정에 살아 허구한 날 친정
에 놀러오는 고모 경혜도 조카가 못마땅하긴 마찬가지였다.
자식이 없는 경혜는 아들을 못 낳을 바엔 무자식이 낫다는 말
을 중숙 앞에서 아무렇지 않게 했다. 경혜의 남편은 부모에게
받은 재산을 헐어 쓰는 재미에 사는 인사였다. 어두워지면 밖
으로 나가 다음날 해가 중천에 뜨면 기어들어오기 일쑤였다.
돈을 물 쓰듯 쓰니 서린정과 다정 일대에서 그에게 작은 선물
하나라도 못 받은 기생이 없다는 말이 나돌 정도였다. 경혜가
뭐라 타박하면 선물은커녕 어김없이 주먹이 날아왔다. 경혜
는 그 화풀이로 제 남편이 아닌 작희 모녀에게 심술을 부릴 때
가 많았다. 느닷없는 음식 주문이 그중 하나였다. 아무리 군수
를 지낸 집이라 해도 예전과 달리 쇠락했고 문밖에는 굶주린

사람이 태반이었다. 밥도 아니고 떡을 만들어 내오라는 말에 당황하기는 했지만 중숙은 미친 척 떡을 만들어 바쳤다. 그러나 경혜는 찰기가 있네 없네를 따졌다. 시누이가 또 떡 주문을 하자 중숙은 떡집으로 점예를 보냈다. 점예가 온 걸 알면 떡집 주인은 맨발로 뛰어왔다. 그는 중숙의 아버지 밑에서 일을 돕던 사람이었다. 떡집 주인은 점예에게 아씨가 건강한지, 시집살이를 호되게 한다는 말을 들었는데 사실인지를 물었다. 점예는 무슨 말을 해도 아씨에게 도움이 되지 않을 것 같아 입을 다물었다.

중숙은 점예가 받아온 떡으로 상을 차려 시어머니와 시누이가 있는 방으로 갔다. 무슨 이야기를 나누는지 화기애애한 분위기였지만 중숙이 들어가자 두 여인은 입을 닫았다.

"그게 뭐냐?"

"제가 올케한테 떡을 좀 하라고 했어요."

"네가 정신이 있는 거냐 없는 거냐. 날도 아닌데 무슨 떡을 하라고."

강 씨가 역정을 냈다. 경혜는 떡을 집어 강 씨에게 주고 중숙을 힐끔 본 후 자신도 한 점을 집어 먹었다.

"근데 이걸 언제 한 거냐?"

"제가 한 건 아니고, 황금정에 있는 풍년 방앗간 떡입니다."

떡을 먹다 말고 경혜가 바락 성질을 냈다.

"내가 풍년 방앗간에서 떡을 사오랬어?"

"제가 서포 일이 바빠 부엌을 지킬 여유가 없었습니다. 너그 럽게 보아주세요."

함부로 대하기 어려운 며느리가 맞았다. 혼쭐을 내주고 싶을 때가 많았지만 강 씨는 그때마다 참을 수밖에 없었다. 흥규가 꼴 같잖은 사업을 한답시고 재산을 날리는 바람에 중숙이 친정 오라비 명의로 된 관철정의 점포로 나가 책을 파는 일로 집안 살림을 돌보고 있었다. 성질 같아서는 당장이라도 점포 일을 그만두라고 하고 싶지만 그럴 수 없었다. 며느리가 두어 달 앓아누웠을 때 생활에 드는 돈을 구하지 못해 애를 먹었기 때문이다. 강 씨는 말년에 이렇게 비참하게 사는 게 흥규 탓이라는 생각에 이르면 분노가 치솟고 살이 떨렸다. 흥규 녀석은 여자들과의 연애질이 바빠 집에도 들어오질 않았다. 생활에 드는 돈을 며느리에게 의지하면서부터 자기 할말 다하는 되바라진 며느리의 버릇을 잡는 건 물 건너갔다.

중숙이 글쓰기를 준비했을 때는 자정이 지나서였다. 아무리 피곤해도 매일 한두 시간씩 글을 쓰기 위해 애썼다. 그러나 끝을 맺지 못한 이야기들이 너무 많았다. 분명 그 시작은 흥미진진하고 대단할 거라 느껴졌는데, 왜 끝을 향해 써나갈수록 이야기에도, 이야기를 쓰고 있는 자신에게도 믿음이 안 생기는 것인가. 중숙은 그 불신과 싸워야 한다고, 무조건 이야기와 이야기를 쓰는 자신을 믿어야 한다고 다독였다. 종이에 검은 물이 들었다. 새끼손톱만한 것이 어느새 검지만큼 커졌다. 어김없이 손님이 나타났다.

"왜요? 잘 안 써지나요?"

중숙은 대답하지 않았다. 오늘도 모자가 달린 웃옷을 입었다. 자세히 보니 가슴에 영문자가 쓰여 있었다. And.

당신은 어디서 왔는지, 왜 자신의 곁에 이렇게 나타나는지 물어봤자 이번에도 대답하지 않을 것이다. 중숙은 손님의 얼굴을 똑바로 응시했다. 손님은 무릎걸음으로 다가와 중숙이 쓴 글을 읽었다.

호랑이와 싸우는 작은 소녀가 있었으니 그 아이 이름은 량량이었다. 애비는 없었고 어미는 량량이 젖을 뗄 무렵 죽었다. 량량을 키운 건 화전민들이었다. 그들은 자신들이 먹을 걸 조금씩 떼어 어린아이를 키웠다. 량량은 하루가 다르게 눈부시게 자랐다. 산에서 내려가면 관아에서 나온 자들이 칼과 창을 휘둘렀기 때문에 화전민들은 산에 꼭꼭 숨어 목숨을 연명했다. 밤마다 호랑이가 사람을 물어갔다. 량량은 눈이 밝아 어둠 속에서도 활을 잘 쏘았다. 산에서의 달리기는 바람처럼 가벼웠다. 첫 서리가 내리던 날 인광을 번뜩이며 호랑이가 화전민이 있던 토막을 습격했다. 량량은 화살을 꺼내 호랑이를 겨냥했다. 호랑이가 그런 량량을 알아채고 달려들 때 량량은 나무 위로 바람보다 빠르게 올라가 무섭게 포효하며 달려오

는 호랑이의 입에 활을 쏘았다. 호랑이는 그 자리에서 절명
했다. 다음날 사람들은 경사가 난 듯이 기뻐했다. 호랑이 가
죽을 벗겨 장에 나가 큰돈을 벌었다. 량량은 화전민의 귀여
움과 사랑을 받았다. 얼마 뒤에 또 호랑이를 잡았고 더 큰 돈
을 벌었다. 화전민의 우두머리에 해당하는 건아 아재가 쉰 마
리만 잡으면 산 아래로 내려가 마을에 정착할 수 있을 거라고
했다. 가죽뿐 아니라 호랑이 이빨로 노리개를 만들 수도 있었
다. 호랑이 노리개는 장수를 원하는 사람들에게 고가로 판매
됐다. 량량은 기뻐하는 사람들의 뜻에 따라 호랑이를 잡아야
했다. 호랑이가 오지 않을 때는 호랑이 굴을 찾아다녔다. 그
사이 량량은 열다섯이 되었다. 건아 아재는 호랑이를 판 돈을
공평하게 사람들과 나눴다. 건아 아재는 믿을 만한 사람이라
량량은 건아 아재를 아버지처럼 여겼다. 쉰 마리를 잡았을 때
량량도 사람들과 하산할 수 있었다. 모두들 집이 생겨 좋아했
지만 량량은 가족이 없어 쓸쓸했다. 그때 건아 아재가 자신의
둘째 아들 머루랑 량량의 혼사를 강행했다. 량량은 싫다고 말
하고 싶었다. 머루는 게으른 주제에 욕심이 많았다.

"너는 호랑이를 잡지만 나는 너를 잡을 거야."

량량은 머루의 이 말이 너무 끔찍해서 그 자리에서 비명을 질
렀다.

하지만 량량은 건아 아재를 아버지처럼 믿고 따랐기 때문에
혼사를 받아들일 수밖에 없었다. 량량은 머루와 부부의 연을

맺었다. 혼자 지낼 때보다 더 힘들고 외로운 날이 기다리고 있다는 걸 량량은 모르고 있었다.

시어머니는 눈에 보이지 않는 가시를 품고 있는 사람 같았다. 머루는 생각했던 것보다 더 더럽고 미련했다. 그러나 가장 실망스러운 사람은 아재였다. 그는 시아버지가 되는 순간, 호랑이를 더 많이 잡길 바랐다. 량량은 호랑이는 꼭 필요할 때만 잡아야 한다고 생각했다. 그러나 어쩔 수 없이 사냥을 떠났고 안광에서 불을 뿜는 호랑이를 만났다. 화가 나 포효하는 호랑이에게 활을 쏘았다. 호랑이의 입안으로 화살이 박혔다. 다가가보니 호랑이는 죽어가며 새끼를 낳았다. 어미는 숨을 헐떡거리며 눈물을 흘렸다. 호랑이에게 다가간 량량도 눈물로 범벅이 됐다. 호랑이가 량량의 눈을 뚫어지게 보았다. 량량은 호랑이의 머리와 등을 쓰다듬으며 울면서 약속했다. 정말 미안하다. 내가 네 새끼들은 꼭 살릴게. 꼭 잘 키워 산으로 돌려보낼게. 호랑이는 두 마리의 새끼를 낳고 눈을 뜬 채로 죽었다. 량량은 어미를 묻어주고 새끼를 인적이 없는 산골의 움막으로 데려왔다. 량량은 사냥을 떠난다 하며 움막으로 와서 새끼 호랑이들을 보살폈다. 쌀뜨물로 암컷을 살렸지만 수컷은 사흘 만에 죽었다. 량량은 수컷을 어미 무덤 옆에 묻어주었다. 암컷 이름은 호미로 지었다. 호미는 장난하기를 좋아했다. 그래서 량량의 발을 걸어 넘어뜨리고 량량을 따라 산을 내려가려고 했다. 하루는 부엌 앞까지 나타나서 량량을 놀라게 했다.

"너 이러다 죽을 수 있어. 사람들이 네 가죽을 홀랑 벗겨버릴 거야."

호미는 량량의 팔뚝을 할퀴고 어깨를 물었다. 피가 흘렀지만 량량은 울지 않았다.

"널 살리기 위해서야. 어서 돌아가."

"싫어. 엄마는 왜 날 돌보지 않는 거야. 내가 싫은 거야?"

"잘 들어. 난 네 엄마가 아니야. 난 네 엄마를 죽인 사람이야."

"아니야. 그런 말 하지 마."

"사실이야. 네가 가고 싶은 곳이 있으면 그리로 가."

호미는 시무룩한 표정으로 량량을 보았다.

"목에 이걸 걸어."

량량은 목걸이를 걸어주었다.

"이게 뭐야?"

"네가 더 크면 너를 내가 못 알아볼까봐……"

호미를 생각하니 량량은 호랑이 사냥이 더 끔찍했다. 그러나 호랑이 사냥을 안 하는 것은 시아버지에 대한 반항이었다. 량량은 시아버지의 눈을 속이며 사냥을 하는 체했다. 량량이 산으로 들어가면 고맙게도 호랑이들이 기가 막히게 자취를 감췄다. 하지만 량량에게 정말 어찌할 줄 모르겠는 일이 생겼다. 언제인지도 모르게 아이가 들어선 것이다.

눈을 떴을 때 손님은 없고 잠이 든 줄 알았던 작희가 중숙을 빤히 쳐다보고 있었다.

"아니, 왜 안 자고."

"잠이 안 와서요."

"그래도 자야지."

중숙도 불을 끄고 작희 옆에 누웠다.

"어머니, 오늘도 고되셨지요?"

"고되긴. 지금보다 열 배 더 고되도 좋으니 일이 많았으면 좋겠다."

중숙은 작희의 머리를 쓰다듬으며 말했다. 사실이 그러했다. 오라버니의 명의로 된 점포에서 중숙은 책을 팔았다. 개중에는 책 좋아하는 어린 딸을 위해 아버지가 어렵게 구해준 것도 있었다. 남의 손에 그 책들이 넘어갈 때마다 고통을 느꼈지만 생활을 영위하기 위해서는 무엇이든 팔아야 했다. 그럴듯한 간판도 없이 서포를 운영했지만 책을 좋아하는 사람들이 중숙을 찾았다. 쟁쟁한 서점들과는 비교할 수 없었지만 중숙은 좋은 책을 알아보는 눈이 있었다. 손님으로 오는 사람들은 중숙의 책 추천을 고마워했다. 큰돈이 필요할 때는 보유하고 있던 고서를 내놓았다. 사료적 가치가 있는 책들은 특수한 목적이 있는 자들에게 적지 않은 가격에 팔렸다. 중숙은 그 돈을 모아 작희의 학비를 댈 생각이었다. 아이가 원한다면 일본도, 상해도 괜찮을 것 같았다. 학비와 생활비 걱정 없이 오로지 학업에만 전념할 수 있을 정도의 비용이 거의 다 만들어지고 있었다.

"작희야, 늦어도 내년에는 학업을 시작하는 거다."

작희는 그 말이 무슨 뜻인지 알았다. 학업 때문에 어머니와 헤어지는 것이다. 작희가 경성에 있는 여학교에 다니고 싶다고 해도 어머니는 이왕 하는 공부 더 넓은 세상에 가서 하는 게 좋겠다고 했다.

"정림 아주머니가 쓴 글 읽었지?"

작희는 고개를 끄덕였다. 정림은 여성들에게 경제적 자립이 왜 중요한지 알기 쉽게 써놓았다.

"네, 저도 나중엔 정림 아주머니 말씀처럼 일과 글을 아끼는 사람이 될 거예요."

작희는 열한 살 이후부터 문장으로 이야기를 지었다. 어머니를 따라 글을 짓다가 어느 순간 서포에 있는 책을 읽었다. 서포에 있는 셀 수 없이 많은 선생이 작희가 글을 완성하는 데 조력자가 되었다.

"어머니, 사람들의 마음에 불이 붙는 글을 쓰고 싶어요."

"불이 붙는?"

"네, 마음이 막 뜨거워지는."

중숙이 빙긋이 웃으며 작희의 머리를 쓰다듬었다.

"꼭 그런 글을 네가 원하는 날까지 쓰거라."

밤새 이야기꽃을 피우다가 창호문에 푸르스름한 빛이 번지는 걸 보았다. 중숙은 깜짝 놀라 작희를 재웠다. 잠시 눈을 붙이고 싶었지만 제때 못 일어날 것 같아 몸을 일으켰다. 일요일은 서포 문을 열지 않았지만 점심 때 서포로 점예가 오기로 했다. 중숙은 오전 중에 집안일을 모두 끝내야 했다. 부엌으로 가서 밥을 하고 된장을 풀어 국을 끓였다. 그런데 중숙은 국자를 쥔 채로 바닥에 쓰러졌다. 복부가 터질 듯 팽창했다. 숨도 잘 안 쉬어졌다. 식은땀이 순식간에 저고리를 적셨다. 한참을 그러고 있다가 통증이 멈췄을 때 손등으로 이마를 짚고 숨을 골랐다. 마침 대문 두드리는 소리가 들려 중숙은 가까스로 부엌에서 나갔다. 흥규였다. 두어 달 만이었다. 문을 열어주자 술냄새를 풍기며 들어섰다. 다행인지 불행인지 입성에는 적지 않은 돈을 들인 것 같았다.

"별일 없었나?"

중숙은 대꾸 없이 부엌으로 갔다. 흥규가 혀를 끌끌 찬 후 안방으로 들어갔다. 안방에서 잠을 자던 작희가 놀라서 뛰어나왔다. 딸이 아비를 보고 저리 놀란다는 게 중숙은 마음이 아팠다.

"작희야."

"네, 어머니."

"오늘 점예 아주머니가 온단다. 서포에서 만나기로 했으니 너도 같이 가자."

작희는 잠이 덜 깬 얼굴이었지만 점예를 만난다는 말에 웃음을 지었다.

　점예는 중숙의 도움으로 진성학교에 다녔다. 작희의 공부가 늦어진 건 점예의 학비 때문이었다. 하지만 점예는 곧 졸업이었고 이후에는 모교에서 교원으로 일할 예정이었다. 점예는 어서 돈을 벌어 중숙에게 빚진 걸 조금이나마 갚고 싶었다. 신분제가 없어졌다고 해도 아직 말뿐인 세상이었는데, 종년이나 마찬가지였던 자신을 중숙은 친자매처럼 대했다.

　점예는 봄가을에 입기 좋은 조끼를 만들어왔다. 광목을 두 겹으로 대고 치자로 물을 들였다. 품이 넉넉하고 따뜻해 중숙이 일할 때 입기 좋을 것 같았다.

　"점예야, 고맙긴 한데, 바느질이 보통 고된 일이냐. 이거 만들 시간에 공부를 해야지."

　"쉬는 시간에 틈틈이 해서 괜찮았어요."

　"잠도 못 자고 만들었을 텐데, 고맙게 잘 입을게. 그나저나 지금 하는 가정교사는 할 만한 거니?"

　"숙식 해결에 달마다 월급까지 받아서 이만한 직장도 없는 것 같아요."

　중숙은 매사에 긍정적인 점예가 누구보다도 훌륭한 교원이 될 것이며 그녀의 생활 역시 점점 나아질 거라 믿었다. 중숙은 작희에게 본정에 있는 제과점에서 단팥묵을 사오라 했다. 작희가 신이 나서 나가자 중숙은 점예에게 책을 한 권 주었다.

"이건 아동연구 보고서인데, 학생들 가르치는 내용이더라."

"세상에. 이런 책이 있었네요."

"지난주에 매입한 헌책 속에 있었단다."

점예는 함박웃음을 지으며 책장을 조심조심 넘겼다.

작희가 사온 단팥묵을 나눠 먹으며 일요일 오후를 평화롭게 보냈다. 중숙은 동생처럼 아끼는 점예와 반듯하게 성장한 작희가 곁에 있어 어떤 어려움이 찾아와도 견딜 수 있을 것 같았다.

점예는 서둘러 책을 읽고 싶었던 건지 다음주에 또 놀러오겠다고 한 뒤 서포를 나갔다. 중숙도 작희와 서포를 정리한 후 집으로 향했다. 청계천을 지날 때 빨래하는 아낙들을 보았다. 빨래를 두드리는 방망이 소리와 빨래를 헹굴 때 참방참방하는 물소리가 경쾌했다.

"오늘은 물이 많구나."

"아, 어머니! 청계천에 물이 이렇게 많은 건 첨 봐요. 오늘 빨래를 할까요?"

중숙과 작희는 집으로 돌아가 빨랫감을 가지고 청계천으로 왔다. 집안엔 가뭄에도 마르지 않는 우물이 있었지만 일부러 청계천으로 나온 것이다. 빨랫감 안에는 당연히 시어머니 빨래도 있었다. 작희는 할머니의 옷을 비비고 문지르고 방망이로 세게 후려쳤다. 그 소리가 너무 커서 빨래를 하는 아낙들이 일제히 작희를 보았다.

"작희야, 장난이라도 그럼 못써."

중숙은 할머니 옷을 두들겨패는 작희를 타일렀다. 개천 옆으로 피범벅이 된 남자가 포승줄에 묶인 채 순사들에게 끌려가다가 빨래하는 여인들 쪽으로 고개를 돌렸다. 중숙의 마음이 서늘해졌다. 남자의 모습에 오라버니들이 겹쳐 보였기 때문이다. 오라버니들은 살아는 계신가. 중숙의 뺨으로 눈물이 흘러내렸다.

"어머니……"

중숙이 소매 끝으로 눈물을 닦고 빨래를 비벼 빨았다. 작희는 어머니를 위로할 수 없는 현실이 화가 났다. 작희는 외삼촌들이 무사하길, 그리고 평화로운 시절이 와서 모두 만날 수 있기를 빌었다.

빨래 바구니를 이고 집으로 돌아오는 길에 중숙은 자신의 가게 유리문을 보았다. 간판을 못 달아 유리창에 '모든 서포'라고 쓴 종이를 붙여놓았다. 그래서 단골이었던 어느 작가는 "모든 서포에는 모든 책이 있어야 하는데, 왜 내가 찾는 책이 없습니까?"라는 핀잔이 섞인 농담을 했다. 가게를 찾는 손님 중 상당수가 글을 발표한 작가들이거나 문학에 뜻을 둔 사람들이었다. 그들은 대부분 가난했지만 책을 사랑했다. 중숙은 자신이 오래전부터 소장하고 있는 책들을 단골손님에게 빌려주었다. 빌려간 책을 가져다주지 않으면 작희가 책을 받아왔다.

중숙은 중림정에 사는 시인에게 작희를 보냈다. 라이너 마리아 릴케의 시집을 빌려가 한 달 넘게 가져오지 않았다. 그런데 작희가 찾아가 만난 시인은 형편이 말할 수 없이 처참해 보였다. 그의 집 지붕은 곧 내려앉을 것 같았고, 그 안에 사는 시인은 한 달에 아홉 끼나 먹었으면 잘 먹었겠다 싶은 모습이었다. 시인은 저고리의 무게를 이기지 못할 만큼 앙상하게 말라 있었다. 작희는 수금한 돈을 그에게 모두 건넸다. 시인은 고맙지만 받지 않겠다고 했다. 그러나 사람이 죽어가게 둘 수는 없었다. 작희는 시인에게 돈을 던지다시피 하고 도망쳐나왔다. 작희가 숨을 헐떡거리며 서포에 들어섰을 때 어머니는 손님을 맞고 있었다.

"잡지가 좀 오래됐네요."

"오래됐지만 나도향의 글이 수록되어 있습니다."

어머니는 남자의 책을 매입할지 고민하는 것 같았다. 삼십여 권의 잡지는 종이끈으로 묶여 있었다. 작희는 지난 잡지를 읽고 싶었기 때문에 어머니가 그의 책을 모두 사길 바랐다.

"매입하겠습니다."

남자의 얼굴이 눈에 띄게 밝아졌다.

"감사합니다."

"작가님, 국화차가 있는데 드시겠어요?"

"주시면 잘 마시겠습니다."

남자는 중숙이 밀어준 의자에 앉았다. 그는 낡은 감색 외투를 입고 있었지만 행동과 표정에 자신감이 넘쳤다.

"저분은 따님인가요?"

"네, 제 딸입니다. 작희야, 인사드리렴. 소설 쓰시는 오영락 작가님이시다."

작희는 끌리듯 오영락 작가가 앉아 있는 쪽으로 걸어갔다.

중숙이 국화차를 영락 앞에 놓았다. 영락은 가볍게 머리를 숙였다.

"작희도 오 작가님 소설을 읽었지?"

작희는 가만히 고개를 끄덕였다.

"어떤 작품을 읽었을까요?"

영락이 찻잔에서 입을 뗀 후 말했다. 작희는 대답하지 않았다. 작희가 읽었던 그의 소설은 실망스러웠다. 그러나 그 말을 해선 안 될 것 같았다. 작희는 자리에서 벗어나는 게 좋을 듯해 서포의 뒷문을 열었다.

반시간이 지났을 즈음 작희가 뒷문으로 도로 들어왔다. 영락은 보이지 않고 그가 마시던 찻잔만 있었다. 어머니는 책 정리를 하는 중이었다. 작희는 어머니에게 다가가 머뭇거리다가 시인의 형편이 눈을 뜨고 보기 어려워 수금한 돈을 주고 왔다고 말했다. 중숙은 작희를 나무라지 않고 혼잣말처럼 중림정 시인에게 주먹밥이라도 해줘야겠다고 말했다. 작희는 마음이 놓였다. 영락이 두고 간 잡지에 눈길을 주던 작희는 나도향의 소설을 찾아 읽었다.

내가 열 살 때이니까 지금으로부터 십사오 년 전 일이다. 지금은 그곳을 청엽정(靑葉町)이라 부르지만 그때는 연화봉(蓮花峰)이라고 이름하였다.

작희는 '그'보다 '나'로 시작하는 소설이 좋았다. 옆에서 이야기를 들려주는 것처럼 생생하게 느껴졌기 때문이다. 그런데 글을 다 읽고는 책을 탁 덮었다.

"왜 글이 마음에 안 드니?"

중숙이 물었다.

"아뇨. 갑자기 화가 나서요."

"착한 사람이 또 죽었구나."

"네, 작은 주인은 악마네요. 결국 삼룡이와 아내까지 죽게 만들어요."

"소설이잖니."

중숙은 작희의 격앙된 감정이 걱정스러웠다.

"소설이지만, 작은 주인이 하는 짓이나 우리 아버지가 하는 짓은 그 바탕이 닮아 있어요!"

중숙이 작희에게 보릿물을 따라주었다. 물을 벌컥 마시는 딸아이를 보는 중숙의 마음이 착잡해졌다. 작희가 강단 있게 자신의 앞날을 개척하길 바랐다. 그러나 세상은 풍랑이 몰아치는 바다와 같았다. 그런 바다에서 앞날을 개척하기란 말처럼 쉽지 않았다. 세상의 풍파에 맞서지 말고 적당히 피해가라고 가르칠걸 그랬나 하는 생각이 들었다.

중숙은 작희의 손을 끌어 밖으로 나왔다. 작희는 순순히 따랐다. 중숙은 키나 몸피가 찍어낸 것처럼 자신과 똑같은 딸아이를 보자 흐뭇하면서도 마음 한편이 아렸다. 천천히 걸으며 작희의 손을 꼭 잡았다. 중숙은 애써 표정을 밝게 했다. 작희 또한 어머니의 밝은 표정을 보니 마음이 편안했다.

"어머니, 서포에 있는 책이 모두 제 스승이라고 말씀하셨잖아요."

"그랬지."

"스승을 두고 굳이 큰돈을 들여 공부하는 게 의미가 있을까 싶어요."

중숙이 발을 멈췄다.

"너무 멀리 가는 건 현재의 상황에서 맞지 않는 것 같아요. 어머니 혼자 서포를 운영하시는 것도 힘들 것 같고요."

"그게 무슨 말이냐. 서포는 그간 내가 줄곧 혼자 맡아 하지 않았니. 그런 걱정은 하지 않아도 된다."

작희는 수긍의 뜻을 내비칠 수 없었다.

"그리고 작희야, 책이 네 스승인 건 변함이 없단다. 그러나 서포 밖의 스승도 만나봐야 하지 않겠니? 함께 공부하는 교우들과 열심히 토론하고 네 생각과 다른 이의 생각을 비교해보는 것도 큰 공부가 될 거야."

어머니의 말은 일리가 있었지만 어머니를 두고 떠날 상황을 그려보면 금세 착잡해졌다.

"작희야, 공부를 하러 가는 것도 내년의 일이잖니. 미리 걱정하지 않았으면 한다."

그날 중숙은 어렵게 완성한 글을 작희에게 주었다. 작희는 제 어머니의 글을 매우 꼼꼼히 읽었다. 그리고 며칠 뒤 어머니의 이야기는 고소설의 형태를 띠어 새로울 것이 없다고 말했다.

"이야기가 물 흐르듯 이어지는 게 흥미로워요. 그런데 인물들의 성격이 너무 극단적이고 선악이 분명한 게 저는 썩 끌리지 않아요."

담대한 중숙이라고 해도 자신의 소설에 대한 냉정한 평가가 아무렇지 않을 수 없었다.

"다음부터는 이야기의 순서를 고려해보셔야 할 것 같아요. 제가 읽는 요즘 소설들은 사건을 시간순대로 쓰지 않아요. 그러니까 현재의 일을 쓰다가 과거에 있었던 일을 끄집어내 회고하는 방식을 택하는 거지요. 과거와 현재를 왔다갔다하는 것에 물론 단점이 있긴 했어요. 집중하지 않으면 이야기의 맥락을 놓칠 수가 있지요. 하지만 좀더 긴장감을 주어 읽는 즐거움이 샘솟는 것 같아요."

"……"

"참, 어머니랑 함께 공부한 학동 말이에요. 덕희란 분."

"그 애는 왜?"

작희가 미소를 띠었다.

"그분도 소설을 발표하셨더라고요. 대단히 신선한 느낌이었어요."

"신선하다고?"

"네, 사람을 선과 악으로 구분하지 않아요. 생각해보면 세상 사람들이 무조건 선하다, 무조건 악하다 말할 순 없지 않겠어요. 저만 해도 그래요. 저를 마냥 선한 인간이라고 할 수 없거든요. 그래서 저는 선과 악의 중간에서 머무는 사람들의 갈등과 욕망에 대해 쓰고 싶어요."

작희는 봇물이 터진 것 같았다. 그런데 작희의 뒤편에 손님이 서 있었다. 중숙은 하마터면 비명을 지를 뻔했다. And. 오늘도 모자가 달린 윗옷을 입고 몸에 꼭 붙는 바지를 입었다. 여자는 윗옷에 붙은 모자를 벗었다. 단발머리였는데 뒷목 쪽이 더 짧게 잘려 있었다. 여자의 손에는 펜이 쥐어져 있었다. 손님은 중숙에게 눈길을 주지 않고 오로지 작희만 바라보았다.

"작희야."

중숙의 목소리가 낮게 떨렸다.

"어서 자야지."

"네, 어머니."

괜한 말로 아이를 놀라게 해선 안 된다는 생각에 중숙은 작희를 자리에 눕게 하고 불을 껐다. 손님은 아직 있는가. 잠이 올 리 없었다. 작희의 낮게 코 고는 소리가 들렸다. 달빛이 마당으로 면한 창호를 하얗게 물들였다. 중숙은 조심조심 몸을 일으켰다. And가 아직 있다면 물을 참이었다.

당신은 어디에서 왔는가, 무엇을 하는 사람인가, 혹시 글을 쓰는 사람인가. 궁금한 것은 이뿐만이 아니었다. 당신이 쥐고 있는 그 필기구는 무엇인가, 매우 간편해 보인다, 어디서 구할 수 있는가. 경성에는 없는 물건 같았다. 무엇보다 손님이 입고 있는 모자 달린 윗옷이 탐났다.

"오늘은 물어야겠습니다……"

하지만 And의 모습이 점점 흐릿해졌다.

"이봐요……"

중숙은 말을 삼켰다. And는 사라지고 없었다. 아쉬운 마음이 들었다. 그때, 문밖에서 기척이 났다. 중숙은 혹시 And인가 싶어 문을 열었다. 문밖에 서 있는 사람은 점예였다.

점예의 머리와 얼굴이 땀에 푹 젖어 있었다. 점예의 흰 저고리엔 검붉은 얼룩까지 묻어 있었다. 그 얼룩이 피라는 걸 알아차리는 데는 오래 걸리지 않았다.

점예는 학교 행사 준비를 돕다가 늦은 귀가를 하던 중이었는데, 경혜의 집을 지날 때 문밖에 쓰러져 있는 한 여자를 보았다. 머리카락은 죄 뜯겨 수풀이 돼 있었고 얼굴은 핏물로 범벅이 되어 맨 처음엔 경혜인 줄 몰랐다. 치아가 빠졌는지 입 밖으로 피가 철철 흘렀다. 점예를 먼저 알아본 경혜가 손을 내밀었다.

"살려줘."

점예는 크게 놀랐지만 마침 가방 안에 보자기가 있어 일단 경혜의 머리와 어깨를 감쌌다. 고무신도 못 신고 쫓겨난 경혜는 점예의 부축을 받으며 친정집까지 왔다.

어머니가 알지 못하게 해달라고 경혜가 신신당부를 했기 때문에 점예는 어쩔 수 없이 중숙에게 온 것이었다. 중숙이 그제서야 툇마루에 앉아 있는 경혜를 알아보고 서둘러 안으로 들어오게 했다. 불빛 아래에서 본 경혜의 몰골은 말로 형용할 수 없을 만큼 처참했다.

"짐승만도 못한 인간."

중숙의 목소리가 떨렸다.

"형님, 정신 드십니까."

경혜가 무너졌다. 눈을 뜨지 않았다. 정신을 잃은 줄 알았지만 부끄러움과 무력감 때문이었을 것이다. 경혜는 조용히 흐느꼈다.

자다 깬 작희는 악몽을 꾸는 것처럼 하얗게 질려 있었다. 그러나 이내 분노로 몸을 떨었다. 고모부란 자가 고모를 툭하면 매질한다는 사실은 알고 있었지만 이렇게 목도하기는 처음이었다. 고모의 시부모님들이 돌아가실 때 아들은 믿을 수 없다며 고모에게 맡긴 전답이 있었다. 고모를 각별히 아꼈다기보다 어디서 점을 보고 와서는 며느리가 떠나면 아들이 쪽박을 찬다는 말을 굳게 믿었던 것이다. 자신의 아들이 밥 한술 얻어

먹지 못하는 거렁뱅이 신세가 될까 두려웠던 시어른들은 전답을 경혜의 명의로 남겼다. 경혜는 시어머니와의 약속을 지키기 위해 방탕한 생활에 빠진 남편에게 전답을 내주지 않았다. 그 전답 문서를 빼앗으려고 수년 동안 경혜를 괴롭히다가 급기야 애도 못 낳는 년은 여기서 살 자격이 없다며 매질을 해댄 것이다. 이날은 경혜도 참지 못하고 같이 주먹질을 했더니, 그는 경혜를 쓰러뜨리고 목침으로 얼굴을 갈겼다.

"개가 뜯어 먹을 년이."

경혜는 매 맞는 것도 끔찍하지만 그의 욕설을 견딜 수가 없었다. 그래서 목숨을 걸고 대들었다. 일하는 사람들이 말려도 그는 쓰러진 제 아내에게 주먹질과 발길질을 멈추지 않았다. 경혜의 입에서 물컹한 핏물이 구물구물 뿜어져나왔다. 그는 경혜의 머리채를 잡아 질질 끌어 문밖으로 내버렸다. 앞니가 두 개 부러졌고, 턱과 광대가 틀어졌다. 작희가 모셔온 의원이 경혜의 상태를 보고 고개를 절레절레 흔들었다. 참담한 광경을 지켜보던 중숙은 말을 잃었다. 작희의 눈에서는 서늘한 안광이 빛났다.

"고모는 살해당할 뻔했어요."

기세등등하던 시누이가 이렇게 피떡이 되어 누워 있는 걸 보자 중숙은 말할 수 없는 슬픔과 분노를 느꼈다. 아낙들이 모여 있는 빨래터에만 가도 시퍼런 멍을 가진 여자들을 심심치 않게 보았다. 도대체 아내를 개처럼 패는 이 악행은 언제부터 시작된 것이며, 언제 끝이 난단 말인가.

다음날 작희가 할머니의 아침상을 차려 들어가서는 고모가 일이 생겨 못 오기 때문에 자신이 한의원에 모시고 다니겠다고 말했다. 강 씨는 별다른 의심을 하지 않았다. 경혜는 중숙의 방에서 쉬며 치료와 휴식에 전념해야 했다.

묻는 말에 대답도 안 하던 경혜는 일주일쯤 지났을 때야 입을 열었다. 남편이 술과 여자에 미쳤을 때는 그나마 봐줄 만했는데, 도박에 빠지니 제정신이 아닌 것 같다고 했다. 경혜는 부끄럽지만 올케와 조카에게 자신이 겪은 수난에 대해 이야기했다. 폭행이 있기 전날에도 전답 문서를 내놓지 않는다고 경혜에게 양잿물을 먹이려 했다고 한다. 중숙은 듣고도 믿기지 않아 되물었다.

"양잿물을요?"

경혜는 시선을 피하며 말했다.

"응, 독살하고 싶었던 거지."

"그냥 그 문서 줘버리지 그랬어요?"

그동안 한 마디도 안 하던 점예가 처음으로 말을 보탰다.

"그러고 싶었지만 어머님 아버님과의 약속이라……"

며칠간의 모의를 거듭한 끝에 중숙은 경혜의 전답 문서를 찾아오기로 했다. 경혜는 최 씨로부터 자신을 보호하기 위해 전답 문서를 친정 식구 중 누군가에게 맡겨놨다고 거짓말을 했지만, 실상은 안방 반닫이 안에 보관하고 있었다.

중숙이 점예와 작희를 데리고 집을 나선 건 폭행이 있고 꼭 열흘이 지났을 때였다. 중숙과 점예와 작희는 허리끈을 단단히 묶었다. 작희가 광에서 무기가 될 만한 걸 여러 개 가지고 나왔다. 중숙은 믿을 만한 남자 일꾼을 데리고 가볼까 생각했지만 말이 퍼지면 도리어 일이 복잡해질 것 같았다.

사직정 경혜의 집 앞에 도착했을 때 술주정 소리가 담을 넘었다. 간간이 여자의 교태 섞인 웃음소리도 들렸다. 아내를 내쫓은 지 얼마나 됐다고. 저자에게 여자란 쓰고 버려도 되는 물건과 다름이 없구나. 중숙은 화를 억누르며 마당을 가로질러 조용히 툇마루에 걸터앉았다. 잠시 생각에 잠겨 있던 중숙이 미닫이 앞으로 갔다. 안에서 문을 잠갔는지 미닫이가 열리지 않았다. 문고리를 가늠해 창호문을 더듬었다. 그제야 안에서 기척이 들렸다. 중숙이 문을 못 열자 작희가 미닫이를 걷어차 버렸다. 예상에 없던 일이라 중숙도 점예도 놀라 넘어갈 뻔했다. 문이 방안으로 넘어갔다. 방으로 들어선 작희가 여자에게 이불을 뒤집어씌웠다. 옷도 제대로 입지 못한 여자가 꼴도 보기 싫어서였다. 고모부 최 씨는 세 여자를 보고 기함을 토했다.

"아니, 니들은?"

최 씨의 상체가 뒤로 넘어갔다. 작희가 들고 있는 것은 그저 몽둥이였다. 그러나 술에 취한 그는 버린 낫이라도 본 듯 놀랐던 것이다. 최 씨는 취기 때문인지 일어나질 못하고 엉덩방아를 찢었다.

"고모부님, 드릴 말씀이 있어 이렇게 왔습니다."

최 씨는 말을 잃었는지 희번덕거리는 눈으로 중숙을 노려볼 뿐이었다. 중숙은 점예 쪽으로 손을 내밀었다. 점예가 저고리 안에서 종이 뭉치를 꺼내 중숙에게 주었다.

"얘 고모를 죽기 직전까지 때린 게 바로 이것 때문인 걸로 압니다."

최 씨가 손을 뻗었다. 그토록 손에 넣으려고 했던 그 전답 문서가 아닌가. 중숙은 최 씨가 낚아채지 못하게 등뒤로 문서를 빼돌렸다.

"저와 이야기를 좀 나누셔야겠습니다."

"그거 이리 내."

만취한 최 씨가 몸을 벌떡 일으켜 중숙을 덮치려 했다. 작희가 몽둥이로 최 씨의 어깨를 밀자 그는 힘없이 뒤로 밀렸다. 작희는 토악질이 나올 것 같았다. 그 틈에 점예가 슬그머니 문 옆쪽 반닫이를 열었고 작희는 최 씨가 점예를 보지 못하게 막아섰다. 점예는 경혜가 이야기한 아기 베개를 꺼냈다. 진짜 문서는 베개 안에 있었다. 최 씨는 점예와 작희가 무엇을 하는지 알아차리지 못했다. 그의 눈엔 오로지 중숙의 손에 있는 문서만 보일 뿐이었다. 중숙은 촛불에 문서를 가져다댔다. 불이 타올랐다. 최 씨의 두 눈이 휘둥그레졌다.

"뭐 이런 갈아 먹어도 시원치 않을 년이…… 어서 내놓지 못하냐."

중숙은 활활 불길이 타오른 문서를 요강에 던졌다. 타다 만 문서가 오줌 위로 떠올랐다. 중숙은 식은땀을 흘렸고 점예와 작희도 마찬가지였다. 그러나 자신들이 겁먹고 있다는 사실을 들켜서는 안 되었다. 중숙은 냉정함을 잃지 않았다.

"잘 들으세요. 고모님을 한번 더 위험에 빠뜨리면 진짜 문서도 이렇게 만들 겁니다."

최 씨는 무슨 개수작이냐며 바락 소리를 지른 후 중숙을 덮치려 했다. 이번에도 일고의 망설임 없이 작희의 몽둥이가 그의 어깨를 세게 밀었다. 그는 작희보다도 약체였던가. 그런 자가 어찌하여 자기 아내를 죽기 직전까지 두들겨팰 수 있었을까. 작희는 널브러져 있는, 늙고 볼품없는 앙상한 몸뚱이에서 시선을 돌렸다.

"이혼을 순순히 해주면 전답 문서 반은 돌려주겠다고 합니다. 나머지 반은 폭력으로 몸이 상한 것에 대한 치료비라고 생각하십시오."

"무슨 개 같은 소리를 지껄이는 거냐."

"현재 전답의 명의는 이경혜로 되어 있습니다. 반이라도 받고 싶은지 아니면 홀라당 재로 만들 것인지 잘 생각해보십시오."

최 씨는 난데없이 들이닥친 침입자들을 시뻘건 눈으로 하나하나 노려보았다.

"그래, 내일 경찰서에서 만나자. 내 벗들이 총독부에 있어."

"그러지요. 그 전에 아내 살인미수에, 요즘은 아편까지 사드신다고 하던데, 이 사실은 어디에 알려야 할까요. 법보다 신문이 좋겠습니다. 요즘 신문들이 신문고 역할을 하더군요. 이좋은 소식을 신문에 박아 세상에 알려야겠지요. 남 이야기 좋아하는 자들은 이렇게 지저분한 소식을 은근히 즐겨 읽지 않습니까."

그는 새 사업을 구상중이었다. 사건의 주인공이 최 씨로 가늠이 될 경우 누가 아편쟁이와 동업을 하겠는가.

중숙은 잠시도 지체하고 싶지 않아 등을 돌렸다. 작희와 점예도 중숙을 따랐다.

"사지를 찢어 개천에 걸어놓을 테다."

작희 일행이 문밖을 벗어났을 때 무슨 연유인지 여자의 끔찍한 비명소리가 담장을 넘었다. 와장창 유리 깨지는 소리에 이어 최 씨의 기괴한 웃음소리가 들렸다. 자정이 넘은 시간, 울음소리와 웃음소리가 뒤섞여 밤공기를 할퀴었다.

세 여인은 남의 집 담장에 몸을 숨기며 집으로 돌아왔다. 모두들 식은땀으로 몸이 젖어 있었다. 중숙은 집안으로 들어서자마자 무너지듯 주저앉았다. 작희도 바닥에 주저앉으며 작게 울음을 터뜨렸다. 점예가 작희의 등을 쓸어주었다. 중숙은 평생 안 해도 될 경험을 하게 한 것 같아 작희에게도 점예에게도 죄책감을 느꼈다.

경혜는 안 자고 자리에 앉아 있었다.

"도박과 아편이라니, 이번 생에는 사람으로 살기 어려울 듯싶습니다."

중숙은 사직정에서 가져온 아기 베개를 경혜에게 건넸다. 경혜는 일그러진 얼굴로 통곡을 했다.

강 씨는 경혜 때문에 시름시름 앓았다. 딸의 미래도 걱정이지만 문중 사람들과 세상 사람들의 시선이 벌써부터 걱정되어 밥 한 술 물 한 모금도 제대로 삼키지 못했다. 곰곰이 생각할수록 딸의 인생을 망친 사위 녀석보다 일을 이렇게 만든 며느리년이 참을 수 없이 미웠다.

"되먹지 못하게 어디 시누 남편을 찾아가 협박질을 해?"

강 씨는 중숙을 향해 바락 소리를 질렀다. 남편에게 구타당해 안면이 함몰된 경혜는 좀체 문지방을 넘지 않았지만 이때만은 어머니 방으로 득달같이 달려가 올케의 편을 들었다.

"어머니, 그만 좀 하세요."

제사가 있어 일가가 모일 때면 어머니의 명에 따라 경혜는 몸을 숨겼다. 시가 사람들은 자식을 제대로 가르치지 못해 가문에 먹칠을 했다며 강 씨를 대놓고 책망했다. 홍규는 문중 사람들에게 부끄럽기 싹이 없는 존재였는데, 이젠 경혜의 일까지 경성 바닥에 소문이 나 집안에 먹칠을 해도 보통으로 한 게 아니라며 대노했다. 노론 집안에다 과거 삼정승까지 지낸 선조의 후손으로서 자부심 하나로 산 그들이라 흥규에게 후사라고는 계집아이 하나가 전부인 것도 문제라 지적했다. 제사상을 물리고 무릎을 꿇고 앉아 있던 흥규가 다리를 편하게 풀었다. 그러고는 자신은 오래전부터 기독교를 믿었기 때문에 돌아가신 분들을 위한 제사에 뜻이 없다고 밝혀 또 한번 집안이 발칵 뒤집혔다.

제삿날 작희는 경혜와 서포에 가 있었다. 작희는 서포에서 편지를 대신 써주는 일을 해서 수고비를 받곤 했다. 편지를 부탁하는 사람들은 다양했다. 지게꾼일 때도 있었고, 고상한 안방마님일 때도 있었고, 심지어 학생모를 쓴 남학생일 때도 있었다. 한 남학생은 잘 써준 편지 덕분에 토라진 애인의 마음을 다시 잡을 수 있었다며 쌀을 주고 갔다. 일본이 나라를 침략해 조선인의 숨통을 조여도 이성을 사랑하는 마음까지 끊을 수는 없을 것이다. 자유연애가 성행하는 시절이라 마음을 전하는 데는 편지만 한 것이 없었다. 작희가 편지를 잘 써준다는 소문이 타 도시까지 전해졌는지 먼 거리에서도 손님이 찾아왔다. 작희는 그렇게 번 수고료를 차곡차곡 모아 〈신가정〉 잡지에서 본 스메쓰, 우테나, 구라부 크림 중에 무엇을 살지 고민했다. 고모를 위해서였다.

우테나의 모델은 기모노를 입은 일본인 미즈카니 야헤코였다. 구라부는 한복을 입은 전통 여인이었다. 두 여자 모두 대단한 미인이었지만 작희는 스메쓰 크림을 선택했다. 이유는 모델이 가장 못돼 보였기 때문이었다. 작희는 신문에서 모던 걸이 '모단(毛斷)'이고 '못된 걸'이라고 비꼬는 기사를 여러 번 읽었다. 나라를 빼앗고 극악무도하게 우리 백성을 죽이는 일본에겐 대항도 못하면서, 힘없는 자국의 여자들은 만만한 건지 야멸차게 비판하는 꼴이 너무나 한심해 보였다.

스메쓰 크림을 선전하는 모델은 기모노나 한복을 입고 있지 않다는 점도 마음에 들었다. 모델은 몸에 꼭 붙는 치마를 입었는데, 다리 한쪽이 훤히 들여다보일 만큼 쭉 찢어져 있었다. 그럼에도 여자는 전혀 기죽지 않고 한껏 몸매를 뽐냈다.

스메쓰 크림은 아름답게 당신의 피부를 보호하여 언제든지 자랑스러운 당신의 피부에 향기를 줄 거예요. 스메쓰 백분은 생기를 주며 화장의 아름다움을 만들어줍니다.

광고 문구는 낯간지러웠지만, 얼굴이 상한 경혜 고모의 기분을 바꾸는 데 도움이 될 것 같았다. 작희는 백화점에서 사온 크림과 백분을 경혜에게 건넸다.

"고모 이거 쓰세요."

"뭐니?"

경혜는 꾸러미를 받아들고 어리둥절한 표정을 지었다.

"크림이에요. 그리고 그 옆에 건……"

경혜가 넋을 잃고 백분을 보고 있을 때 작희가 분첩을 두드리릴 때와 같은 손 모양을 해 보였다.

"이걸 왜?"

"고모 쓰세요. 저 이 정도 살 돈은 있어요."

경혜는 차오르는 눈물을 손등으로 닦았다. 작희는 많이 쑥스러웠지만 고모와 이젠 정말 한편이 된 느낌이었다. 지금쯤 집에는 나물 볶고 전 지지는 냄새가 가득할 테지만, 작희는 배가 조금 고파도 고모와 서포에 있는 것이 훨씬 좋았다.

"고모 저 이것 좀."

작희가 가위를 내놨다.

"단발을 하려고요."

"단발? 머리를 자르겠다고?"

작희가 손으로 머리 길이를 가늠해 보였다.

"한 이 정도로. 고모가 좀 잘라주세요."

"너무 짧지 않을까."

경혜가 걱정스럽게 말했다.

"요즘 제 머리에 이가 말도 못해요. 위생을 위해 자르려는 거여요."

"그래? 그럼 홀딱 밀어야지."

"아, 그건 좀……."

작희가 난처한 표정을 짓자 경혜가 깔깔 웃다가 가위를 들었다. 처음엔 어깨에 닿을 만큼만 자르려 했지만 삐뚤빼뚤한 걸 맞추다가 귀밑까지 짧아졌다.

"작희야, 이를 어쩐다니."

"아니요. 딱 좋은 걸요. 그나저나 할머니도 단발을 하면 어떨까요? 잘 어울릴 것 같은데."

경혜가 작희의 등을 때리며 웃었다. 고모는 요즘처럼 마음이 편한 적은 없다고 했다.

"작희야, 너희 엄마가 서포를 한다고 할 때 내가 어깃장을 좀 놓았잖니. 여자가 무슨 일을 하냐고. 그런데 내 신세가 이리 되고 보니 네 엄마가 참 대단한 사람 같단 생각이 들어."

작희는 고모의 이야기를 다 듣고 기억에 남는 글을 고모에게 전했다.

"고모, 어머니의 학동이 쓴 글을 읽었거든요. 그 글엔 남편한테 의지하지 말고 경제적 독립을 해야 진정으로 자기 해방을 한다고 쓰여 있었어요."

경혜는 '해방'이란 의미를 이해하지 못한 것 같았다. 작희는 다른 이야기를 하나 더 찾아 고모에게 설명했다.

"하나님이 목숨을 주실 때 남성을 더 우대하고 여성을 더 천하게 만들지 않았대요."

평등에 관한 이야기를 하던 작희의 눈가가 촉촉해졌다.

"남자한테 경제적으로 의존하면 다른 부차적인 것들도 종속이 된다고."

경혜의 눈이 몇 번인가 끔뻑였다.

"작희야, 다는 아니지만 조금은 알 것도 같구나."

중숙은 제사상을 치우고 서포로 가고 싶었지만 부엌에서
벗어날 수 있었던 건 다음날 점심이 지나고서였다. 삭신이 쑤
셔 눕고 싶었으나 깨끗한 옷으로 갈아입고는 점예와 작희를
대동하고 해동서관에 갔다. 이날은 경혜도 합류했다. 중숙은
점예와 경혜에게 정지용의 시집을 사줬다. 작희에게도 책을
한 권 사주려고 했지만 불러도 대답 없이 잡지만 읽고 있었다.
중숙은 작희가 읽고 있는 것이 궁금했다.

"뭐를 읽니?"

중숙은 잡지에서 글쓴이를 발견하고 얼굴이 환해졌다.

"은순이가 쓴 글이로구나."

은순은 가비를 소개하고 있었다. 앞부분만 읽었는데도 중숙
은 특유의 가비향이 느껴지는 것 같았다. 중숙은 친구들의 글
을 읽을 때면 그들을 마주하는 것처럼 반가웠다.

"그 책을 사렴. 나도 은순이가 너무 그립구나."

중숙은 작희가 원하는 책을 모두 사주기로 했다.

"전 조선어를 가르치고 싶은데, 아무래도 가사를 가르치게
될 것 같아요."

중숙은 기운 없이 말하는 점예 쪽으로 고개를 돌렸다. 점예
의 얼굴에 수심이 가득했다. 얼마 전, 경성의 여학생들이 연대
하여 시위가 일어났다. 남학생들보다 국어와 산수, 그리고 영

어의 수업시수를 절반 이상 깎은 데 대한 시정을 요구하는 시위였다.

"학교까지 가서 왜 또 바느질을 배워야 하는지 모르겠어요. 저는 정말 바늘귀에 실을 끼려고 하면 막 어지러워 배에 탄 것처럼 속이 울렁거려요."

점예의 말에 중숙과 경혜가 소리 내 웃었다. 해동서관의 점원은 책 정리를 하던 손을 멈추고 무슨 내용인지도 모르면서 덩달아 웃었다.

서점에서 나왔을 때는 하얀 달빛이 거리를 비추고 있었다. 보름이구나. 달빛이 전깃불보다 믿음직스러웠다. 그러나 달빛 아래를 걷는 중숙의 걸음걸이는 신통치 않았다. 중숙은 금세 일행보다 뒤처졌다. 아랫배의 통증이 최근 들어 숨도 안 쉬어질 정도로 극심해졌다. 왜 약을 써도 듣지를 않는가. 문득, 이 행복한 나들이가 마지막이 아닐까 하는 생각이 들어 중숙은 머리를 가로저었다. 육중한 슬픔이 중숙의 전신을 짓눌렀다.

5

퇴마가 시작된 지 꼭 삼십사 일 째였다. 삼분의 일 지점이 지난 것이다. 여전히 비문을 태우거나 생쌀 한 줌 던지는 걸 본 적이 없다. 미스터는 우리들의 작업실 출퇴근시간을 점검하고 그 외의 규칙을 잘 지키는지 감시했다. 가끔 훈수를 두기도 했다.

"승객들이 자꾸 이리 가라 저리 가라 떠들어도 운전대 잡은 사람이 목적지를 잊으면 안 되지요. 작가도 마찬가집니다. 운전사는 눈먼 승객이 벼랑으로 달리라 해도 그쪽으로 차를 몰진 않아요. 작가들도 이리 고쳐라 저리 고쳐라 소리를 들어도 참고만 할 뿐 자신이 말하고 싶었던 걸 끝까지 놓치면 안 돼요."

미스터의 조언이 점점 듣기 싫었지만, 경은과 윤희는 그의 말을 잘 따랐다. 기막힌 우연처럼 경은은 일부 수정한 작품으로 OTT 플랫폼과 계약이 되었다. 윤희에게도 좋은 일이 생겼다. 열아홉 번 뜯어고쳤던 작품의 첫번째 원고로 새 기획사와 다시 작업을 하게 되었다. 두 사람 모두 한두 해 정도는 돈 걱정 없이 글만 써도 되는 상황이었다. 경은과 윤희는 이 모든 성과를 미스터의 공으로 돌렸다.

"돈 들어와도 엎어질 수 있는 게 그쪽 일 아닙니까. 일희일비하지 마세요. 드라마 송출되고, 극장에 영화 걸리기 전까진 마음 놓지 말란 뜻입니다."

초를 치는 미스터 때문에 경은과 윤희는 쌍둥이처럼 똑같이 떨떠름한 표정을 지었다. 문득 부아가 치밀었다. 미스터는 작희의 일기장을 나에게 돌려주지 않고 있었다. 오늘은 언제 일기장을 줄 거냐고 단호히 물을 참이었다. 그런데 미스터가 내 마음을 꿰뚫었는지 먼저 말을 꺼냈다.

"참, 일기장 말입니다. 종이가 삭은 부분은 복구가 불가능했습니다."

그는 크로스로 메고 있던 가방 안을 뒤적였다.

"그래도 문맥으로 추측은 가능하니까."

고개를 든 미스터가 서류 봉투를 줄 듯 말 듯 내밀었다. 나는 잽싸게 봉투를 빼앗았다. 삼십사 일 만에 만나는 일기였다. 미아가 됐던 아이를 찾은 심정이었다.

"일기 주인이 손을 다쳤더군요. 알고 있었나요?"

"아니요. 몰랐어요."

너덜거렸던 일기장의 가장자리가 매끈해져 있었다. 내부를 펼치니 누렇던 종이의 때가 빠져 글씨가 이전보다 선명하게 보였다.

"그리고 이건……"

그가 출력물을 나에게 건넸다.

"꼭 이럴 생각은 아니었는데, 어떻게 하다보니……"

미스터는 작희의 일기를 한글 파일에 모두 옮겨 적었다고 했다. 나는 출력물을 받아 들고 어찌할 바를 몰랐다.

"아, 감사합니다."

"네, 많이 감사해하셔야죠. 비용을 정리해서 문자로 보내겠습니다."

미스터다운 말투였다.

"사실 작업하며 좀 놀랐습니다."

"어떤 점이요?"

"팔십 년 전 분인데, 삶과 글에 대한 열정이 어마어마하네요. 참, 그것보다 이작희는 오영락에게 소설을 빼앗겼더군요. 출력물 12페이지를 보면 알 수 있습니다."

"빼앗겼다니요?"

나는 출력물을 읽었다. 세 문장이 강렬하게 내 시선을 사로잡았다.

빼앗긴 자도 잘못이다. 오영락만의 문제가 아니다. 나는 왜 내 작품을 지키지 못했을까……

내가 의심에 찬 얼굴로 미스터를 보자 그는 단호히 말했다.

"오영락의 미쿠니 아파트는 원래 이작희의 작품이었습니다."

"설마요. 그럴 리 없어요."

나는 딱 잘라 말하고는 덧붙였다.

"소설의 필체와 일기의 필체가 완전히 달라요. 미쿠니 아파트를 이작희가 썼다고 보기엔 무리가 있어요."

"확신하나요?"

나는 고개를 끄덕였다.

"미쿠니 주택과 함께 발견된 소설이 있다고 했지요? 그 소설의 필체는요?"

"소설 두 개는 필체가 같고 일기만 다릅니다."

"그런데 일기엔 오영락이 자신의 글을 빼앗았다고 쓰여 있어요. 그럼 이작희가 거짓말로 일기를 썼다는 건데요."

미스터는 조금 웃은 후 집에 가서 출력물을 꼼꼼히 읽어보라고 말했다.

"참, 작가님 큰아버지의 문화사업은 어찌되고 있나요?"

"사세히는 모르지만 잘 진행이 되는 걸로 알고 있어요."

나는 왠지 모르게 자신 없는 목소리로 답했다.

큰아버지와 제자 몇 명이 돈줄이 될 곳을 찾아 제안서를 넣었다. 오영락이 나고 자란 지역에서 제일 먼저 연락이 왔고, 다음으로 소비자 불매운동의 타깃이 된 기업에서 후원 의사를 밝혀왔다. 큰아버지는 이미지가 나쁜 기업의 제안은 반려하고 싶다고 했다. 그리고 오영락 문학상 제정을 발표하면 안나가 오영락 학회를 만들 것이고, 기회가 된다면 해외에도 오영락의 작품을 소개할 거라고 했다. 언젠가 큰아버지는 이렇게 말했다. 이미 세상을 떠난 작가가 어쩌다 영향력을 발휘하게 될 경우, 그 힘은 살아 있는 작가에게 비견할 수 없이 크게 마련이라고.

안나가 편집위원으로 있는 출판사에서 오영락 단편집에 「량량과 호미」를 실어 재출간하기로 했다. 몇몇 매체에서는 벌써 오작가의 자필 원고를 소개했다. 큰아버지는 일의 진행이 즐거운지 목소리에서 활기가 넘쳤다.

생각에 잠겨 있는 나를 깨우려는 듯 미스터가 손으로 테이블을 톡톡 두드렸다

"연재하는 작품은 잘 써지나요?"

"네, 다행히 그렇습니다."

'다행히'란 말은 어딘가 부족했다. 연재를 하는 덕분에 별도의 아르바이트 없이 오로지 글에만 집중할 수 있었다. 게다가 오영락 평전도 매절이 아닌 판매부수로 계약이 된 상태였다. 평전이 잘 팔리면 부가 수입을 얻을 수 있었다. 불과 한 달 전

과 지금의 상황은 달라져 있었다. 나는 이런 안정된 시간이 오래도록 지속되길 바랐다. 그런데 나에게 집중된 시선이 불편해 나는 미스터에게 물었다.

"미스터는 전에 무얼 하셨어요?"

느닷없는 질문이었지만 경은과 윤희도 그의 답이 궁금했던 모양이다. 두 사람의 손이 노트북 자판에서 내려왔다.

"퇴마사 이전에요?"

"네."

미스터는 작게 웃었다.

"고문서 복원 일도 하고, 글도 썼습니다."

경은과 윤희가 고개를 획 돌려 미스터를 보았다.

"아쉽게도 완성한 작품은 없습니다. 그럼 이만!"

미스터는 가방을 챙겨 작업실 밖으로 부리나케 나갔다. 나는 미스터가 사라진 문을 한동안 바라보다가 그가 주고 간 일기장 출력물을 펼쳤다. 작희의 회한으로 가득한 문장을 읽었다. 시공간을 관통해 아주 낯선 세상으로 날아간 기분이었다.

……그날 어머니가 드시고 싶다고 한 단팥묵을 사러 제과점에 가지 않았다면, 만약 제과점에서 오영락을 만나지 않았다면 어땠을까.

6

중숙이 몸져누운 지 두 달째였다. 병원에 가도 병명을 알아내지 못해 어떤 약을 써야 할지 몰랐다. 미음 한 수저를 제대로 넘기지 못하면서 중숙은 가끔씩 남편을 찾았다. 그래서 작희도 아버지가 돌아오길 기다렸다. 어머니가 원하는 건 모두 들어주고 싶어서였다.

점예는 배앓이에 효험이 있다는 말을 어디서 전해 듣고 큰돈을 들여 낙지를 구해와 탕을 끓였다. 물도 제대로 못 넘기는 환자에게 낙지 끓인 국물에 밥을 말아 먹이는 것이 가당키나 한 일인가 싶었지만 다행히 중숙은 몇 순가락씩 받아먹었다.

"점예야. 내가 없어도 우리 작희를……"

점예가 뒷말을 듣지도 않고 역정을 냈다. 무슨 말씀을 하시느냐고, 어서 털고 일어나셔야 한다고. 작희는 한 번도 점예의 성내는 목소리를 들은 적이 없었다. 그러나 어머니에게 그리 성을 내주니 그저 고마웠다. 작희는 심장 속 초침이 쉬지 않고 째깍째깍 흐르는 걸 깨어 있는 내내 느꼈다. 어머니와 이렇게 이야기를 나눌 수 있는 시간이 얼마 남지 않은 것 같다고. 아직 못다 한 이야기가 너무 많은데……

"어머니, 이번에 쓸 소설에 어머니가 나와요. 아주 멋진 여성으로…… 주인공 이름이 그냥 대문자 J예요."

중숙의 눈이 밝아졌다. 어머니는 이야기에 미친 사람이 맞았다. 이 와중에도 작희가 쓸 이야기에 관심을 보인 것이다. 작희는 구상중이던 소설 이야기를 했다. J와 j는 쌍둥이이며 이 소설의 주인공이다. 그녀들은 공장에서 일하고 사는 곳은 사택인 미쿠니 주택이다. 작희는 어머니에게 소설에 대해 이야기를 하다가 결말을 생각했다.

작희는 어머니에게서 일찍이 맡아본 적 없는 냄새를 맡았다. 그것은 한 번도 맡아본 적 없었지만 틀림없는 죽음의 냄새였다. 작희는 어머니의 손을 꼭 잡았다.

"어머니, 혹시 뭐 드시고 싶으세요? 제가 사올게요."

중숙은 힘없이 작희를 바라보기만 했다.

"뭐라도 드셔야 해요."

중숙은 고개를 가로저었다. 작희가 울 것처럼 바라보자 중숙은 힘을 내 말했다.

"단팥묵……"

작희는 벌떡 일어났다.

"조금만 기다리세요. 지금 가면 경성제과 문 안 닫았을 거예요."

어머니 곁에는 점예 아주머니와 고모가 있었다. 할머니도 아픈 며느리의 방을 수시로 찾았다. 작희는 옷고름이 풀어지든 말든 깡총한 치마가 뒤집히든 말든 뛰고 또 뛰었다. 그런데 뭐에 걸렸는지 휘청했고 바닥에 그대로 고꾸라졌다. 바닥에 널브러진 작희에게 누구 하나 손을 내밀지 않았다. 그런데 갓을 쓴 한 무리의 중늙은이들이 대놓고 혀를 차는 소리가 들렸다. 자세히 보니 일가 어른들이었다. 작희는 인사도 하지 않고 다시 뛰기 시작했다. 자동차 경적 소리가 요란했다. 사람 따위 안중에도 없는 자동차는 그 자체로 살인 무기였다. 차에 치이면 어떻게 되는지 익히 알고 있었지만 작희는 도무지 두려운 게 없었다. 딱 하나 두려운 게 있다면 어머니가 단팥묵을 못 드시는 거였다.

"떴다 보아라 안창남의 비행기, 내려다보아라 엄복동의 자행차……"

어느 상점에서 노래가 흘렀다. 아, 자행차. 자행차 그게 뭐라고, 맘껏 못 타고 시집온 내 어머니……

작희의 얼굴은 눈물과 땀으로 흠뻑 젖었다.

경성제과 앞에 다다랐을 때 누군가 작희를 불렀다. 오영락 작가였다. 서포에서 봤을 때와는 완전히 다른 모습이었다. 그는 말끔한 양복차림에 셔츠도 깨끗하게 다림질 된 걸 입고 있었다. 잘 빗은 머리는 흐트러짐이 없었고 꽤 그럴듯해 보이는 안경을 끼고 있었다. 그는 작희에게 무슨 말인가를 하려고 했지만 작희는 인사를 나눌 여유가 없어 제과점 안으로 뛰어들어갔다.

여주인은 작희를 보고도 상점의 불을 껐다. 작희는 단팥묵을 달라고 했지만 여주인은 안 된다고, 자신은 약속이 있어 지금 나가야 한다고 했다. 어떤 순간이 와도 무릎은 꿇지 말라고 가르쳤던 어머니였다. 챙이 좁은 모자를 쓰고 반짝이는 장신구를 두 개나 가슴에 단 여주인은 작희의 차림새를 훑어보다가 그만 나가달라고 말했다. 작희는 무릎을 꿇고 애원할 수밖에 없었다. 그때 오영락이 제과점 안으로 들어와 주인에게 알은체를 했다.

"하나 파시지 그러세요. 꼭 필요한 것 같은데요."

주인 여자의 눈이 휘둥그레졌다.

"어머, 오 작가님! 아니 이젠 오 기자님으로 불러야 하나요?"

"호칭이야 뭐, 편하게 부르면 되지요."

두 사람은 서로에게 미소를 띤 채 살갑게 대화를 주고받았다. 흙바닥에 넘어져 얼굴이며 옷 등이 추레하기 짝이 없었지만 작희는 부끄럽지 않았다.

"부탁드리겠습니다. 어머니가 영 못 드시는데 지금은 단팥묵은 드실 것 같아 그래요."

"아니, 모든 서포 주인장이 많이 편찮으신가요?"

영락이 다소 어두운 얼굴로 물었고 작희는 그렇다 답했다.

"좀 파십시오."

영락이 여자를 향해 힘주어 말했다.

"몇 개 줘요?"

"있는 거 다 주세요."

"지금 남은 게 세 개뿐이에요."

작희는 치마주머니를 뒤졌다. 그러나 손에 잡히는 지전은 없었다. 싹 다 사라져버린 것이다. 작희는 급한 손길로 또 한번 주머니를 뒤집었다. 어머니가 치마 양쪽에 깊은 주머니를 두 개나 만들어서 옷을 지어주셨는데, 주머니를 이 잡듯 뒤져도 없었다. 여주인은 작희를 바라보다가 팔짱을 꼈다. 작희는 눈앞이 캄캄해지고 아무 소리도 들리지 않았다.

시간이 멈춘 것 같았다. 그런데 영락이 작희의 손에 단팥묵이 담긴 종이봉투를 쥐여주었다. 자신이 계산을 했으니 서포 주인께 드리라고 했다. 작희는 인사를 하는 둥 마는 둥 제과점 밖으로 나왔다.

"새로운 구걸 법이네요."

여자의 비아냥거림이 전혀 거슬리지 않았다.

작희는 문을 나서자마자 뛰었다. 목과 심장이 터질 듯이 아팠다. 그러나 발을 멈출 수 없었다. 전차에서 내린 아버지가 작희 쪽으로 다가오는 걸 보기 전까지는.

그는 뭐가 좋은지 허허실실이었다. 한 손엔 큰 가방을 들고 다른 한 손엔 양장을 빼입은 호리호리한 여자의 손을 잡고 있었다. 행인들이 흥규와 여자를 위아래로 훑었다. 그들에게서 이국의 향료 냄새가 맡아졌다. 아버지는 코앞에 서 있는 작희를 알아보지 못했다. 아버지가 손을 들어 인력거를 불렀고 여자가 가볍게 올라탔다. 여자는 많아봤자 스물두셋으로 보였다. 흥규는 자신을 쏘아보고 있는 딸을 그제야 알아차렸다.

"배웅 나왔니?"

작희는 할말을 잃었다.

"일 년 만에 애비를 봤으면 인사를 해야지."

"어머니가 지금 많이 위독하세요."

작희가 감정을 추스르고 말했다.

"뭐 당장 죽기라도 한단 말이냐?"

"빨리 집으로 가세요."

작희가 아버지의 짐 가방을 빼앗아 들었다. 그러나 그는 늑장을 부리듯 동네의 풍경을 하나씩 감상하며 걸었다.

"감나무를 베었구나. 훤하니 보기 좋네."

"어서요, 아버지."

분노를 억누르던 작희의 얼굴이 바르르 떨렸다.

중숙이 누워 있는 침상 곁에는 강 씨가 앉아 있었다. 어느 한 순간도 따뜻한 정을 준 적이 없는 며느리였지만 강 씨는 회한에 잠겼다. 며느리가 눈엣가시처럼 불편했던 것은 자신처럼 순종적으로 살지 않았기 때문이다. 후회한들 달라질 것은 없지만 강 씨는 속죄하는 마음으로 며느리의 손을 꼭 잡았다.

"그만 아파야 할 텐데……"

병자의 눈에서 진득한 눈물이 흘러내렸지만 입가에는 살포시 웃음이 떠올랐다. 병자의 치아가 너무나 가지런해서 치아만 보면 이 아이가 정말 아픈 아이인가 싶은 생각이 들었다.

미닫이를 열고 들어서는 홍규를 본 강 씨가 아들을 책망했다.

"처가 다 죽어가는데, 어디 있다 이제 기어오는 거니. 전보를 몇 번이나 쳤는데."

홍규는 병자가 섬뜩하기만 했다. 가까이 다가가기도 싫은데, 그 와중에 중숙이 자꾸만 다가와 앉으라 했다.

"뭐 하니. 어서 앉아라."

지옥에 끌려온 기분이었지만 버릇없는 작희가 도끼눈을 뜨고 지켜보는지라 움직이지 않을 수 없었다.

"먼길 오느라 고단하시겠네요."

"……"

"상해는 어떻던가요?"

"……"

"작희도 상해에 데려가주세요."

중숙의 목소리가 떨렸다.

"그 험한 데를 뭐 하러."

"부디 저 애를 잘 돌봐주세요."

흥규는 작희를 휙 돌아보았다. 도무지 정이 가지 않는 아이였다.

"작희에게 버팀목이 돼주세요."

강 씨가 물수건으로 중숙의 두 뺨에 흐르는 눈물을 눌러 닦았다.

"알겠다고 어서 말해줘라."

그 광경을 지켜보던 작희는 제 아버지가 죽이고 싶도록 미웠다. 어서 말해! 당장 말하라고! 작희는 아버지의 멱살을 흔들며 소리치고 싶었다. 흥규가 간신히 입을 열었다.

"별소릴 다하네. 얘가 남의 집 애인가. 이흥규의 딸자식인걸."

흥규는 말을 마치기 무섭게 자리에서 일어났다. 그러고는 작희더러 사랑채를 치우라 했다. 작희는 들은 척도 않고 단팥묵을 꺼내 어머니의 입에 조금 넣어주었지만 도로 나왔다. 가래 끓는 소리가 더 심해졌다. 어머니와 둘만 남았을 때 작희는 복받치는 슬픔을 꾹 참으며 어머니에게 말했다.

"어머니, 단팥묵을 사러 갔다가 오영락 작가를 보았어요."

어머니는 허공에 있던 시선을 작희 쪽으로 돌렸다.

"그 사람 기자 일도 하는 모양이에요. 참, 오늘 제가 단팥묵 살 돈을 잃어버렸지 뭐예요. 근데 오영락 작가가 대신 내줬어요. 걱정 안 하셔도 돼요. 바로 갚을 거예요."

작희는 울음을 참으며 말을 이었다.

"어머니, 오늘 또 결심을 했어요. 저 정말 좋은 이야기를 쓰려고요. 어머니가 못다 쓴 이야기가 있다면 그것까지 다 쓸게요."

해가 진 뒤 병자의 거친 숨소리가 잦아들었다. 더 깊은 밤이 될 때까지 작희는 방에서 나오지 않았다. 중숙의 두 눈이 텅 비어가고 있는 걸 보았지만 작희는 어머니를 더 세게 끌어안았다.

"어머니 글은 멋졌어요. 그렇게 시원시원한 인물들은 사실 요즘 소설에 없었어요. 지금 소설들은 너무 멋을 부리는 것 같은데, 어머니 소설은 그렇지 않았어요. 어머니가 홍계월전과 박씨전을 좋아하셔서 저도 다시 읽어봤어요. 정말 훌륭한 작품이에요. 그러나 아쉬운 게 있어요."

중숙의 시선이 조금 움직인 것도 같았다.

"작가의 이름이 없다는 거요. 그걸 최초로 구상한 사람은 누굴까요. 훌륭한 작품을 만들었지만 이름을 가지지 못한 사람들이 많잖아요. 그쵸? 어머니도 그렇고요. 어머니가 쓴 소설을 올해 신년문예에 낼 거예요. 제 소설도요. 당선이 되면 좋겠지만 안 되어도 저는 계속 글을 쓰려고 해요. 아무리 어려운 일을 만나도 쓰는 여자로 살 거예요."

중숙의 손에서 힘이 풀렸다. 작희는 그런 어머니의 손을 꼭 잡았다.

경혜가 중숙을 찾았을 때 작희는 어미 옆에 누워 눈을 감고 있었다. 한 팔을 제 어미의 배 위에 둘러 안고 자는 작희는 아기 같았다. 경혜가 무릎을 꿇고 앉아 중숙의 손을 잡았다. 생명이 꺼진 손이었다. 중숙이 이승의 끈을 놓았다는 걸 알고 경혜가 울음을 터뜨렸다. 작희는 여전히 중숙에게서 떨어지지 않으려는 듯 어머니를 안고 있었다.

울음소리를 듣고 강 씨가 뛰어왔다. 산 여자들이 죽은 여자를 사이에 두고 울었다. 그 울음이 기괴한지 홍규가 사랑채의 미닫이를 열었다.

"아, 정말 떠난 건가. 이렇게 빨리."

아무리 정이 없었다 해도 황망한 마음이 들어 홍규는 멍한 눈으로 하늘을 한번 올려다보았다.

작희는 어머니의 물건을 터럭 하나도 함부로 버릴 생각이 없었다. 어머니의 유품이 작희의 방으로 옮겨졌다. 다락에 있던 책들과 어머니가 낱낱이 써온 이야기는 작희에겐 어머니 그 자체였다. 서포는 말할 것도 없었다.

"점방은 내놔야겠다."

"내놔야겠다뇨?"

작희가 물었다.

"그 꼴 같지도 않은 서포 말이다."

"아버지, 그 꼴 같지도 않은 서포에서 나온 돈으로 아버지가 방치하고 있던 이 집의 살림을 꾸렸어요."

흥규가 눈을 희번덕거렸다.

"니가 지금 그걸 말이라고 하냐."

"제가 틀린 말을 한 건 아니잖아요. 여긴 수입이 없는 집이었어요. 어머니가 그 비용을 서포에서 벌어다 채운 거고요."

"헛소리 작작하고 문서 가져와라. 내가 상해에 괜히 간 게 아니다. 경성에서 한밑천 잡을 사업을 구상해 왔는데, 그 사업 밑천이 급히 필요하다. 애비가 잘돼야 네 에미의 유언을 지킬 거 아니냐."

"서포는 절대 안 돼요."

"왜 안 돼?"

"서포는 셋째 삼촌 명의라 아버지가 맘대로 처분할 수 없어요."

"뭐야? 그 서포가 네 에미 것이 아니었단 말이냐?"

"네, 그건 셋째 삼촌 거예요. 삼촌이 무상으로 어머니께 임대를 하신 거고요."

기가 찰 노릇이었다. 경성에서 손가락 안에 드는 갑부의 딸이라 해서 받아들인 혼사였다. 그런데 장인이란 작자는 금지옥엽으로 키운 막내딸이라면서 정작 한문을 제대로 남기지 않은 것이다.

"그 능구렁이 같은 늙은이가 나한테 사기를 친 거군."

"누가요?"

"네 할아버지 김남형!"

홍규가 자리에서 벌떡 일어났다.

"천하의 망할 것! 저승에 가면서까지 날 골탕을 먹이는군."

홍규는 혼잣말을 했지만 그 이야기는 작희뿐 아니라 문밖에 있던 강 씨의 귀에까지 들어갔다. 강 씨는 도리를 모르는 홍규가 이젠 두려워지기 시작했다. 문중 사람들도 홍규는 망나니보다도 못한 놈이라며 발을 끊었다.

중숙이 떠나고 달포도 못 되었을 때 홍규는 세간살이를 새로 들였다. 미설이라는 새 여자를 맞을 채비를 하는 것이었다. 작희는 분노할 힘도 없었다. 경혜 고모 역시 제 동생을 보면 눈을 마주치기 싫어 자리를 피했다. 강 씨는 아픈 허리가 도져 자리보전을 하는 바람에 홍규는 이제 두려울 것이 없었다.

하루는 아무렇지도 않게 자신의 친모는 바닷가 마을로 간 적이 없으며 집에서 엎어지면 코 닿는 다동에서 요릿집을 하고 있다고 말했다. 친어머니와 연락이 닿은 건 자신이 열 살이 되던 해이며, 그동안 어머니가 왜 자신에게 그토록 냉랭했는지 단박에 그 이유를 알게 됐다는 말을 아무렇지도 않게 했다.

"알고 있었단 말이냐. 그러면서도 모른 척을 했고."

"그럼 제가 아는 체를 했어야 합니까?"

홍규가 눈물까지 흘리며 웃고 또 웃었다. 강 씨는 그제야 자신이 지키려 했던 것이 모두 허상이란 걸 깨달았다. 종가 큰며느리로서의 책임감이 무어 그리 대단한 일이었던가. 얼굴도 모르는 이씨 집안의 귀신들에게 제삿밥을 차리는 것이 무슨 의미가 있었던 걸까. 도대체 시집와 사십여 년을 무얼 바라고 꼭두각시처럼 살아온 것인가. 그날 이후, 강씨의 굳게 다문 입 안으로 물 한 모금도 들어가지 않았다.

강 씨는 며느리가 세상을 뜨고 얼마 지나지 않아 잠자듯 이별했다. 경혜와 작희는 통곡을 했지만 홍규는 어머니가 남긴 얼마간의 재산을 처분하는 일에 골몰했다.

어느 날은 시절이 어수선하니 혼례를 치르는 것도 좋은 방책이라고 하며 작희를 시집보내겠다고 했다. 어미 잃은 지 얼마나 됐다고 마음의 준비도 안 된 아이를 시집을 보내려 하냐고 경혜가 만류의 말을 했지만 누이의 말을 들을 홍규가 아니었다. 어머니가 안 계신 집에서 홍규의 눈치를 보며 살 수 없었던 경혜는 마침 거지꼴로 찾아와 잘못을 비는 남편 최 씨를 여러 날 고민 끝에 받아주었다. 작희는 고모에게 말할 수 없는 실망감을 느끼는 동시에 불안한 마음을 떨칠 수 없었다. 고모까지 떠난 집에 이제는 아버지와 미설, 그리고 작희만 남았다. 그러나 작희는 아버지와 새 여자의 뒷수발을 들 생각이 없었다.

서포에는 여학생들이 많이 찾아왔다. 어머니가 살아 계셨으면 작희도 그들처럼 공부를 시작했을 것이다. 작희는 계획대로 되지 않는 것이 인생이란 걸 알고 있었다. 그렇다고 크게 낙심해선 안 되는 일이 아닌가. 비록 학교에는 못 갔지만 독서회 등에는 꼭 찾아나섰다.

작희는 독서회에서 책을 읽고 간단한 감상문을 작성해 낭독하곤 했다. 그들은 작희의 글에 깊이 공감을 표했다. 특히 최진은 검정 저고리에 검정 바지를 입은 키가 큰 여자였는데, 다부진 인상이었다. 최진은 작금에 두 개의 독립이 시급하다고 말했다. 하나는 나라의 독립이고, 다른 하나는 가부장 사회에서의 여성의 독립이었다. 최진의 연설이 작희에게는 큰 울림으로 다가왔다.

"조선의 여성들은 귀먹고 눈멀고 입 다문 채로 살았지요. 태어나는 순간부터 아버지의 노예로 살다가 이후에는 남편의 노예로, 남편이 죽으면 아들의 노예 되기를 자청했단 말입니다. 현재의 우리는 어떠한가요. 우리는 배운 만큼 행동하고 있습니까. 우리는 각자의 굴레를 벗어야 하고 굴레를 벗지 못하는 누군가를 도와야 합니다. 정신적 독립은 경제적 독립 위에 가능합니다."

여학생들은 최진의 말 중간에 뜨겁게 박수를 쳤다.

"어려울 때마다 제 아버지 제 오라비한테 기대는 데 익숙한 사람들이 있습니다. 스스로 족쇄를 차지 마세요. 종속의 족쇄를 찼다면 반드시 끊어야 한다는 뜻입니다."

집에 도착했을 때는 아홉시가 넘었다. 아버지는 왜 저녁을 차리지 않았느냐고 역정을 냈다. 미설이 부엌에서 쌀을 안치고 찬거리를 만드는 것 같았다. 알은체 없이 방으로 들어가니 경혜 고모가 와 있었다. 경혜는 작희의 방에 올케가 쓰던 물건이 가득차 있는 걸 보고 마음이 저리다고 했다. 두 사람은 무릎이 닿을 만큼 가까이 앉았다.

"고모, 전 집을 나가려고요."

경혜의 낯빛이 어두워졌다.

"집을 나가면 거처는?"

"서포에 다락방이 있잖아요. 항상 허리를 숙여야 하지만, 쉴 수 있는 공간은 충분해요. 계단은 보수를 좀 해야겠지만."

"밥은 어디서 해 먹고."

"옆집에 우물이 있어요. 우물 주인하고 어머니가 가까운 사이였으니 물값을 내면 물을 길어 먹을 수 있을 거예요. 그리고 서포 뒷문으로 나가면 오른편에 광이 하나 있어요. 볕이 얼마나 잘 드는지 몰라요. 거기에 문을 달고 안을 조금만 손보면 다양하게 쓸 수 있을 거예요."

"고모한테 한번 와라. 살림에 필요한 걸 줄 테니까."

경혜가 소매 안에서 손수건으로 꽁꽁 싼 걸 꺼내 풀었다.

"수리를 하려면 돈이 들 거다."

작희도 작은 보따리를 풀었다. 은행나무로 만든 장방형의 목침이 나왔다. 목침 한쪽 면을 옆으로 여니, 비밀스러운 작은 서랍이 나왔다. 동그랗게 만 지전뭉치가 들어 있었다.

"고모, 제가 모은 돈이에요."

"뭘로 돈을 벌었니?"

"편지 대필로요."

"아, 그렇지. 나에게 준 크림과 백분도 그리 번 돈으로 산 거라 했지."

경혜는 아직도 크림과 백분을 아껴 쓰고 있다고 말했다.

"크림이 여태 있어요? 제가 또 사드릴게요. 내일 저랑 백화상회에 들러요."

경혜가 두 손을 내저었다.

"참, 고모 그 사람은 어떤가요?"

세상에 없을 그 불한당을 생각하니 고모부라는 말이 안 나왔다.

"요즘은 잠잠하다."

고모의 선택을 여전히 이해할 수 없었지만 작희는 그 평화가 오래 유지되길 바랄 뿐이었다.

다음날, 어머니가 작희의 유학 자금으로 모아둔 돈을 아버지가 손을 댄 걸 알았다. 작희는 아버지에게 집을 나가겠다고 했다. 홍규는 고래고래 소리를 쳤지만 작희는 수레를 빌려 서포로 짐을 옮겼다. 작희는 안면이 있던 목수에게 물이 새는 천장과 다락으로 올라가는 여덟 개의 계단 중 떨어져나간 세 개를 고쳐달라고 했다. 그리고 바깥 광에 문도 하나 달아달라고 했다. 그러나 어찌된 일인지 그는 보름이 지나도 나타나지 않았다. 작희는 그때까지도 아무 의심 하지 않다가, 스무여 일이 지났을 때 그가 더부살이한다는 집으로 수소문해 찾아갔다. 그의 이웃인 노파는 목수 가족이 연해주로 간 것 같으며 작희 말고도 돈을 뜯긴 사람들이 더 있다고 말해주었다. 그러나 노파는 오죽했으면 그랬겠느냐며 남의 돈을 떼먹고 달아난 목수를 동정했다.

"그 사람 허리를 다쳐 목수 일을 못한 지 일 년이 넘었어. 치매 걸린 노모에 병든 아내에 젖먹이 아이까지 식솔이 여덟이나 되니까 목구멍이 도둑질을 시킨 게야. 그 사람이 남의 돈 떼먹을 철면피는 아니었는데."

작희는 주저앉았다. 수리비 일체를 건넸기 때문이었다. 허탈한 심정으로 서포로 돌아왔을 때 아버지가 와 있었다. 그는 고집 부리지 말고 집으로 돌아오라고 말했다. 작희는 아버지의 의중을 꿰뚫고 있었다. 미설이 하는 집안일에는 한계가 있었을 것이다. 그에게는 밥을 차리고 더러운 옷을 빨아 구김 없이 건네줄 몸종이 필요했다.

작희는 아버지를 두고 종로통에서 문전성시를 이루는 탕국

집으로 가 국물 하나 남기지 않고 밥을 먹었다. 작희가 수저를 놓은 후 트림을 하자 탕국집에서 밥을 먹던 남자들이 무슨 연유인지 '되바라진 년'이라는 소릴 했다. 남자도 대동하지 않고 그것도 여자 혼자 아무 거리낌 없이 밥을 먹는 게 그들 눈에는 속이 뒤틀릴 정도로 거슬리는 모양이었다. 작희는 남자들을 경멸하는 눈으로 노려보며 중얼거렸다. 내가 되바라진 년이면 당신들은 여자나 깔보는 치졸한 놈들이겠지.

작희가 서포를 나섰을 때 흥규는 서포 안을 샅샅이 훑었다. 문서를 어디다 뒀을까. 가늠이 안 됐다. 그러나 곧 흥규는 실소가 터지는 걸 참을 수 없었다. 탁자 위에 중숙이 쓰던 목침이 있었다.

"아, 이 어리숙한 것."

흥규는 목침의 비밀 서랍 안에서 서포의 문서를 꺼냈다. 확인해보니 정말 명의는 중숙이 아니라 중숙의 셋째 오라비로 되어 있었다. 그럼에도 그는 문서를 안주머니에 챙겨 집으로 갔다.

다음날, 대문이 열리며 작희가 들어왔을 때 흥규는 딸아이를 반겼다. 그러나 작희는 인사도 없이 마당을 가로질렀다. 아버지 옆에 서 있던 미설과 눈이 마주쳤다. 이렇게 젊고 아름다운 여자가 왜 하필 아버지 같은 남자와 살고 있을까.

"짐을 가지러 온 것이니 헛된 기대는 하지 마세요."

"뭐야? 계속 고집을 부리겠다는 거냐?"

홍규는 눈을 부라렸다.

"천둥벌거숭이처럼 날뛰지 좀 마라. 작희야, 세상이 이렇게 어수선할 때는 남편 그늘 아래 있어야 한다."

작희는 아버지의 의도를 정확히 알아차렸다. 혼인? 작희의 얼굴이 파르스름해졌다.

"아버지는 제 인생에 관여할 자격이 없어요."

홍규는 숨을 고르며 감정을 억눌렀다.

"그래, 아무리 애비라도 딸자식의 인생을 함부로 결정해선 안 되지. 그래, 시대가 바뀌었으니까. 그런데 작희야, 세상이 정말 어떻게 바뀌었는지 알기나 하니? 돈이면 장땡인 시절이 돼버렸다. 네 외갓집만 해도 그렇다. 장사치로 살면서 돈을 불린 천한 신분이었지만, 네 외조부가 사람들한테 왜 존경을 받았던 것 같으냐. 돈 때문이다. 바로 돈!"

"그만해요!"

작희가 바락 소리를 질렀다. 그 바람에 홍규는 마른 입술에 침을 바른 후 작희의 안색을 몇 번인가 살폈다.

"딸자식 죽으라고 시집을 보내는 부모가 어딨겠니. 내가 상해에 가보니 세상이 망조가 들었는지 공산주의니 뭐니 하는 요상한 사상들이 난무하더라. 세상을 삭막하게 만드는 것 같아 나는 그 주의들이 무조건 싫다. 공부 좀 했다 하는 내 친구 놈들은 다 그 공산주의에 빠져 있었어. 일본 제국주의와 정면으로 맞서려면 공산주의 사상이 필요하다나 뭐라나. 아무튼 그건 그거고, 작희야, 결론만 말하겠다. 구씨 성을 쓰는 사람이 있다. 나이가 좀 많아 그렇지, 그 사람 그늘 아래 있으면 웬만한 풍파는 다 피할 수 있을 거다……"

홍규의 마음은 진심이었다. 풍파를 견디려면 돈과 권력이 있어야 했다. 그런데 구철우, 그는 돈도 있고 그 돈으로 권력의 비호를 받았다. 맨 처음 구철우가 작희에게 마음이 있다는 말을 했을 때 천하의 망할 놈의 새끼라고 생각했다. 그러나 곰곰이 생각해보니 작희가 구철우의 후처가 되는 건 여러모로 이윤이 남는 장사였다.

"지금 꾸고 계신 꿈 당장 깨요. 난 그럴 생각 조금도 없으니까."

작희가 박차고 일어나 마당에 있던 싸리 빗자루를 들어 바닥을 연신 때렸다. 밤을 새워 때려도 분이 풀리지 않을 것 같았다. 홍규가 혀를 끌끌 차다가 방안으로 들어갔다. 기운이 빠진 작희가 빗자루를 쥔 채로 털썩 주저앉자 미설이 안방을 살핀 후 작희 옆으로 다가왔다.

"그 사람 말예요, 구철우. 내가 다동에서 일할 때부터 들었는데, 고리업자 중에서도 가장 악랄한 자예요."

작희는 빗자루를 바닥에 던지고 미설을 올려다보았다. 미설은 안방에 있는 아버지를 의식해서인지 들릴 듯 말 듯 이야기했다.

"그 사람과 엮이지 않았으면 좋겠네요."

"내 걱정 말고 당신 걱정이나 해요."

미설은 아버지가 부르는 소리에 안방으로 들어갔다.

서포로 돌아온 작희는 책 정리를 하다가 버린 가위를 꺼냈다. 가위의 감촉은 차가웠지만 자신의 존재를 분명히 밝히는 것 같아 마음에 들었다. 머리카락이 그새 자라 있었다. 작희는 거울을 보고 머리를 잘랐다.

어깨까지 내려온 머리카락을 왼손으로 잡고 오른손으로 가위를 세게 놀려 잘랐다. 잘린 머리카락이 귓불까지 쑥 올라갔다. 생각했던 것보다 너무 짧아졌다. 아버지한테 그리 당차게 대들던 작희였는데, 거울 속의 못난 얼굴을 보니 눈물이 났다.

"이 맹추야! 머리카락은 또 자란다고. 울긴 왜 우는 거야."

다시 가위를 들고 오른쪽 머리카락을 자르려 할 때였다. 누군가 서포 안을 들여다보는 게 느껴졌다. 문이 열리고 오영락 작가가 조심스럽게 안으로 들어왔다. 작희는 바닥에 떨어진 머리카락이며 미처 자르지 못해 뜯어 먹힌 것 같은 자신의 머리카락 때문에 난감한 마음이 들었다.

"아, 제가 책을 좀 보러 왔습니다. 들어가도 되나요?"

"이미 들어오셨어요."

작희는 옆얼굴로 응대를 하다가 생각해보니 그게 더 우스울 것 같아 어깨에 떨어진 머리카락을 떨어내고 영락을 마주 보았다.

"네, 둘러보세요."

영락은 바닥의 머리카락과 작희의 가위를 번갈아 보았다.

"제가 좀 도와드릴까요?"

작희는 잠깐 망설인 후 말했다.

"지금은 누군가의 도움이 좀 필요한 때인 것 같네요."

영락이 가위를 받아 쥐었다. 작희가 거울 속 자신의 얼굴을 뚫어지게 보았다. 거울 안으로 영락의 얼굴이 들어왔다. 영락의 눈이 거울 안에서 작희의 눈과 마주치자 그의 얼굴이 익은 자두만큼 붉어졌다.

"한일자로 잘라주셨으면 해요."

영락은 심혈을 기울여 머리를 잘랐다. 그래서 꽤 시간이 걸렸다. 작희는 완성된 자신의 모습이 마음에 들지 않았지만 영락의 수고에 고마움을 느꼈다. 영락은 작희의 짧은 머리를 이리 보고 저리 보며 마음에 들어했다. 작희는 몇 번 만난 적 없는 영락에게 머리를 맡긴 자신이나 자신의 부탁을 들어준 영락이나 제정신은 아니란 생각이 들었다.

다음날, 서포로 온 흥규가 작희를 보고 기겁을 했다. 머리 꼬라지가 그게 뭐냐고 소리를 냅다 질렀다. 화가 난 흥규가 서포를 나갔지만 미설은 그 자리에 서서 작희를 뚫어지게 바라보며 탄성을 내뱉었다.

"잘 어울려요. 그 통치마랑 버선만 벗으면 모던 걸 같겠네요."

그러고는 문밖에 흥규가 있는지를 살피다가 나직한 목소리로 자신은 아비의 노름빚 때문에 아홉 살에 술집에 팔렸다고 말했다. 작희는 미설의 생뚱맞은 자기 고백에 어안이 벙벙할 뿐 그녀에게 연민조차 느끼지 못했다. 작희에게 미설은 아버지와 마찬가지로 불쾌한 인간 중의 하나였다.

"서포를 담보로 구철우에게 돈을 빌렸어요."

미설은 구철우가 고리대업으로 악랄하게 돈을 벌어들인 자라 절대로 손해날 짓은 하지 않는다고 덧붙였다. 서포가 누구 명의인지 모를 리 없었을 것이다. 그걸 알고도 돈을 빌려줬다는 건 꿍꿍이가 있다는 거였다.

홍규는 향수 사업을 시작할 참이었다. 향수는 구라파에서 상해로 넘어와 다시 신의주를 거쳐 경성에 도착했다. 그 귀한 물건이 요릿집 기생이나 외국 문물을 사모하는 마나님들에게 불티나게 팔릴 거라 믿었다. 그러려면 일단 경성 시내에 가게를 얻고 선전에 쓸 자금이 필요했다. 홍규는 그 자금을 서포를 담보로 구철우에게 빌렸다.

구철우의 본부인은 작년에 자결했다. 그는 본부인 외에도 여러 명의 첩을 거느려서 딸만 열두 명을 두었다. 아들들이 태어났지만 모두 두 돌을 넘기지 못했다. 무당의 말을 신봉하는 구철우는 신유년 음력 십일월에 태어난, 머리가 숯처럼 검고 피부가 눈처럼 하얀 여자를 고르면 아들도 낳고 그 아들이 집안을 일으킨다는 말을 철석같이 믿었다. 구철우는 조건에 맞는 여자를 수소문하다가 작희를 찾아냈다. 그리고 작희의 애비가 돈이 궁하다는 걸 알고 흥규에게 접근해 담보를 잡고 사업자금을 댄 것이다. 술만 먹으면 흥규는 작희의 사지를 잘라서라도 시집을 보낼 거라 말했다. 미설은 그 말을 들을 때마다 자신의 팔다리가 떨어져나가기라도 하듯 몸을 벌벌 떨었다.

서포 맞은편에 사진관이 있었다. 작희는 책 정리를 하다가 신식 결혼을 하는지 하얀색 서양 혼례복을 입은 여자를 보았다. 너무 고와 넋을 놓고 바라보았다. 그런데 여자 옆에 수염이 허연 초로의 신랑이 있었다. 눈살이 찌푸려졌다. 사랑에 나이가 무슨 상관이냐고 묻는다면 작희 역시 상관없다고 말할 수 있었다. 그러나 요즘도 아내 있는 자들이 여러 여자를 거느리는 중혼과 축첩을 일삼으니 문제인 것이다.

새벽닭이 울자 작희는 쌀을 씻어 안치고 맑은 국을 끓였다. 짠지 하나가 반찬의 전부였지만 작희는 혼자 먹는 밥이 처량하다고 생각하지 않았다. 밥을 먹고 우물에서 길어온 물로 세수를 하고 머리를 단정하게 빗었다. 손님을 맞아야 하니 의복은 반드시 깨끗해야 했다. 서포 구석에 미처 정리하지 못한 둘둘 말린 한지가 있었다.

어린 작희가 흥보전을 읽다가 박 안에서 왜 한지가 나오느냐고 물었을 때 어머니는 말했다. 관공서에서 기한이 지난 한지를 물에 씻어 말린 후 다시 쓸 정도로 종이는 귀한 것이라고. 작희는 그렇게 듣고 살았기 때문에 글씨를 날려 쓰지 않았다. 하고 싶은 말이 넘쳐흐르더라도 잘 알아볼 수 있게 또박또박

썼다.

작희는 오전 아홉시부터 밤 여덟시까지 책을 팔고, 밤 아홉시부터 새벽까지 글을 썼다. 잠이 부족해 몸이 피로할 때가 있었지만 안국정 집을 나온 후 일과 글에 더 집중할 수 있었다. 작희는 신년문예에 소설을 낼 생각이었다. 그리고 어머니가 남긴 작품 「량량과 호미」도 같이 응모할 생각이었다.

작희는 서포 문이 열리는 것도 모르고 생각에 잠겨 있었다. 오영락이었다. 영락을 보자 작희는 놀랍고도 반가워 벌떡 일어났다.

"어서 오세요. 문이 열리는 줄도 몰랐어요."

"괜찮습니다. 생각에 빠지면 그럴 수 있죠."

"지난번에 제가 경황이 없어서 진짜 중요한 걸 놓쳤답니다."

영락이 단팥묵을 사준 일을 작희는 잊지 않고 있었다. 작희는 서랍 안에서 봉투를 꺼냈다.

"제과점에서 대신 셈을 치러주셨잖아요. 지난번에 드렸어야 했는데."

봉투를 받아든 영락이 작희를 보았다.

"어머니가 마지막으로 드시고 간 게 그 단팥묵이었어요. 그땐 정말 감사했습니다."

영락의 두 눈에 슬픔이 번졌다. 어머니를 진심으로 애도하는 모습으로 보여 작희는 그에게 고마움을 느꼈다. 영락은 가져온 보자기를 탁자 위에 올렸다. 보자기를 풀자 책 몇 권과 동그란 깡통이 모습을 드러냈다. 영락이 깡통을 건넸다. 라구도 겐이라는 가루젖이었다.

"이걸 좀 드시라고요."

"제가 왜요?"

"처음 봤을 때보다 몸이 많이 축난 것 같아서요."

미닫이 유리창에 작희의 얼굴이 비쳤다. 그리고 보니 몸피가 많이 줄어든 건 사실이었다.

영락의 시선이 작희가 쓰던 글에 머물렀다.

"지금, 글을 쓰시나봅니다."

작희는 책을 집어 글 위에 올려놓았다.

"서포 주인장께 들었습니다. 작희 씨가 글을 꽤 잘 쓴다고요."

"잘 쓰는지는 모르겠지만 매일 쓰려고 해요."

"훌륭합니다. 그 자세."

오영락의 칭찬이 나쁘지 않았다.

저녁 아홉시에 서포 문을 닫았다. 옷을 갈아입고 영락이 주고 간 가루젖을 물에 타 먹었다. 고소하면서도 단맛이 나서 먹기 좋았다. 작희는 힘을 내 글쓰기를 시작했다. 밤과 새벽은 오롯이 작희의 것이었다. 어둠의 응원을 받으며 작희는 한 자 한 자 글을 채웠다. 그런데 어느 정도 시간이 지났을 때 자신의 맞은편에 무엇인가 어른거리는 게 느껴졌다. 희미했던 형체를 응시하자 낯선 의복을 입은 여자가 또렷해졌다. 언젠가 본 적이 있는 사람 같았다. 두려움보다 반가운 기분이 들었다. 모자가 달린 여자의 윗옷 가슴에 And라고 쓰여 있었다.

7

······왼손으로 나를 증명하는 일은 쉽지가 않다.

······신은 없어야 한다. 신이 있다는 것은 매우 끔찍한 일이
다. 경혜 고모가 그리 돌아가시고 점예 아주머니가 크게 다
친 것도 신의 뜻이라면 그는 인간을 장기말처럼 세워 다치고
죽이는 놀이에 심취한 전지전능한 미치광이일 뿐이다. 그 신
을 벌할 수 있는 또다른, 더 큰 신이 있을 것이다. 그 신이 자
연이길 바란다. 신이 자연을 만든 것이 아니라 자연이 실수로
신을 만든 것일 수 있다.

······점예 아주머니는 다리를 잃었지만 희망까지 버린 건 아
닌 듯하다. 희망을 버린 내가 점예 아주머니 앞에서 계속 희

망을 말할 수 있을까……

……미설은 아이를 가지면 이름을 후라고 짓겠다고 했다. 후라니, 멋진 이름이다. 내 성과 같다면 이후가 된다. 이후의 삶은 내가 산 시간과는 다르길 바란다……

……오영락이 찾아왔다. 그는 내 오른손이 망가진 걸 안타까워하며 조선글 타자기를 사주겠다고 했다. 그를 용서할 마음도 없으면서 타자기라는 것이 생기면 얼마나 좋을까, 그런 생각을 했다. 부끄러워 견딜 수가 없다.

……손이 망가진 건 괜찮다. 혹시라도 손이 썩어들어가지나 않을까 그게 걱정이 된다. 그나마 불행 중 다행인 것은 내 왼손이 멀쩡하다는 것이다.

……오영락은 일을 바로잡으려 했다. 미쿠니 아파트는 이작희의 작품이었고 그걸 훔쳐서 발표를 했다고. 그러나 그들은 이제 와서 그것이 무슨 소용이냐고 말했다고 한다. 조선땅에 정의와 순리라는 것이 있는가. 나는 그것이 의심스럽다. 내가 만약 연일 화제 몰이를 하던 그 여자들처럼 신여성이었다면 사정은 달랐을까. 오영락은 일본으로 떠난다. 그를 다시 만날 일은 없다……

……비가 무섭게 내리고 있다. 농작물이 물에 잠겼다. 긴 배고픔이 시작될 것이다. 청계천에서 주병주를 만났다. 그는 서포 문을 닫은 걸 이제 알았다고 했다. 진심으로 안타까워하는 것 같았다.

왼손으로 증명한다는 문장에 몸이 얼어붙는 것 같았다. 작희는 왼손으로 일기를 썼던 것이다. 일기의 내용이 사실이라면 오영락 작가는 남의 글을 훔쳐서 지금까지 유명세를 타고 있는 것이다. 머리가 무거워 견딜 수가 없었다. 집밖으로 뛰어나와 목적 없이 걸었다. 밤이 너무 어둡고 내가 서 있는 곳이 어딘지 몰라 걸음을 멈췄다. 휴대폰을 찾았다. 큰아버지의 부재중 전화가 두 통 와 있었다.

"어디, 밖에 있는 거냐?"

"네, 걷고 있었어요."

"걷는 거 좋지. 작가들은 산책이 필요하다. 은섬아, 천천히 오래 걸어라."

"네……"

"참 좋은 소식이 있어 전화를 했다."

"……"

"XX도와 XX은행에서 오영락 문학관 건립과 기타 경비 일체를 지원하기로 했다."

"확정인가요?"

"그들한텐 광고비 정도의 푼돈이다. 말을 뒤집을 이유가 없지. 참, 이번에 발표한 네 소설, 정말 흥미롭더구나."

큰아버지는 일이 잘 풀려서 그런지 그 어느 때보다 목소리에 활기가 넘쳤다.

"저기 큰아버지, 드릴 말씀이 있어요……"

내 목소리가 기어들어가듯 작아졌다. 그러나 큰아버지는 내 말을 들었어도 못 들은 척하는 것 같았다.

"은섬아, 오영락 평전은 얼마큼 진행이 됐니?"

"……"

입이 열리지 않았다. 숨만 쉑쉑 쉴 뿐 한 마디도 터져나오지 않았다. 전화기 저편에서 누군가 큰아버지를 부르는 소리가 들렸다. 교수님, 지금 이동하셔야 할 것 같은데요.

"내가 전화하마. 다시 통화하자."

큰아버지는 전화를 끊었지만 나는 전화기를 귀에 댄 채 그대로 서 있었다. 간절히, 누군가와 이야기를 하고 싶었다. 벤치에 앉아 미스터에게 전화를 걸었다. 연결이 어렵다는 안내음이 나왔다.

일기를 다 읽었어요. 마음이 왜 이리 복잡한지 모르겠네요. 나는 메시지를 지우고 다시 적었다.

이 사실을 어떻게 세상에 알려야 하나요.

도로를 지나가던 자동차 불빛 때문일 것이다. 내가 만든 그림자 옆에 또다른 그림자가 있었다. 고개를 옆으로 돌렸다. 작희였다. 그녀는 정면을 응시했다. 무엇을 응시하는지 그 눈빛이 슬프고 고요했다.

8

양장을 차려입은 미설이 서포 안을 둘러보았다. 그런 미설을 작희가 또 뭐 하는 수작일까 싶어 의심의 눈으로 보았다. 미설은 책장에 꽂혀 있던 책을 구경하다가 한 권 빼냈다.

"이게 재밌겠네요."

작희가 보니, 그건 『연의 각』이라는 소설이었다.

"사야겠군요."

미설이 돈을 찾는지 손가방 안을 뒤적였다. 작희는 한푼이 아쉬웠기 때문에 책값을 거절하지 않았다. 미설은 책값보다 더 많은 돈을 탁자 위에 놓았다. 아버지가 미닫이 유리문 너머에서 미설이 나오길 기다리고 있었다.

"요즘 글을 배우고 있어요. 읽을 줄만 알았지 쓰는 건 잘 못했거든요."

그 말에 작희가 대뜸 물었다.

"뭐 하려고요?"

그러나 곧 아무리 꼴 보기 싫은 미설이라고 해도 모욕적인 질문을 한 것 같아 미안한 생각이 들었다.

"그냥요. 특별히 뭘 하려는 건 아니고."

"누구한테 배워요?"

"혼자요."

"이흥규 씨가 뭐라 안 해요?"

"네, 아직까진 딱히 뭐라 하진 않지만 공부 때문에 돈이 든다면 그땐 뭐라 하겠죠."

작희는 묻고 싶을 때가 많았다. 본처가 죽었는데도 정식으로 혼인도 안 해주는 중늙은이랑 뭐 하러 붙어사느냐고. 당신 아버지와 내 아버지가 없는 세상으로 가서 새 인생을 살 생각은 없느냐고.

언제 들어왔는지 아버지가 도끼 같은 눈을 뜨고 있었다. 작희는 인사를 하고 싶지 않았다. 아버지가 미설의 손을 끌어 서포를 나갔다. 작희는 현기증을 느껴 의자에 털썩 주저앉았다. 눈앞이 캄캄해졌다가 다시 하얘졌다. 오영락이 주고 간 가루 젖이 눈에 들어왔다. 대접에 가루젖을 덜고 주전자의 물을 부었다. 가루가 잘 풀리지 않아 수저로 덩어리를 으깨고는 대접에 입을 내고 마셨다. 어머니가 우유를 사줬던 일이 생각났다. 우유 파는 집은 서포에서 가까웠다. 그 집은 우유가 든 주머니를 우물 안에 넣어 차갑게 보관했다. 고소한 그것을 마실 때 다정하게 바라보던 어머니의 얼굴이 그리웠다. 눈물이 날 것 같았지만 작희는 울지 않았다.

처음 보는 손님이 책을 고르다가 작희가 마시던 음료를 흘끔 보고 조심스레 입을 열었다. 그의 낯빛은 창백했고 몸은 허약해 보였다. 그는 나중에 값을 치를 테니 그걸 한 잔 줄 수 있느냐며, 집을 떠나 경성에서 유학을 하고 있는데 돈이 끊겨 며칠째 밥을 못 먹었다고 했다. 작희는 가루젓과 찐 감자 한 알을 소금과 함께 내놓았다.

"천천히 드세요. 빈속이니 탈 날 수 있어요."

그는 퀭한 눈으로 작희를 올려다본 후 성찬을 받은 것처럼 천천히 먹었다. 작희는 주린 배를 채우는 그가 편히 먹을 수 있도록 자리를 비켜주었다.

"정말 감사합니다."

그의 말을 듣는 순간 작희의 머릿속이 불이 들어온 듯 환해졌다.

다음날, 작희는 아침 일찍 일어나 서포 안을 깨끗이 청소하고 문앞에 '국화차와 가루젓 팝니다'라고 써 붙였다. 점심시간 즈음 그 앞을 지나가던 영락이 문을 밀고 들어왔다.

"가비도 팝니까?"

어머니도 종종 가비를 마셨지만 작희는 차 맛을 이해하기 어려웠다.

오영락 일행이 매일같이 차를 마시러 왔다. 이후, 멋들어지게 차려입은 사람들이 자주 방문했다. 작희는 탁자 세 개와 의자 열 개를 들였다. 그들은 마음에 드는 자리에 앉아 담소를 나누다 갔다. 소화라고 불리는 여자는 한 눈에 봐도 부유해 보였다. 그녀는 음료만 마시는 게 아니라 올 때마다 책을 샀다.

"작희 씨, 여기 축음기가 있으면 참 좋겠어요."

소화가 말했다. 그 비싼 걸 무슨 수로 구한단 말인가. 소화는 굽이 있는 반짝이는 에나멜 구두를 신었다. 그녀가 우아한 걸음걸이로 움직일 때마다 사람들의 시선이 그녀에게 몰렸다. 작희도 외삼촌한테 검은색 에나멜 구두를 선물로 받은 적이 있지만 제대로 신질 못했다. 신고 나간 날 바닥이 닳을까봐 품 안에 품고 맨발로 돌아왔다.

"오늘도 책을 사려고요?"

영락이 책을 고르는 소화에게 다가갔다.

"네, 한 권 골라주실래요?"

소화와 영락은 서로에게 매력을 뽐내는 것 같았다. 작희는 시선을 돌렸다.

"영락 군! 그 모임에 저도 초대해주면 안 돼요?"

"사소인 말씀인가요?"

"네."

"글쎄요."

밤이 깊어지자 사람들이 하나둘 서포를 빠져나갔다. 영락은 일행들에게 책을 좀 읽다가 가겠다고 했다. 그러나 사람들이 사라지자 그는 찻잔을 정리하고 의자를 제자리로 옮겼다.

"아, 그냥 두세요."

"괜찮습니다. 우린 동무 아닌가요."

작희는 영락의 우리라는 말에 다정함을 느꼈다.

교원이 된 점예는 퇴근 후에 서포에 들르는 날이 많았다. 작희가 마다해도 청소를 돕거나 먹을거리를 만들어주었다. 하루는 마른행주로 찻잔을 닦던 점예가 말했다.

"무섭진 않고?"

"뭐가요?"

"여기서 혼자 지내는 거."

"정말 괜찮아요. 전혀 무섭지 않고요."

"다행이다. 이젠 층계도 수리하고 지붕도 고쳐야지."

점예는 위험해 보이는 층계를 올려다보았다.

"네, 수리비를 거의 다 모았어요. 걱정하지 마세요."

"참, 작희야. 고모님은 아직 연락이 없는 거니?"

"네……"

일주일에 두어 번은 서포를 찾던 고모였다. 그러나 두 달째 오지 않았다. 점예 아주머니는 무슨 불길한 상상을 하는가? 작희는 점예의 얼굴이 얼음장처럼 변하는 걸 느꼈다.

"내일 고모님 댁에 내가 한번 더 들러야겠다."

고모부의 낯이 떠오르자 작희는 화가 치솟았고 이내 속이 울렁거려 입을 막았다.

점예가 집으로 돌아가자마자 작희는 어젯밤에 쓰던 글 앞으로 왔다. 이부자리 위에 눕고 싶은 마음이 굴뚝같았지만 작희는 어머니의 말을 떠올렸다.

"어떤 날은 그랬다. 내가 글을 쓰는 게 아니라 이야기 속 주인공들이 나를 이야기 안으로 끌고 들어가는 느낌을 받았지. 그럴 땐 잠을 잊고, 밥을 잊은 채 글을 쓰게 되더라. 물론 나는 그만 붓을 놓고 부엌으로 들어가야 할 때가 있었지. 그때마다 마음이 괴로웠지만 다음에 쓸 이야기들을 몇 개의 낱말로라도 적어두고 자리에서 일어났다. 그래야 이야기 속으로 들어갈 때 뜸 들이는 시간을 줄일 수 있으니까."

작희는 집중해서 새벽 내내 문장을 채웠다. 그런데 누군가 옆에 앉아 자신의 글을 들여다보고 있었다. 오늘은 여자의 머리카락이 작희보다 더 짧았고 전에 본 적 없는 동그란 안경을 쓰고 있었다. 서포 바깥으로 지나가는 자동차 불빛이 여자의 몸을 통과했다. 여자의 웃옷에 적힌 'And'라는 글씨는 여전했다. 그런데 And는 작희의 작품을 한참동안 들여다본 후 말했다.

"이야기의 초반부터 사람이 너무 많이 등장하는 것 같아. 두 명은 빼면 좋겠어."

작희는 대꾸를 하지 않을 수 없었다.

"꼭 나와야 하는 사람들이야."

"그렇겠지. 하지만 굳이 앞부분에 다 소개할 필욘 없다는 뜻이야."

"아니, 꼭 그래야만 해."

And가 고개를 갸웃해 보였다. 하지만 작희는 And의 말도 일리가 있다고 생각했다.

낮에는 책을 팔고, 밤에는 글을 쓰는 삶이 나쁘지 않았다. 가끔씩 고독에 온몸이 흔들리기도 했지만 그 고독이 자신을 성장시키고 있다는 느낌을 받았다. 그리고 어느 날부터인가 작희는 새벽에 나타나곤 하는 And가 마음에 들었다. 가능하면 더 자주 더 길게 나타나길 바랐다.

And가 다녀간 날은 꼭 늦잠을 잤다. 간단히 세수만 하고 영업 준비를 했다. 어머니가 사입한 책들이 정리되지 않은 채로 쌓여 있었다. 작희는 무엇부터 손을 대야 할지 몰랐다. 마침 외근중이던 영락이 서포에 들렀다. 영락은 책 정리를 못하고 막막하게 서 있는 작희에게 말했다.

"제가 좀 도와줄까요?"

그는 문학과 문학 아닌 책으로 나누고 문학도 시와 소설과 수필 등으로 따로 분류하는 게 좋겠다고 말했다. 그는 셔츠 소매를 걷고 일을 도왔다. 작희는 영락에게 점예 아주머니가 가져다준 모과차를 타주었다. 영락은 탁자 앞으로 와서 모과차를 한 잔 마셨다. 그의 시선이 탁자 위의 원고에 머물렀다.

"지금 쓰는 소설은 제목을 정했나요?"

"네, 미쿠니 주택이라고 지었어요."

"미쿠니 주택이면 남산 미쿠니 아파트를 말하는 건가요?"

"네."

"주인공은 일본인?"

"아니요. 일본인이 운영하는 공장에 다니는 여공이에요. 쌍둥이."

"아, 쌍둥이!"

"주인공 이름이 대문자 J와 소문자 j예요. 이건 중숙과 작희란 뜻이고, 두 여자의 욕망에 대한 이야기예요."

작희는 그의 관심이 반가워 더 많은 이야기를 꺼내려 했다.

"작희 씨, 혹시 화신백화점의 마네킹 걸에서 착상을 얻은 건가요?"

화신상회에는 양장을 빼입은 여자들이 마네킹 흉내를 내고 서 있었다. 다른 판매 사원에 비해 많은 임금을 받기 때문에 너도나도 마네킹 걸이 되겠다고 지원을 하는 모양이었다.

"아니요, 미쿠니 아파트에 사는 두 여자 이야기예요…… 제 어머니는 특히 글쓰기에 대한 욕망을 잘 키우라고 가르치셨어요. 글쓰기의 욕망은 생물과 같다고."

"아, 돌아가신 서포 주인장은 정말 남다른 분이셨죠."

영락도 옛 서포 주인을 떠올리는지 시선이 허공 어딘가에서 잠시 머물렀다. 작희는 그런 영락이 고마웠다.

"어머니는 정말 이야기 쓰기를 사랑한 사람이에요. 저도 마찬가지지만 어머니만큼은 아닌 것 같아요. 그리고 저와 어머니가 다른 면이 있다면 어머니는 자신의 이름을 세상에 알리고 싶은 마음이 없었어요. 어머니는 쓰는 것 자체에 만족하는 사람이라서요. 자신의 글이 설사 타인에게 읽히지 않더라도 그 자체로 행복하다고 하셨어요."

"그럼, 작희 씨는요?"

"저는 좋은 이야기를 쓰고, 그 이야기가 가능하면 많이 읽히고, 더불어 제 이름도 알리고 싶어요. 이게 제 욕망이에요."

작희는 솔직한 마음을 스스럼없이 이야기하는 자신에게 놀랐다. 영락과 눈이 마주쳤다. 그의 입가에 잔잔한 미소가 흘렀다. 그는 다정한 어조로 작희를 불렀다.

"작희 씨."

"네⋯⋯."

심장이 방망이질 쳤다. 작희는 자신의 심장 소리를 영락에게 들킬 것 같아 조금 물러나 앉았다. 영락은 미닫이 쪽으로 시선을 옮겼다. 문밖으로 전차가 지나갔고 그 옆으로 소달구지가 느릿느릿 따라갔다.

"자주 보고 싶어요."

그가 보고 싶다는 게 전차나 소달구지는 아닌 것 같았다. 작희는 구체적으로 자주 보고 싶다는 게 무엇이냐고 묻고 싶었지만 영락의 일행이 들어오는 바람에 머뭇거렸다. 영락이 문을 나서기 전 작희에게 말했다.

"이번주에 우리 동인 모임에 오시지 않겠어요?"

"그 사소인 말씀인가요?"

"네."

작희는 고민 끝에 모임에 나가기로 했다. 사실 그들의 글쓰기가 궁금했고 무엇보다 그들은 어떻게 생활을 견디며 글을 쓰는지 알고 싶었다. 영락이 시계를 본 후 몸을 일으켰다.

"참, 간판을 다는 게 좋지 않겠어요?"

"간판을요?"

어머니는 모든 서포를 간판도 달지 않고 운영했다. 그저 미닫이의 유리창 네 칸을 간판으로 삼았을 뿐이었다.

"네, 그리고 이름을 이마고로 하면 어떨지?"

"이마고……"

작희는 책꽂이에서 영영사전을 찾았다. 그러고는 손바닥의 습기를 없앨 양으로 치마에 손을 문지르고 조심스레 사전을 펼쳤다. 스잔 선생님이 고국으로 돌아가기 전에 주신 사전은 보물과 같았다. 어머니가 즐겨보시던 아동용 외국말 사전 아학편과는 차원이 달랐다.

"이마고……"

단어가 삿는 깊은 뜻을 알지 못해 아쉬웠다.

외삼촌이 동경에서 사다준 원피스를 꺼냈다. 몇 해 전만 해도 남의 옷을 빌려 입은 것처럼 어색했던 옷이 이제는 맞춤한 것처럼 잘 맞았다. 에나멜 구두를 신고 유리에 몸을 비춰 보았다. 너무 과한 것 같았고 소화처럼 우아하게 걸을 자신도 없었다. 작희는 뒤뚱거리는 자신을 상상하고는 저도 모르게 깔깔 웃었다.

서포 문을 닫고 영락을 만나러 길을 나섰다. 전차를 탈까 했으나 걷는 편이 나을 듯했다. 청계천을 건너 종각으로 갔다. 햇볕은 뜨거웠지만 가을바람은 기분 좋게 시원했다. 어머니가 돌아가신 지 일 년이 다 되어간다. 제사는 서포에서 지낼 것이다. 어머니가 생전에 좋아하시던 감과 배를 제사상에 올릴 수 있을 것이다. 작희는 술도 담글 생각이었다. 어머니는 술을 담그면 작희에게 한 잔씩 맛을 보게 했다. 어느 날인가 어머니, 고모, 점예 아주머니까지 가세해 술동이 하나를 비운 적이 있었다. 작희가 노래를 불렀고 고모가 덩실덩실 춤을 추었다. 할머니가 소란을 느끼고 무슨 일이 있느냐고 묻지 않았다면 술 한 동이를 더 마셨을지도 모를 일이었다. 작희는 그 시절이 그리웠고 결코 돌아갈 수 없는 현실에 안타까움을 느꼈다. 약속 장소에 거의 다다랐을 즈음 영락이 맞은편에서 걸어왔다.

"작희 씨!"

작희의 옷차림을 본 그의 눈이 휘둥그레졌다.

"잘 어울리시네요."

얼굴이 붉어질 대로 붉어진 작희는 이 어색하고 부끄러운 상황에서 벗어나고 싶었다.

"참 사전을 찾아봤어요. 이마고는 이미지란 뜻이더군요."

"말 자체가 멋있지 않습니까."

작희는 영락이 이마고에 대해 조금 더 자세한 이야기를 해 주길 바랐다. 그러나 거리에서 학생 신분으로 보이는 몇몇 여자들이 영락을 알아본 후 동그란 눈으로 그를 보다가 그 시선으로 작희까지 탐색하는 바람에 더는 물을 수 없었다.

작희는 그를 올려다보았다. 그는 큰 키에 적당히 날렵한 몸을 가졌다. 언제나 온화한 표정을 하고 여자에게 함부로 말하지 않는 이런 남자는 아버지처럼 바람을 피우거나 고모부처럼 아내를 학대하지 않을 것이다.

약속 장소에 도착하기 전까지 영락은 문학회 '사소인'에 대해 이야기했다. 처음엔 그 인원이 십여 명이었지만, 잦은 의견 차이로 남은 자는 네 명이었다. 동인의 원래 명칭은 '국화회'였지만 '사소인'으로 바꾼 것인데, 사소인은 말 그대로 네 명의 소인배란 뜻이란다. 작희는 국화회보다 사소인이란 이름이 매우 마음에 들었다.

발을 멈춘 곳은 인사동의 요릿집이었다. 요릿집에는 강건, 주병주, 나한구가 먼저 도착해 있었다. 통성명을 할 때 작희는 저도 모르게 탄성을 지를 뻔했다. 그들의 작품을 문학잡지에서 인상 깊게 읽었기 때문이다.

"와주셔서 반갑습니다."

주병주는 작희가 앉을 자리를 손으로 가리켰다. 그는 예의를 중히 여기는 사람 같았다. 반면 강건과 나한구는 무심한 성격 같았다. 잠시 어색함이 감돌았지만 그것도 잠시였다. 네 명의 소인배들은 누가 더 말을 많이 할 수 있는지 내기라도 하는 것처럼 떠들었다. 작가 K의 소설을 읽었느냐는 영락의 질문에 강건은 기대를 갖고 읽었지만 허당이라고 말했다. 그러나 병주는 독특함과 기발함은 가히 칭찬해줄 작품이라고 했다. 한구가 한 손으로 배를 쓸어내리며 영락에게 물었다.

"영락 군, 문학이 금강산보다 대단한가? 자네는 어찌 생각하나?"

영락은 이 무슨 뚱딴지같은 소리를 하려고 이러나 싶었는지 바로 대꾸하지 않았다.

"문학 토론이든 시국 토론이든 식후에 하자는 말일세."

"아, 나는 또 무슨 말인가 했네."

영락이 편육과 전유어를 주문했다. 음식이 나오자 영락이 접시를 작희 쪽으로 끌어주었다. 그의 행동을 나머지 남자들이 유심히 관찰하였다.

"젠틀맨이 따로 없군."

나한구가 말했다.

"나도 한 점 주구료."

강건이 너스레를 떨었다.

"여기 있네."

한구가 건의 밥 위에 나물을 하나 올렸다. 모두들 크게 웃었다.

"안 드셔도 됩니다. 환영의 의미로 드리는 거니까."

병주가 작희에게 잔을 주며 말했다.

"영락 군 말로는 작희 씨가 작품을 열심히 쓰신다고 하더군요."

"네, 매일 쓰고 있습니다."

"그래요. 많이 쓰세요. 많이 쓰고 데뷔하는 게 좋지요."

이번엔 한구가 끼어들었다.

"네, 맞는 말씀이에요."

작희는 이미 작가의 길을 걷고 있는 한구의 조언이 고깝지 않았다.

"저번에 시를 쓴다는 고 모시기 놈하고 대판 싸울 뻔했네. 글쎄 그자가 이렇게 씨부리는 거야. 자네, 이번 소설은 어떤 내용인가? 그래서 내가 대답했지. 왜? 내 소설에서 영감을 얻어 시를 써보려고? 고 시인! 어림도 없어! 사실, 그 고 모시기 놈이 일전에 소설쟁이들은 쓸데없는 이야기를 길게도 쓴다고 대놓고 나를 비웃었던 일이 생각나 복수를 한 걸세. 다행히 그 복수는 성공을 했지. 고가 놈이 얼마나 날뛰던지."

작희는 한구의 능청이 마음에 들었다.

"그래서 소설 쓰기는 재밌습니까."

"네."

"부럽군요. 소설이 재밌었던 게 언제였는지 모르겠습니다."

한구는 주목받는 작가였다. 그런데 왜 저렇게 엄살을 피우는지 이해가 안 됐다.

"요즘 제일 무서운 게 뭔지 아십니까?"

작희는 한구의 질문에 이렇게 되물으려 했다. 당연히 악랄한 순사 아니겠어요? 그러나 그는 마감이 무섭다고 했다.

"원고 독촉! 마감! 원고를 다 쓸 때까지 옆에 붙어 있는 출판사 사장!"

영락이 탄성을 내뱉었다.

"자네가 많이 힘들겠군."

"말도 마. 이게 보통 무서운 일이 아니야. 그들은 글을 빨리 쓰라고 강요하지 않아. 글을 못 쓰고 있는 나를 염려하지. 사장의 안사람 되시는 분은 손수 과자까지 만들어 오셨어. 그 안사람이 누군지 아나?"

"글쎄."

영락이 말했다.

"명혜 씨야."

세 남자는 뜻밖의 이야기에 수저를 놓고 뒤로 물러앉았다.

"동경에서 뭇 남학생의 마음을 훔친 그 명혜 씨. 그분이 우리집에 오셔서 원고를 받아갈 때까지 기다리고 있는 거야. 명혜 씨가 내 부엌까지 살뜰히 관리해주시니 내가 미칠 것 같아.

이젠 부뚜막이 내 이부자리보다도 깨끗하지. 생각해보니 출판사 사장 그러니까 그 남편 놈이 아주 악질인 거야. 명혜 씨의 노동으로 내 원고를 받으려고 한 거니까."

동경까지 가서 공부를 한 여성이 남의 집 부엌일을 자발적으로 했단 말인가. 작희는 의아할 뿐이었다.

"명혜 씨가 결국 자네 마감을 도운 거군."

한구가 고개를 끄덕였다.

"궁금한 것이 있는데……"

작희가 입을 열었다. 사소인은 작희의 다음 말에 집중했다.

"글이 안 써질 때 억지로라도 써야 할까요?"

"반반입니다."

한구가 단호히 말했다.

"반반이라면?"

"반은 맞고 반은 아니란 말씀입니다. 말하고자 하는 바가 분명하고, 인물의 세세한 이력까지 정리가 끝났다면 계속 앉아서 써야 합니다. 이때는 쥐어짜내도 된다는 말입니다. 그러나……"

그는 천천히 빈 잔에 술을 채웠다.

"말하고자 하는 바도 없고, 인물도 모호하고, 이를테면 주인공은 나의 분신인데, 분신의 생김새나 말투나 지나온 시간 같은 게 모호하고, 주변 인물늘도 제대로 생성하지 않은 상태에서 엉덩이를 붙이고 한 글자 한 글자 쥐어짜는 건 쓰는 자도 읽는 자도 힘들기만 한 결과물을 냅니다."

한구의 말에 작희의 속이 시원해졌다. 표현의 차이가 있지만 작희도 같은 생각을 하고 있었다.

"그래서 제가 죽을 지경인 겁니다. 뭔가 미진한 채로 소설을 시작했더니……"

"그래도 저 같은 사람 입장에선 마감이 있다, 마감 때문에 힘들다, 이런 말을 할 수 있는 작가님들이 너무 부럽습니다. 저는 아직 그 위치에 있지 않아 잘 모르지만, 어쩌면 그 마감 때문에 하나의 작품이 탄생하는 것 아닐까요."

영락은 다정한 눈으로 작희의 말에 공감한다는 듯이 고개를 끄덕였다. 그러고는 마감은 작가를 있게 하는 강력한 장치라고 덧붙였다. 작희의 이야기에 빠져 있던 병주가 물었다.

"작희 씨, 혹시 쓰고 있는 소설이 있으면 저희 잡지에 투고해주실 수 있으신지요?"

작희는 그의 제안이 놀랍고 고마웠지만 받아들일 수 없었다. 지금 쓰는 글은 어머니와의 약속대로 신년문예에 낼 생각이었다.

"저희 잡지가 부족해서 그러신가요?"

"결코 아닙니다. 오래전부터 준비하던 게 있어서……"

그때 건이 끼어들었다.

"작희 씨는 어디서 수학하셨나요?"

건은 네 명의 남자 중 입성이 유독 번듯했다. 서포에서 책을 사던 사람들이 건에 대해 이야기하는 말을 들었다. 그의 아버지는 일본에 충성해서 남작이란 작위를 받았다. 그 때문인지는 모르나 아버지와는 앙숙이라고 했다.

"저는…… 교육기관에서 공부한 적이 없습니다."

작희는 위축되지 않으려 애썼다. 그래서 어머니가 돌아가시지 않았다면 배울 수 있는 기회가 더 있었을 거라는 말은 하지 않기로 했다. 그런 말이 무슨 의미가 있나 싶었다. 다 치장일 뿐이다.

서양 문물이 흘러들어온 경성에는 사소인과 같이 그 문물에 자연스럽게 동화된 식자들도 있지만, 하루 한 끼의 밥을 해결하지 못해 굶어죽는 사람이 허다하니 읽고 쓰는 것이 그들에게 무슨 의미가 있을까. 이태준의 「꽃나무는 심어놓고」를 읽으며 작희는 탄식을 했다. 집 없는 일가족이 다리 밑에서 겨울을 나다가 아이는 죽고 부부는 헤어지게 되는 가슴 아픈 이야기다.

작희는 사소인과 나누는 음식이 목에 걸렸다. 배운 자들은 배운 자들끼리 교분을 다지고 더 많은 지식을 나누지만 배움을 얻지 못한 자들은 끝내 다른 세계를 상상도 못하고 이 생을 마칠 것이다. 그렇다면 나는 어디에 속하는가. 작희는 왠지 모르게 호사스러운 저녁식사에 자신이 어울리지 않는다고 생각했다.

"사실 저도 여기저기 학적부에 이름만 올렸지 공부를 했다고 볼 수가 없습니다. 돈 낭비만 한 셈이죠."

병주가 어색한 분위기를 무마하려고 최근에 들은 우스운 소리를 하기 시작했다. 작희는 가짜 웃음이라도 흘려주고 싶었지만 쉽게 되지 않았다.

서포로 돌아온 작희는 불편한 원피스를 벗고 통치마와 저고리로 갈아입었다. 그리고 탁자 앞에 앉아 쓰다만 글을 꺼냈다. 글은 민감한 성정을 가진 살아 있는 생물 같았다. 사정이 생겨 몇 주간 글을 쓰지 못했더니, 뭔데 알은척을 하냐는 듯이 토라져 한 문장도 쓸 수 없게 만들었다. 글에서 떠나온 시간만큼 정성으로 달래고 시간을 들여야만 그때서야 겨우 마음을 주는 것 같았다.

작희는 이야기를 적기 시작했다. 언제 왔는지 And가 멀찍이 서서 혼잣말을 했다.

"이야기는 시작이 중요할까, 끝이 중요할까. 딱 하나만 골라볼래?"

작희는 대답하지 않았다.

"난 끝이 중요하다고 생각해."

And가 작희 맞은편에 앉으며 말했다. 작희가 고개를 들었다.

"무조건 끝이 중요해. 그 끝이 이야기에서 말하고자 하는 바니까."

And의 두 손이 책상 위로 올라왔다. 무엇인가를 두드리는 동작을 하고 있었다. 작희는 목구멍까지 차오른 말을 책상 위에 올려놓았다.

"그런데, 당신은 어디서 온 거야?"

And는 대답 없이 미궁에 빠진 듯한 표정으로 허공 어딘가를 응시했다.

어머니의 기일이었다. 전처의 기일을 알 턱이 없는 아버지는 미설을 대동하고 나타났다. 아버지는 구철우라는 작자에게 시집을 가야 한다는 말을 잊지 않고 했다.

"계속 버팅기면 너한테 무슨 일이 닥칠지 모른다."

"무슨 일요? 아버지가 절 죽이기라도 한단 말씀인가요?"

"내가 아니고!"

아버지는 머리를 세게 긁적였다. 작희는 들은 체도 안 했지만 자꾸 두려운 마음이 생겼다. 오늘이 어머니의 기일이라고 말할까도 싶었으나 그러지 않았다. 그러나 경혜 고모에게는 꼭 알려주고 싶었다. 고모는 계절이 두 번 바뀌도록 나타나지 않았다. 점예 아주머니가 사직정 고모의 집에 여러 번 갔다 왔지만 여전히 집이 비어 있다고 했다. 작희가 갔을 때도 마찬가지였다. 필경 심상치 않은 일이 생긴 게 분명했다. 불안증이 밀려왔다. 그새 서쪽 문이 열리고 영락이 사소인과 함께 들어섰다.

"이자들이 서포가 하도 궁금하다고 해서……"

"잘 오셨어요."

아버지가 그들을 의심에 찬 눈으로 힐끔거렸지만 영락을 비롯한 일행들은 아버지가 눈에 들어오지 않는 모양으로 자기들끼리의 농담을 이어갔다. 그러다 영락이 작희에게 다가왔다.

"작희 씨, 저는 먼저 가봐야 할 것 같네요."

"벌써? 좀 있다가 저녁이나 같이 먹지그래."

병주가 물었다.

"살인 사건이 났어. 그거 취재하러 가야 하네."

"허허. 소설가가 살인 사건 기사도 써야 하나."

"영역이 따로 없어."

영락은 작희에게 종이를 건넸다.

"뭔가요?"

한글로 '서점 이마고', 그 오른쪽 아래에 작게 'Imago'라고 쓰여 있었다. 글씨체가 독특하고 예뻤다. 글씨가 마음에 든다고 하자 영락이 기분 좋게 웃었다. 작희는 자금이 생기면 이 글씨 그대로 간판을 달아야겠다고 생각했다.

책장 앞에서 책을 고르던 한구가 말했다.

"두 사람 대놓고 긴밀한 거 아닙니까."

작희가 당황해하자 영락도 변명을 늘어놓았다. 그때 미설이 서포로 들어왔다. 아버지에게는 관심이 없던 사소인의 남자들이 미설에게는 눈길을 주었다. 미설도 신경이 쓰였는지 눈치를 살피다 소설책 한 권을 꺼내 말없이 값을 치렀다.

정적을 못 참았던 것은 아버지였다. 큼큼 기침을 하더니 미설에게 말했다.

"자넨 뭘 그리 꾸물거려. 어서 가세."

미설이 책을 옆구리에 끼고 문을 나섰다. 작희는 아버지가 서둘러 서포를 떠나길 바랐다. 그러나 아버지는 문지방을 넘다 말고 작희 쪽으로 몸을 휙 돌렸다. 그러고는 아주 근엄한 얼굴로 여러 사람 앞에서 공표하듯 말했다.

"곧 정혼할 몸이니, 남들 입방아에 오르지 않게 처신 잘해라."

"……"

작희는 치가 떨려 아무 말도 할 수 없었다. 문밖에 있던 미설이 서포 안을 살피더니 흥규의 손을 끌었다. 영락의 얼굴이 하얗게 질려 있었다.

"취재 가야 한다고 하지 않으셨나요?"

"네…… 지금 가야죠."

"어딘가요?"

"아현리입니다. 그런데……"

영락이 작희를 간절한 표정으로 보았다. 작희는 그가 무슨 이야기를 할지 알 것 같았다.

"정혼할 분이 계신가요?"

작희는 영락의 눈을 똑바로 바라보았다.

"아뇨. 아버지 혼자 날뛰는 거예요."

그 말을 들은 건이 서포가 떠나가라 웃다가 크게 박수까지 쳤다.

"작희 씨 볼수록 멋있는 분이군요."

건의 발언에 작희보다 영락의 얼굴에 웃음꽃이 피었다. 작희는 최근 들어 대체로 안정감이 느껴지는 날들이라고 생각했다. 고모와 연락만 닿는다면……

9

부쩍 가까워진 영락과 작희는 자신들의 이름 끝자를 따서 동인 이름을 '락희'라고 지었다. 매주 토요일 저녁 서포 문을 닫은 일곱시에 만나자는 영락의 제안에 작희는 꿈같이 설렜다. 영락은 경성 시내에 살인 사건이 연달아 일어나고 있는데도 진짜 범인은 잡지도 않고 엉뚱한 사람에게 죄를 물어 거짓 진술을 하게 한 총독부를 비판하는 글을 실었다가 해임 위기에 몰렸다. 한 번만 더 총독부를 자극하는 글을 쓰면 폐간이 될지도 모를 상황이었다.

가을비가 무섭게 쏟아졌다. 종일 손님이 없었다. 작희는 찬밥을 뜨거운 물에 말아 찬 없이 저녁을 먹었다. 행인도 없는 밤이라 일찍 문을 닫으려는데, 문밖에 비에 젖은 점예가 서 있었다. 작희는 벌떡 일어나 점예를 안으로 들였다. 파랗게 질려 있는 점예에게 솜으로 누빈 겉옷을 둘러주고 따뜻한 보릿물을 한 잔 따라주었다. 점예의 얼굴에 눈물인지 빗물인지 모를 것이 흐르고 있었다. 작희는 숨이 막혔다. 부디 자신이 예감하는 일이 아니길 바랐다.

"고모 일인가요?"

점예가 신문을 작희에게 건넨 후 두 손으로 얼굴을 가리고 울었다. 작희는 떨리는 손으로 비에 젖은 신문을 펼쳤다. 연쇄 살인범을 쫓던 경찰이 화재로 사람이 떠난, 홍월정의 어느 빈집에서 시체 한 구를 발견했다. 경찰은 최길성이 그의 아내를 죽여 시신을 봉당에 파묻었다는 자백을 받았다.

"최길성……"

작희는 바닥에 주저앉았다. 슬픔이 몸통 가득 차올라 터질 듯 부풀었지만 울음이 새어나오지 않았다. 그저 슬픔의 압력이 걷잡을 수 없이 높아지기만 할 뿐이었다. 작희는 핏발이 선 눈으로 숨도 못 쉬고 꺽꺽거리는 소리만 냈다. 점예가 다가와 작희의 손을 잡았다.

"작희야……"

"왜 끝까지 말리지 않았을까요."

"……"

"절대 안 된다고, 계집질에 놀음에 아편까지 하는 인간을 믿어서는 안 된다고, 그 사람은 고모를 죽일지도 모른다고 왜 그 이야기를 하지 않았을까요."

작희는 서포 밖으로 뛰어나갔다. 점예가 부르는 소리에도 뒤돌아보지 않고 아버지가 사는 안국정까지 뛰었다. 아버지는 비에 젖은 작희가 저고리 안에서 꺼내 건네는 신문을 받아들었다. 그는 기사를 읽다가 누이 이름을 몇 번인가 안타깝게 불렀다.

"찢어 죽일 새끼."

"······"

얼마간의 한탄 끝에 침묵이 이어졌다.

"억울하고 또 억울하다만 이미 일어난 일이니 어찌하겠어."

울고 있던 작희가 고개를 번쩍 들었다.

"아, 누이 팔자가······"

작희는 자신이 왜 이 밤에 여기까지 울면서 뛰어왔는지 한심스럽게 느껴졌다. 팔자라니. 고모의 억울한 죽음은 고모의 탓이 되는 것인가. 작희는 허공 어딘가를 노려보다가 손등으로 눈물을 닦았다. 미설이 차를 만들어 들어왔지만 작희는 그대로 몸을 일으켰다.

"가려고요?"

작희는 인사도 없이 문을 나섰다. 미설이 작희의 뒤를 따라 나왔다. 그녀의 오른쪽 뺨에 손바닥만한 붉은 자국이 나 있었다. 자신의 뺨을 쳐다보고 있는 걸 느꼈는지 미설이 빙긋이 웃었다.

"YMCA에 가서 영어를 시작한 날에, 그 일로 다투다가······

내가 계속 가겠다고 하니 주먹으로 얼굴을 갈기잖아요. 그래
서 나도……"

"……"

"저 인간 손등을 물어뜯었어요. 다행히 살점은 안 뜯겼어
요."

미설은 아직도 분한지 목소리가 떨렸다.

"미안해요. 나도 모르게."

"나와 관계없는 사람이에요."

작희는 빗속으로 뛰어갔다.

서포 문을 나흘째 열지 않았다. 영락이 소식을 전해 듣고
아침저녁으로 와서 문을 두드렸다. 작희는 누구도 만나고 싶
지 않았다. 영락이 뒷문을 뜯고 들어온 건 닷새째가 되는 밤
이었다. 작희가 뒷문으로 나가 물을 떠오거나 간단한 음식을
가져왔던 기억을 떠올렸다. 영락은 점포 뒤쪽으로 가 이마고
의 뒷문 앞에 섰다. 불길한 예감에 온 힘을 다해 손잡이를 잡아
당겼다.

"작희 씨, 접니다."

내부는 어두웠다. 불길한 마음이 들었다. 그러나 이내 탁자
위에 엎드려 있는 작희의 모습이 보였다. 영락은 놀란 마음에
작희의 어깨를 흔들었다. 작희는 오랫동안 울고 있었던 듯 보
였다. 영락은 무슨 일인지 궁금했지만 묻지 않았다. 눈물로 젖

은 머리를 가만히 안았고 작희는 무너지듯 그에게 기댔다.

총독부의 집요한 압력 때문에 영락은 사직서를 냈다. 생계가 막막했지만 산 입에 거미줄 칠까. 정 안 되면 지게꾼이라도 하면 될 일이다. 실업자가 됐지만 작희를 돌볼 시간이 생긴 것은 다행이었다. 영락은 종로까지 가서 고기국밥을 사왔다. 항아리에 담긴 고기국밥은 적어도 세 끼는 먹일 수 있는 양이었다. 작희는 차츰 몸의 기력은 찾았지만 공포와 분노에서 쉽게 벗어나진 못했다.

영락이 서포에 자주 머문다는 소문이 퍼져 이마고에는 그의 글쟁이 지인들이 자주 찾아왔다. 바닥에 늘어놓은 책을 책장에 모두 정리해 꽂고 사람들이 앉을 수 있는 등받이 없는 기다란 의자를 두 개 더 갖다놓았다.

작희는 서포를 찾는 사람들에게 가능하면 차를 대접했다. 고모의 사망으로 정신적인 충격을 받아 말수가 적어지긴 했지만 눈을 뜨면 해야 할 일을 빠짐없이 처리했다.

영락은 아침마다 이마고로 출근했다. 작희의 일을 돕다가 한가해지면 한쪽 구석에서 하루치의 글을 썼다. 그는 글이 안 풀리면 무슨 말인가를 중얼거리며 서포 안을 서성였다. 그러다 문장이 생각나면 다시 의자에 앉아 빠르게 글자를 썼다.

해가 떨어지면 영락은 그를 찾아온 사람들과 술을 마시러 나갔다. 만취가 될 때까시 마시기도 했지만 다음날 일정한 시간에 이마고로 왔다. 고모의 비극적 사건이 있은 후부터 작희는 더더욱 글에 매달렸다. 어떤 날은 날이 밝을 때까지 글을 썼다. 그래서 영락이 유리문 너머에 햇살처럼 환하게 서 있는 날도 있었다.

"아, 언제부터 서 계셨어요? 문을 두드리지 그러셨어요."

"그림 같더라고요. 글을 쓰는 작희 씨가……"

작희는 얼굴을 붉히며 조금 웃어 보였다. 아침이 있어 세월을 견디는 느낌이었다. 작희는 살아야겠다고, 좌절하지 말고 당당하게 살아야겠다고 주문처럼 읊조렸다.

뒷문 밖의 광을 수리했다. 아궁이를 보수하고 땔감을 넉넉히 쌓아두었다. 그것만 보고 있어도 배가 불렀다. 어머니는 말씀하셨다. 글을 잘 쓰려면 잘 먹어야 한다고. 작희는 어머니에게 받은 궁중요리 책을 틈틈이 읽었다. 요리 과정과 재료에 대해서 불친절한 설명이 있었지만 그걸 감안하더라도 해봄직한 요리들이 많이 수록되어 있었다. 며칠 전 편지 대필을 의뢰했던 손님 한기백 씨에게 대필료 대신 무와 토란을 받았다. 작희가 둘 중 하나만 달라고 했지만 손님은 가져온 걸 전부 놓고 후다닥 나가버렸다. 경성에서 지게꾼 일을 시작한 기백은 목포에서 올라온 삼십대 가장이었다. 노모와 아내와 어린 자식 넷이 있었다. 목포를 떠나온 건 돈을 벌기 위해서가 아니라 일본 순사를 때려 도주했기 때문이었다. 그래서 작희의 도움이 필요했다. 작희는 아내의 언니인 양 편지를 썼다. 손님은 한두 주에 한 번씩 꼬박꼬박 들러 대필을 부탁했고 일이 끊겨 돈이 없으면 채소를 주었다. 밥을 해 먹어야 하는 작희 입장에선 그가 들고 오는 채소들이 언제나 귀했다.

무를 채 썰어 무나물을 만들고 토란을 잘 씻어 국을 끓였다. 어설픈 솜씨지만 작희는 글을 쓸 때만큼 공을 들여 음식을 했다. 칼이 무디면 날을 정성껏 간 후 채를 썰었다. 무가 달고 소금 맛이 좋아 먹음직한 생채가 되었다. 토란국은 고기 없이 기본양념만 넣고 맑게 끓여낸 거라 깊은 맛은 안 났지만 충분히 훌륭했다. 작희는 쌀과 보리를 반반 섞은 밥을 짓고 무나물과 토란국을 상에 올렸다. 영락이 휘둥그레진 눈으로 밥상을 보았다.

"찬이 아쉽지만 아쉬운 대로 한 술 뜨세요."

"성찬입니다. 그 짧은 시간에 한 상 뚝딱 차리네요."

맛있게 먹는 영락을 보고 있자니, 작희의 얼굴에서 미소가 떠나지 않았다. 작희는 밥 한 공기를 다 먹은 영락에게 자신의 밥을 덜어주며 다음엔 밥과 국을 더 넉넉히 해야겠다고 생각했다.

작희는 영락과 함께 집필에 몰두했다. 영락이 신문사를 그만뒀다는 소문이 돌았는지 여기저기서 글 청탁을 해왔다. 그 와중에도 동인회 '락희'의 시간은 지켜졌다. 서로의 글을 읽은 후 냉정한 평가를 했다. 작희는 그의 이번 소설이 재치가 넘치지만 어딘지 아쉬운 결말이라고 말했다. 하지만 영락은 작희의 글에 대해 달리 이야기할 것이 없어 침묵했다.

"많이 부족한가요?"

"아니요. 뭐라 설명할 길이 없어서."

"설명한 길이 없다면 아주 형편없다는 뜻인가요?"

"그게 아니라, 이전에 못 읽었던 소설입니다."

"……."

"문제작이 될 거 같습니다."

"설마요."

작희는 영락의 반응이 아쉬웠다. 구체적으로 어떤 대목이 좋은지 어떤 부분이 부족한지 듣고 싶었다.

"작희 씨에게 등단은 의미가 없을 것 같습니다."

"그게 무슨 말씀인가요?"

"이미 완벽하게 써내시는 걸요. 어디든 당장이라도 데뷔가 가능할 것 같습니다. 그만큼 작품이 훌륭합니다."

작희는 영락의 말을 믿어도 될까 싶었다.

"진짭니다. 문제작이 될 겁니다."

작희는 과한 칭찬에 어리둥절할 뿐이었다. 영락은 생각났다는 듯이 가방에서 종이 상자를 꺼내 탁자 위에 놓았다. 그의 얼굴은 기대에 차 있었다.

"작희 씨, 열어보세요."

상자를 열자 시계가 나왔다. 작희의 엄지손톱 두 배 정도 되는 동그란 시계판 위의 초침이 바쁘게 째깍거렸고, 갈색 가죽

줄은 윤기가 흘렀다.

"이건?"

"선물입니다."

작희는 너무 놀라 시계를 상자 안에 넣고 영락 쪽으로 밀었다.

"너무 과해요."

"이 정도가요? 제가 작희 씨한테 큰 신세를 지는데요."

"신세라뇨. 오히려 제가 작가님께 많은 신세를 지고 있는 걸요."

"매끼 작희 씨가 해주는 밥을 먹고 힘내서 글을 쓰고 있으니 이 정도의 선물은 부끄럽지요. 시계가 작희 씨처럼 단아하고 어여뻐서 샀습니다."

작희는 얼굴이 활활 타오르는 것 같았다. 영락은 원고료를 받자마자 백화점으로 달려가 시계를 산 것이다. 작희의 추측으론 그의 몇 달치 방세가 될 것 같았다.

서점 이마고는 점점 유명세를 탔다. 강건의 에세이 때문이었다. 강건은 작희를 이렇게 묘사했다. 소녀에서 빠져나온 어여쁜 아가씨가 낮에는 책을 팔고 밤에는 고즈넉이 앉아 글을 쓰는데, 그 아가씨의 낮과 밤이 너무나 거룩하여 마음이 설렌다고. 그는 글을 쓰더라도 육체노동은 꼭 필요하다고, 그래야 룸펜의 한계에서 벗어나 진정한 글이 나오는 게 아니겠느냐고 역설했다. 어느 날부터 눈에 익지 않은 손님들이 서포를 기웃대다가 사라졌다. 어떤 이는 탐색을 하는 것으로 모자라 작희의 면전에서 "거룩하다는 말을 아무데나 붙이면 곤란하지 않은가요?"라고 말했다.

사소인이 모두 모인 날, 영락은 분노를 드러냈다. 이 사실을 아는지 모르는지 술에 취한 강건은 무엇이 좋은지 혼자 히죽거렸다.

"자네가 발표한 글 말이야. 그 글 때문에 하루에도 수 명의 남자들이 서포를 기웃거려. 그 소녀에서 빠져나온 젊은 아가씨란 표현이 문제가 된 것 같네."

"아니, 독자 놈들이 여기까지 찾아왔단 말인가?"

"그걸 예상 못하고 쓴 거야? 그렇다면 자넨 정말 한심한 위인이군."

건은 작희 쪽으로 다가갔다.

"작희 씨 일단 죄송합니다. 본의 아니게……"

작희는 그의 사과를 진심으로 받을 준비가 되지 않았다. 그런데 술기운 때문이었는지 건은 너스레를 떨었다.

"그래도 그치들이 와서 이마고 매출은 좀 올랐지요?"

영락이 건에게 달려들었다.

"사과를 하려거든 끝까지, 똑바로 하란 말이야."

영락에게 멱살을 잡힌 건이 버둥거리다 뒤로 넘어졌다.

"야, 오영락! 이 새끼가, 너 돌았어? 이게 여자한테 제대로 미쳤네.”

“뭐가 어째?”

엉켜 있는 두 사람을 병주와 한구가 간신히 떼어놓았다.

영락을 위해 대굿국을 끓여놓았지만 그는 서포에 오지 않았다. 작희는 지게꾼 기백에게 대필료로 받은 고춧잎과 머위로 장아찌를 담갔다. 이것 역시 영락을 위해 준비한 음식이었다. 영락은 유학중일 때부터 알고 지내는 일본인 사업가의 집에 세 들어 산다고 했다. 영락을 못 본 지 보름이 된 날, 작희는 주소를 들고 물어물어 영락의 집을 찾았다. 늦가을 찬비가 추적추적 내리는 날이었다. 밤길이고 작희에겐 분명 초행인데도 언젠가 와본 것 같은 느낌이 들었다. 영락의 소설 중에 일본인이 사는 거리가 묘사된 부분이 떠올랐다. 글로 본 그 풍경이었다. 집집마다 영롱한 불빛이 흘러나왔다. 소설에서 영락은 말했다. 저 불빛, 저것은 모던의 신호라고.

“여긴 거 같아.”

작희는 혼잣말을 했다. 내문은 잠겨 있었지만 담장이 낮아 안이 보였다. 여기까지 왔는데, 문을 두드릴 용기는 나지 않았다. 가늘어졌던 빗줄기가 다시 거세졌다. 처마라도 있으면 비를 피할 수 있으련만. 치아가 딱딱 부딪힐 정도로 추웠다.

“작희 씨.”

발치 앞에 영락이 우산을 들고 서 있었다.

"아니, 이 밤에 여긴 어쩐 일이에요?"

영락이 놀란 얼굴로 작희를 보았다.

"걱정이 돼서요."

영락은 떨고 있는 작희의 찬 손을 잡아끌었다.

"일단 들어가요."

영락은 대문을 열고 작희를 안으로 들였다. 본채 옆에 작은 별채가 있었다. 문을 열자 조리를 할 수 있는 공간이 나왔고 쪽마루로 올라가 미닫이를 열자 영락의 방이 보였다. 깨끗하고 아늑하게 꾸며져 있었다. 책상과 의자는 창을 향해 놓여 있었고 왼편은 바닥부터 천장 가까이까지 책이 쌓여 있었다. 영락이 오른쪽으로 돌아 미닫이를 열자 작은 방이 하나 더 보였다. 그곳에 옷가지와 이불 등이 정리돼 있었다. 영락은 광목으로 된 수건 하나를 꺼내 작희에게 주었다.

"닦아요."

작희는 수건으로 머리와 얼굴과 젖은 손을 차례로 닦았다.

"춥죠?"

"아니요."

이가 딱딱 부딪혔지만 작희는 영락을 만난 기쁨에 추위도 잊었다. 그의 방에 와 있는 게 꿈만 같았다. 영락은 화로를 가져다 작희 앞에 두었다. 불씨를 일으키자 방안이 금세 따뜻해졌다.

"근데 서포에 왜 안 오셨어요? 저한테 화나는 일이 있으셨어요?"

"아뇨. 작희 씨한테 화날 일이 뭐가 있겠습니까."

"그럼 왜?"

"그냥 그날 건 군과 싸운 게 부끄러워서요."

작희는 영락의 마음을 풀어주고 싶었지만 달리 생각나는 말이 없었다.

"근데, 작희 씨가 너무 보고 싶어 거의 매일 찾아가긴 했습니다."

서포까지 와놓고도 들어오지 않았다니, 작희는 또 얼굴이 붉어졌다.

"몰랐어요."

"몰랐겠지요. 제가 몸을 숨겼으니까. 작희 씨, 잠깐 쉬고 있어요. 요기할 걸 만들어 올게요."

"아니 괜찮아요."

"저도 저녁을 먹어야 해요."

화로의 불빛은 따듯하고 영락이 덮어준 이불은 포근했다. 작희는 책장에 꽂힌 책 제목을 하나씩 읽었다. 그러다 저도 모르게 잠이 들었다.

영락은 안채 살림을 봐주는 노파에게 재료를 얻으러 갔다. 노파는 누가 왔길래 이 밤에 남정네가 부엌에 들어가려고 하느냐며 자신이 만들겠냐고 했다. 영락은 극구 사양했다.

"뭘 해 드시려고요?"

"날이 추워 장국에 국수를 말려고 합니다."

노파가 마침 잔치에 쓰고 남은 기름 붙은 고기가 조금 있다며 그걸 주었다. 일본인 안주인과 영락이 가까운 사이이니 뭐라 하지 않을 거라며 그냥 가져가라고 덧붙였다. 그러더니 잠시 기다리라고 한 뒤 돌아와서 귀한 후추도 덜어주었다. 영락은 고마움을 표하고 서둘러 부엌으로 왔다. 고기를 잘게 썰어 볶은 후 마늘을 다지고 파를 썰었다. 그러고는 물을 넣어 육수를 냈다. 국수는 끓는 물에 잘 삶아 한쪽에 놓았다. 지단을 올리면 좋지만 계란이 없었다. 작희에게 밥을 얻어먹을 때마다 영락은 언젠가 자신도 작희에게 상을 차려줄 날이 있었으면 좋겠다고 생각했다. 그러나 그것이 오늘이라니. 차가워진 국수를 뜨거운 육수에 한번 토렴하고는 후추를 쳤다.

작희는 벽에 기대 잠들어 있었다. 영락은 작희에게 따뜻한 국수를 먹이고 싶었지만 단잠에 빠진 그녀를 깨우기가 어려웠다.

작희가 내 보호 아래 세상모르고 잠들어 있다니.

영락은 슬픔과 죄책감에 빠져들었다. 내가 사랑하는 여자가 여기에 있다. 그녀 또한 나를 보는 눈이 애정으로 가득하다. 그러나 왜 내 미래는 어두울까. 아니 왜 우리의 미래는 이리도 참담할까.

영락은 잠든 작희의 손을 잡았다. 작희가 놀란 듯 눈을 떴다. 저도 잠이 든 걸 몰랐던 모양이었다. 등을 세우고 한 손으로 머리카락을 쓸어올리는 작희를 영락이 끌어안았다. 작희가 영락 쪽으로 부드럽게 몸을 기댔다. 빗줄기가 거세지는 듯싶었다. 작희는 영락에게 기대 창 너머를 보았다. 지금 나가면 새카만 밤이 작희를 할퀼 것 같았다. 영락의 방은 따듯했고, 작희는 방의 주인을 깊이 사랑했다. 작희는 눈을 감았다. 심장이 두근거렸지만 이대로가 좋았다. 영락은 작희의 아름다운 얼굴을 두 손으로 감쌌다. 부드러운 피부가 아슬아슬하게 느껴졌다. 영락은 작희의 작은 입에 자신의 입술을 가져다댔다. 작희의 숨결이 따듯하고 달콤했다.

작희는 영락의 마음을 확인한 이후 평화로운 나날을 보냈다. 남들 앞에선 애정 표현을 숨겼지만 둘이 사귄다는 소문이 돌았다. 사실 여부를 물어오는 이가 있으면 작희는 당당히 사랑하는 사이라고 말했다.

작희는 영락과의 교제 이후 영락의 작품을 이전보다 더 성실하게 읽었다. 영락의 이전 연인들은 대부분 공부를 많이 한 여자들이었지만 누구 하나 영락의 작품에 대해 비판적인 이야기를 해주지 않고 극찬만 했다. 작희는 영락이 생각하지 못했던 모순을 지적해줬다. 이를테면 주인공 나이를 서른두 살로 해야 하는데 계산을 잘못하여 서른네 살로 하는 것 같은 세세한 오류부터 주인공의 행동에 도무지 당위성을 부여할 수 없으니 납득이 될 만한 사건을 하나 더 만들어야 한다는 조언까지 아끼지 않았다.

영락은 기분이 상할 때도 있었지만 작희의 평을 대체로 받아들였다. 그녀는 영락의 첫 독자이자 냉정한 비평가였다. 영락은 작희가 공부를 조금 더 한다면 조선 문단 최고의 여류 비평가가 될 수도 있겠다고 말했다. 그러나 작희는 시선을 내리깔았다.

"제 나름대로 책을 선생으로 두고 열심히 읽었지만 세상은 이런 것보다 무엇무엇 학당, 무엇무엇 여학교, 이런 걸 가치 있게 여기는 시절이잖아요. 무학의 제가 비평을 쓴다면 의미 있게 읽어주는 이가 있을까요?"

솔직한 심정을 토로한 것이지만 작희는 괜한 소리를 했다는 생각이 들었다. 문득, 어머니와 밤새 토론했던 시간이 떠올랐다. 어머니에게는 어떤 말을 해도 후회가 되지 않았다. 그런데 문득 영락에게도 그런 어머님이 있을까 하는 궁금증이 일었다. 영락은 가족에 대해 이야기한 적이 한 번도 없었다. 국화잎 우린 물을 영락에게 따라주며 작희가 물었다.

"작가님은 부모님이 생존해 계신가요?"

"아버지만…… 그리고, 누이."

그의 시선이 허공 어딘가를 바라보았다.

"가족이 아버지와 누이 두 분만인 건가요?"

"아니, 누이의 어린 남매가 있어. 여섯 살 네 살 남매."

작희는 누이의 남편은 어찌됐느냐고 묻고 싶었지만 영락의 얼굴이 어두워진 것을 보고 더이상 물을 수 없었다. 작희는 영락에게 술상을 차려주기로 했다. 매실주가 잘 익었고, 마침 우물집 아주머니가 푸줏간에서 고기를 끊어와 일부를 판다고 했다. 돼지고기를 볶아 상을 차렸다. 영락은 사소인들과 함께 가던 요릿집 안주와는 비교할 수 없게 맛있다며 칭찬을 아끼지 않았다.

"술 담그는 것도 어머님한테 배웠을까?"

"배운 건 아니고 어머니가 담그는 걸 어깨너머로 본 거예요."

"어깨너머로 배운 솜씨라고 하기엔 정말 훌륭하네."

"다행이에요."

"어머님이 약주를 좀 하셨던 모양이야."

"네, 좀 하셨죠. 외로운 어머니에게 술이 있어 다행이었던 것 같아요."

영락이 작희를 지긋이 바라보았다.

"어머님은 어떤 술을 만드셨어?"

"별의별 술을 다 담그셨어요. 매화주, 연화주, 두견주, 백화주, 송화주……"

"소주도 만드셨나?"

"그럼요. 찹쌀과 지장쌀, 수수, 강냉이 같은 걸로 소주를 고셨어요. 독에 누룩을 넣고 한 일주일쯤 기다렸다가 그걸 다시 쪄서 내리는데, 소주가 하루아침에 뚝딱 만들어지는 건 아니잖아요. 어머니는 느긋한 마음으로 술을 만드셨던 것 같아요."

작희가 영락의 잔에 매실주를 따랐다.

"그런데 안색이 계속 안 좋아 보이세요."

"그런가. 사실 시골집에 생활비를 보내지 못해서."

작희는 안쓰러운 마음으로 영락을 보았다.

"이젠 원고료를 선불로 주는 곳부터 글을 보내려고 해. 소설이든 잡문이든, 뭐 광고문구면 어떤가 싶고."

영락이 술기운에 마음에도 없는 소리를 하는 것 같았다. 술을 많이 마신 영락은 탁자에 엎드려 잠이 들었다. 작희는 그가 안쓰러워 물끄러미 바라보다가 다락방에 이부자리를 준비하고 다시 내려와 술상을 치웠다. 행주질하던 손을 멈추고 문밖을 보았다. 희뿌연 것이 흩날리고 있었다. 조금 이른 눈이었다. 올 추위는 매서울 것 같았다. 겨울을 잘 넘겨야 할 텐데. 잠든 영락을 깨워 다락방으로 올라가게 했다. 그를 이부자리에 눕게 하고 화로의 불을 피웠다. 영락의 곁에 앉아 그의 머리를 가만히 쓸어보았다. 지금의 이 평온한 시간이 좋았다. 이렇게만 시간이 흘러가면 좋겠다고 생각했다. 작희는 그의 곁에 눕고 싶었지만 글을 펼쳤다. 자신이 쓴 「미쿠니 주택」과 어머니가 남긴 「랑랑과 호미」를 신문사에 투고할 생각이었다. 당선이 된다 한들 돌아가신 어머니에게 그것이 무슨 의미가 있을지를 생각하니 회의적인 생각이 들었다. 하지만 작희는 글쓴이가 해야 하는 일은 이야기를 생산하고 그 이야기를 밖으로 내보내는 일까지라고 보았다. 결과는 상관없었다. 꿈을 이루지 못한, 아니 어쩌면 글쓰기 그 자체가 꿈이었던 어머니의 작품이 세상으로 나갈 수 있도록 돕고 싶었다.

영락이 신문사를 그만둔 건 작희에게 다행인 일이었다. 작품 투고는 영락이 근무했던 그 신문사에 할 예정이었다. 괜한 오해를 사는 일은 없을 것이다.

매서운 겨울이 시작되었지만 작희는 그 어느 시간보다 열정적으로 살았다. 이마고에는 손님이 여전했다. 차를 판 돈으로 밥을 구하고 책을 판 돈으로 좋은 책을 매입했다. 무슨 사업인가에 골몰하는 아버지는 서포를 찾지 않았다. 구철우라는 자가 사람을 시켜 가끔씩 양산과 화장품, 고급 화과자를 보내기도 했지만 모두 돌려보냈다. 거짓말이나마 정혼한 사람이 있으니 이런 선물은 절대 보내지 말라는 당부도 전해달라고 했다. 그런데도 구철우는 여우털로 만든 겉옷과 종아리 중간까지 올라오는 털신을 보냈다. 한 눈에 봐도 고가의 물건이었다. 작희는 기백 아저씨의 도움을 얻어 그 물건을 구철우의 집에 돌려보냈다.

영락은 원고료를 선불로 주는 신문사에 연재를 시작했다. 그의 지인들은 하나같이 아무리 돈에 눈이 멀어도 그렇지 그런 신문에 글을 실을 수 있느냐고 성토했다. 주먹싸움이 날 뻔했지만 싸움을 피한 건 영락이었다. 작희도 안타까움을 금할 수 없었다. 하지만 연재소설은 독자들에게 열렬한 반응을 얻었다. 그 와중에 단편소설 청탁을 연이어 받았다. 신문사들은 선금을 주고 그의 원고를 기다렸다. 그는 창간을 앞둔 잡지사 대표의 제안도 받아들였다. 잡지사 대표는 세상이 놀랄 만한 글을 써달라고 했다.

영락은 세상이 놀랄 만한 글이 무엇인지 모르지만 그 글을 쓰겠다고 했다. 어찌된 일인지 그런 영락을 지켜볼 때마다 작희는 불안하고 답답했다. 여기저기서 밀려든 청탁 때문에 초조해진 영락은 글쓰기에 조금 더 집중하기 위해 당분간 서포에 나올 수 없을 것 같다고 했다. 작희도 영락에게 그게 좋을 것 같다고 말했다.

작희는 서포 문을 닫으면 찬밥 한 덩이를 뜨거운 보릿물에 말아 찬도 없이 씹는 둥 마는 둥 삼켰다. 하지만 본인은 대충 먹어도 일주일에 두어 번 영락의 집으로 먹을거리를 준비해 갔다. 영락은 제대로 씻지도 먹지도 못한 사람의 몰골을 하고 있었다.

"어디 아프신 건 아니고요?"

"아프진 않아."

"다행이에요. 마감은요?"

"잘 지키지 못해. 게다가 내 작품을 내가 표절하고 있더군. 인물의 이름만 바꿔 같은 이야기를 계속 반복하고 있는 것 같아. 그래서 보내지 못했어. 그걸 내면 세상의 웃음거리가 될 거야."

작희는 마음이 아팠다. 책상 옆에는 파지가 흩어져 있었다. 영락은 허공 어딘가에 시선을 고정하고 있었다.

"수염이 기니 딴 사람 같아요."

그제서야 영락이 작희를 돌아보고 웃었다.

"더 기를까 생각중인데 작희는 어찌 생각해?"

"조금 더 길면 붓이 될 것 같은데요."

영락은 사랑스러운 작희를 와락 끌어안았다. 작희는 영락의 글쓰기를 방해하면 안 된다는 생각과 자신도 어서 서포로 가서 글쓰기를 마무리해야 한다는 조바심이 일었다. 그러나 영락은 작희를 끌어안고 놓아주지 않았다.

"마감하셔야 되잖아요. 저도 가봐야 해요."

"조금만 있다 가."

남자 경험이 영락뿐인 작희지만 알 것도 같았다. 영락은 폭발할 것 같은 성욕을 주체하지 못하고 있었다. 그는 이전과 다르게 거칠고 막무가내였다. 작희는 그를 사랑했지만 설명하기 어려운 착잡한 심정이 되었다.

영락을 못 본 지 한 달이 지났다. 먹을거리를 챙겨 찾아가고 싶었지만 그의 부탁대로 그가 올 때까지 참았다. 그는 자신을 믿고 기다려달라고 했다. 작희에겐 유난한 겨울이었다. 개천 아래 동사자들이 눈에 띄었다. 가마니가 흘러내려 죽은 이의 얼굴이 그대로 보일 때가 있었다. 눈이 내리는 것은 얼마나 다행인가. 흰 눈이 죽은 이의 얼굴을 위로하듯 덮어주었다.

작희는 서포 안에서도 두툼한 겉옷을 입고 있었다. 영락의 겨울 외투가 너무 얇은 것 같아 걱정이 되었다. 순간순간 그가 그리웠다. 이달 말엔 영락에게 솜을 넣어 누빈 따뜻한 겉옷을 하나 만들어주고 싶었다.

서포에도 손님이 없었다. 북풍이 책 읽는 마음과 차를 마시고 싶은 마음까지 얼려버린 것 같았다. 오후 다섯시, 작희는 탁자 위에 쓰던 글을 올렸다. 응모 마감이 얼마 남지 않았다. 혹시 모를 오류를 찾아내고 문장을 조금 더 다듬어야 했다. 손이 곱아 입김을 호호 불고 있는데, 인기척이 났다.

사소인의 병주와 한구가 문을 밀고 들어왔다.

"어서 오십시오."

작희가 원고를 서랍 안에 넣은 후 자리에서 일어났다.

"영락 군 여기 있나요?"

인사도 없이 병주가 다락 쪽으로 시선을 보냈다.

"집에서 집필중이신 걸로 알아요."

"거기에서 오는 길인데요."

"그런데 무슨 급한 일이 생긴 건가요?"

"뭐, 원고 때문이죠."

병주가 말했다.

"오 군 원고가 안 들어와 인쇄를 못 돌리고 있습니다. 마감 일이 삼 주가 지났네요. 모처럼 광고를 실었는데, 광고주 보기 민망해서 원."

한구가 책장에 꽂힌 책들을 훑어보며 말했다.

"답답해서 술 한잔하러 갔겠지. 마감 때문에 얼마나 괴롭겠나. 자넨 영락 군 입장이 그리 이해가 안 되나? 같은 글쟁이면서."

"뭐가 같은 글쟁인가. 영락은 독자와 비평가들에게 추앙받는 작가이고 나는 변방의 글쟁이인걸."

"자넨 자학이 취미인 거 같아."

한구는 작희에게 릴케 시집이 있느냐고 물었다. 작희는 잠들기 전에 읽었던 릴케를 한구에게 갖다주기 위해 다락으로 올라갔다. 시집을 잘 뒀는데 어디에 뒀는지 몰라 작희는 몸을 숙여 반닫이 아래로 손을 넣었다. 그러다 작희의 손이 멈췄다. 그들은 몰랐을 것이다. 서포에서 나직하게 나누는 소리도 다락방에서는 바로 옆에서 이야기하는 것처럼 또렷이 들렸다.

"혹시 동래에 간 게 아닐까. 식구가 아프다 하지 않았나."

"아, 그럴 수도 있겠군. 근데 지금 위중한 사람이 영락 군의 부친인가, 아니면 영락 군의 처인가."

"올 초에 그러지 않았나, 처가 많이 아프다고. 혼자서 아이 둘에 치매 걸린 시아버지 봉양하느라 가뜩이나 지병이 있는 몸이 완전히 상해버린 모양일세."

저들은 지금 무슨 소리를 하는가. 병주와 한구는 한참을 기다려도 작희가 내려오지 않자 큰 소리로 다음에 오겠다는 말을 남기고 밖으로 나갔다.

해가 지고 해가 뜰 때까지 멍하니 있었다. 요즘 들어 툭하면 삼각관계와 불륜을 소재로 한 기사들을 보며 혀를 찼었다. 저명한 교육계 인사가 여러 명의 제자와 중혼을 한 것도 모자라 아이를 갖게 했다는 기사가 나왔다. 작금에 중혼이 가당키나 하느냐며 영락에게 열변을 토한 작희였다. 그때 영락은 작희의 의견에 동조해주었다.

작희는 외투를 입고 영락의 집으로 갔다. 노파가 영락이 집을 비운 지 보름이 넘었다는 말을 안 했다면 문앞에서 밤새 기다렸을지도 모른다. 그러다 오해일 거라고, 병주와 한구가 이야기한 사람은 영락이 아니라 이름이 비슷한 다른 이일 거라고 생각했다. 작희는 병주가 일하는 잡지사로 찾아갔다. 작희는 본의 아니게 두 사람의 대화를 들었다고 말했다. 병주는 무표정한 얼굴로 예고 없이 찾아온 작희에게 말했다.

"그럼 작희 씨는 영락 군에게 처가 있다는 걸 모르고 만났단 말인가요?"

그는 어떻게 모를 수가 있었느냐고 되묻는 표정이었다. 서포로 돌아온 작희는 지는 해를 무심히 보았다. 해질 무렵의 거리는 마음을 서글프게 했다. 작희의 뺨으로 눈물이 흘렀다. 작희는 부엌으로 가서 된장을 풀고 굵은 멸치와 시래기를 넣어 국을 끓였다. 그리고 반 되 남은 흰쌀을 탈탈 털어 밥을 지었다. 슬픔이 타오르지 않도록 밥알을 꾸역꾸역 삼켰다.

그들의 말이 사실이라면 영락은 동래에 있을 터였다. 심장으로 거대한 얼음이 밀려들어오는 것 같았다. 여러 어려움을 겪었지만 이런 종류의 고통은 낯설었다. 작희는 무너져내리는 마음을 탁자 위로 올렸다. 펜을 쥐고 정신을 가다듬었다.

And의 방문이 이때처럼 반가운 적은 처음이었다. 넋이 나간 채로 탁자 위의 한 문장을 바라보고 있을 때 And가 말했다.

"투고를 한다고 하지 않았어? 얼마 안 남은 것 같은데 어서 마무리를 해야지."

작희는 바다에 일렁이는 And의 그림자를 응시했다. 당장이라도 온몸이 눈물로 변해 바닥으로 흘러내릴 것 같았지만 써야겠다는 생각만 들었다. 작희는 다음날도 그다음날도 「미쿠니 주택」의 문장을 고르고 새 원고지에 정자로 또박또박 옮겨 썼다. 마침표 하나도 허투루 찍지 않았다. 이젠 어머니의 「량량과 호미」도 옮겨 적어야 했다. 눈물이 날 것 같았지만 이를 꽉 문 채 한 방울의 눈물도 흘리지 않았다. 원고지에 눈물자국을 남길 순 없었다.

량량은 혼자 산에 다녀오겠다고 하고 집을 나섰다. 그러나 량량은 산으로 간 게 아니었다. 바다로 간 것이었다. 량량의 배 속에는 아이가 있었다. 량량은 어찌할 줄을 몰랐다.

어머니가 쓴 원고는 미완성이었다. 어머니가 이 소설을 완성했다면 어떤 결말을 지었을까. 작희는 소설의 마지막 문장이 너무 답답했다. 량량은 어머니이기도 하고 자신이기도 한 것 같았다. 작희는 마지막 문장을 지우고 신문사에 가서 원고를 투고했다.

서포로 돌아온 작희는 다락방으로 올라가 그대로 고꾸라졌다. 몸이 불덩이였다. 눈을 감자 영락이 작희에게로 왔다. 그는 펄펄 끓는 이마에 찬 손을 얹어주었다. 물을 마시고 싶다고 하자 작희의 몸을 일으켜 물이 담긴 대접을 입에 대주었다. 작희는 서럽게 울면서 영락을 원망했다.

갈증 때문에 눈을 떴을 때 작희는 그 모든 것이 미련한 꿈이란 걸 알았다. 작희는 그를 온 힘을 다해 미워하고 싶었지만 그러지 못하고 있다는 걸 알고 절망했다. 물을 마시고 싶었지만 계단을 내려갈 자신이 없었다. 나쁜 마음이 스며들었다. 살아야 한다고 그토록 다짐을 해놓고는 아무에게도 발견되지 않고 사라져버릴 수 있으면 좋겠다고 생각했다.

이마고의 문을 따고 들어온 건 영락이 아닌 점예였다. 점예는 송장처럼 누워 있는 작희의 몸에서 지린내를 맡았다. 이게 무슨 일이냐며 점예가 작희를 흔들어 깨웠지만 정신이 돌아오질 않았다. 점예가 의원을 모셔와 진찰을 받게 했다. 탈수 상태에 빠져 있으니 수분을 보충하고 영양도 신경쓰라는 처방을 받았다.

점예는 자신의 짐을 챙겨 서포로 왔다. 물을 데워 오줌으로 범벅이 된 작희의 몸을 닦아주고 집에서 가져온 깨끗한 옷으로 갈아입힌 후 새 이부자리에 눕혔다. 작희는 점예의 살뜰한 보살핌을 느꼈지만 눈을 뜨지 않았다.

"소화기를 살살 달래줘야 해. 조금만 먹어보자."

작희는 눈을 뜨고 점예를 올려다보았다. 점예의 눈에 눈물이 그렁그렁 차올랐다.

"위가 다 나으면 뱅어젓하고 우거지를 먹자. 네가 잘 먹던 거잖아."

작희의 베개는 눈물로 또 한번 푹 젖었다. 오늘이 몇 월 며칠인지 점예에게 물었다. 점예는 얼마 안 있음 입춘이라고 말했다. 또 묻고 싶은 게 있었다. 신년문예 발표는 어찌되었느냐고, 당선된 사람은 누구냐고. 그런데 자꾸만 눈이 감겼다. 지금은 잠을 잘 때가 아니라는 생각이 들었지만 작희는 자꾸만 잠의 늪으로 빠져들었다.

10

어디서 바람이 새어들어오는지 암막 커튼이 흔들렸다. 두 장의 커튼 사이로 스민 빛이 잠깐잠깐 예각을 만들었다. 편집자에게 연재분을 보낸 직후, 물끄러미 커튼과 커튼으로 스미는 빛을 보았다.

창가로 가서 커튼을 열었다. 서향 빛이 강하게 밀려들어왔다. 눈이 시리고 머리가 조여드는 것 같았다. 자리에 앉아 목차만 간신히 잡은 오영락 평전 파일을 열었다. 그의 평전을 쓴다는 건 불가능한 일이었다. 작희의 일기를 통해 알게 된 소설의 원주인에 대한 이야기를 나름대로의 방식으로 세상에 알려야 했다. 하지만 큰아버지가 내내 걸렸다.

"뭐 하고 있나요?"

너무 놀라 괴성이 흘러나왔다. 주위를 두리번거렸다. 그리고 소리의 출처가 CCTV 스피커란 걸 알았다. 미스터의 제안으로 작업실에 CCTV를 달았다. 그는 느닷없이 문자를 보내곤 했지만 내용은 일정했다. "집중해서 쓰세요!"

경은과 윤희가 CCTV 설치를 환영했기 때문에 어쩔 수 없이 따랐던 일이었다. 하지만 미스터가 일기 복원에 많은 도움을 줬다고 해도 이것은 내내 거슬렸다. 나는 CCTV를 계속 노려보았다. 휴대폰이 울렸다.

"무슨 일 있나요?"

미스터의 말투에 걱정이 묻어 있었다.

"아시잖아요."

"내가요?"

"네, 미스터가요."

그는 전혀 궁금하지 않은 듯 그만 전화를 끊으려 했다.

"잠깐만요."

"……"

"궁금해서 그러는데요, 요즘은 제 옆에 김중숙 씨나 이작희 씨가 안 나타나나요?"

"네."

미스터는 잠시의 망설임도 없이 답했다.

"왜죠?"

"나도 노릅니다."

"어디 간 거죠?"

"그것도 저는 모릅니다. 그런데 왜 찾으시는 건가요?"

"그냥 물어보고 싶은 게 있어서요."

"영가와 통하려다가 괜히 귀신 들릴 수 있어요. 그리고 퇴마를 왜 하는지 생각해보세요."

전화를 끊고 두 손을 자판 위에 올려놓았다. 다시 손을 내리고 학위 논문을 찾았다. 오영락의 생애 연구는 평전 쓰기에 도움이 되었다. 큰아버지의 말대로 그의 자료는 방대했다. 심지어 아주 사적으로 쓴 에세이 등에서는 사소인을 회고하는 이야기도 있었다. 강건, 주병주, 나한구와 오영락은 각별한 사이였는데, 주병주는 '사소인'이 지향하던 문학의 경향부터 그들이 겪은 크고 작은 사건까지 소상히 밝혔다. 그리고 그들이 사랑한 여성들에 관해서도 기술이 돼 있었다. 그러나 이작희에 대한 말은 없었다.

사소인의 상대 여성들은 일본에서 공부할 때 만난 유학생이거나 경성의 내로라하는 여학교의 재원이었다. 작희는 분명히 존재했던 사람임에도 전혀 정보를 찾을 수 없었다. 좋은 작품을 썼다면 응당 기록으로 남아야 하는 것 아닌가. 누구도 작희를 거론하지 않았다는 사실이 내 일처럼 분했다.

'왼손으로 나를 증명하는 일은 쉽지가 않다.'

작희가 쓴 이 문장에 마음이 쓰렸다.

안나가 전화를 걸어왔다. 발신자 이름을 무심히 보다가 벨이 다섯 번 울렸을 때 통화 버튼을 눌렀다. 안나는 다소 지친 목소리로 잘 지내는지 물었다. 나는 어려움 없이 지낸다고 담담하게 답했다. 안나도 나도 할말을 잃은 것처럼 얼마간 침묵을 지켰다. 그 침묵을 깬 건 안나였다.

"은섬아, 이런 말 하는 게 좀 그렇긴 한데……"

"왜? 무슨 일 있어?"

"아니, 큰일은 아니고. 교수님이 지나치게 열정적이라 그게 여러모로 걱정이 되네."

"……"

"달리 무슨 일이 있는 건 아닌데, 오영락 초고 가지고 너무 큰 욕심을 내시는 것 같아."

맞장구를 칠 수도, 큰아버지를 두둔할 수도 없어 나는 말을 아꼈다.

"퇴임하시고 여러모로 무료하셨나봐. 문학관도 만들고 문학상도 제정하고 싶어하셔서 제자들이 그걸 좀 도와드리려 했는데."

"……"

"아, 교수님이 세세한 일마다 다 관여를 하시니."

이러한 이야기를 큰아버지의 조카인 나에게 털어놓는 이유가 무엇인지 몰라 어리둥절할 뿐이었다.

"너에게 별 이야기를 다 한다. 아무튼 그렇다는 거야. 이해해줄 거지? 사실 은섬아, 난 학교 일만으로도 너무 복잡해."

"이해해."

이 말은 진심이었다. 안나의 위치가 부러울 때도 있었지만 나에게 그 자리가 공짜로 주어진다면 그 무게를 한 달도 버텨내지 못할 것 같았다. 학부 강의에 대학원 강의에 논문심사에 잡지사 편집위원에 학기마다 의무적으로 써야 하는 논문에, 무엇보다 안나는 두 아이의 엄마였다.

"참, 교수님이 쓰라고 한 오영락 글은 얼마큼 썼어?"

나는 오영락의 자료를 탁 소리가 나게 덮었다.

"안나야. 나 그 글 못 쓸 거 같아."

"왜?"

"미쿠니 아파트는 이작희라는 무명작가 작품이었어. 오영락이 주택을 아파트로 바꿔 발표한 거야."

"그걸 어떻게 알았어?"

"일기에 쓰여 있어. 일기의 주인이 이작희인데, 그 소설의 주인이야. 일기와 소설의 글씨체가 다른 건 이작희의 오른손이 망가진 후 왼손으로 썼기 때문에 그래. 소설 초고는 다치기 전에 쓴 거고."

토도 안 달고, 잠자코 내 이야기에 집중하던 안나가 혼잣말하듯 말했다.

"증명할 수 있을까."

"안나야, 필체가 증거야!"

"난 이 일이 좀더 극적으로 재밌게 돌아갔으면 좋겠어."

안나의 의도가 간파되지 않았다. 다만, 이 상황을 재미있게 받아들이는 것은 확실해 보였다.

"미쿠니 아파트가 오영락의 글이 아니고 알고 보니 이작희라는 무명작가의 글이라면 이건 또다른 유의 까미유 끌로델이 아닐까."

"……"

"은섬아, 일제강점기 작가들끼리 서신 주고받은 걸 담은 책이 있는데, 거기에서 오영락과 강건이 주고받은 서간문 원본들을 본 기억이 나. 내가 석사 논문을 쓸 때 본 책이거든. 그 책의 오영락 필체와 이번에 발견된 소설 초고의 필체가 불일치하면 그 소설은 오영락의 글이 아니란 걸 입증할 수 있게 되는 거야."

"그 책을 찾아야겠구나."

"응. 책이야 금세 찾을 거야."

안나는 통화 시작 때와 다르게 활기가 돌았다.

"그럼 추진하는 일은 어떻게 되는 거야?"

"오영락으로의 사업은 접으셔야지."

"……"

"내가 책을 찾으면 필석 감정을 의뢰해둘게."

안나와 통화를 마친 후 마음이 더 무거워졌다. 작희에게 이

름을 찾아주는 일이 이제는 가능한 것인가. 억울함을 풀어줄
기회가 생긴 것인가.

11

왜 그런 꿈을 꾸었을까. 작희는 꿈속에서 어머니를 보았다. 어머니는 작희만큼 젊었지만 배가 불러 있었다. 밤이 깊은데도 글을 쓰는 어머니. 잘 써지지 않아 슬픈 얼굴이었다. 태아의 발길질 때문인가. 어머니는 뒤로 물러나 앉으며 자신의 둥근 배를 내려다보았다. 슬픔이 지나간 얼굴에 분노가 가득했다. 어머니는 바닥에 떨어져 있던 잡지를 펼쳤다. 같이 공부했던 친구들의 글이 실려 있었다. 글을 읽던 어머니의 눈에 그리움이 촉촉하게 일었지만 이내 앙다문 입술이 꺼멓게 변했다.

"어머니……"

작희가 아무리 불러도 어머니는 듣지 못했다. 어머니는 벽에 기대 절망이 가득한 눈으로 허공을 보았다. 손을 뻗어 자신이 쓴 글을 쥐고 갈기갈기 찢었다. 복받쳐오는 울음소리가 밖으로 새어나갈까 치맛자락으로 입을 막았다.

어머니가 왜 저리 통곡을 하시나. 작희는 어머니를 다독이고 싶었지만 한 발자국도 가까이 갈 수 없었다. 어머니는 급기야 주먹으로 자신의 배를 때렸다. 한 번, 또 한 번 이를 악물고 때렸다.

"죽어라. 말종의 씨앗아."

악에 받친, 증오로 가득한 어머니의 눈과 작희의 눈이 마주쳤다. 작희는 그만 놀라 뒷걸음질을 쳤다.

꿈에서 깬 작희는 소리 내어 말했다. 못된 꿈을 꾸었네. 눈물이 마른 뺨으로 흘렀다. 뺨 위로 소금꽃이 피었다. 바깥일을 보고 들어오는 점예의 기척을 느끼고 작희는 손등으로 눈물을 닦았다. 점예가 작희의 안색을 살핀 후 쪽지를 주었다. 지게꾼 기백이 쓴 것이었다. 부디 큰 병이 아니길 바란다며 기름 한 병을 우물집에 맡겨놨으니 꼭 찾아가라고 적혀 있었다. 점예가 작희 대신 우물집에 가서 기름을 찾아왔다.

"기름도 넉넉히 생겼으니 선지로 전을 좀 부쳐야겠다."

"너무 과해요. 저 때문에 그러지 마세요."

"너도, 나도 몸보신이 좀 필요하지 않겠니. 나도 요즘 기운이 없고 앉았다 일어설 때마다 현기증이 난다."

점예가 작희에게 먹일 전유어를 굽는 동안 작희는 문가에 서서 행인을 보았다. 양복 입은 남자들은 죄다 영락처럼 보였다.

점예 아주머니가 상을 차린 후 작희를 불렀다. 잔칫날에나 만날 음식이었다. 말린 우거지와 고사리를 넣어 얼큰한 국을 끓였고, 뱅어젓도 작은 종지에 담겨 있었다.

"어서 들자."

작희는 수저를 들었다.

"꼭 명절 같아요."

작희는 점예를 향해 웃어 보였다.

"네가 나았으니 명절이나 마찬가지지."

점예도 흐뭇하게 웃다가 전을 하나 집어 작희의 밥 위에 올려주었다.

"천천히 꼭꼭 씹어 먹어."

"네."

"참, 작희야. 단성사에 새 영화가 걸렸더라. 영화 보러 갈까."

"입춘이지만 동지보다 더 추운 거 같아요."

작희는 서포 밖으로 나가기가 두려웠다.

"추우면 옷을 겹겹이 껴입으면 되지. 춥다고 움츠리면 몸이 낫지를 않아. 의원이 이젠 천천히 산보도 하라고 했잖아."

점예는 작희가 식사를 마칠 때까지 기다렸다가 보따리를 풀었다. 신문 한 부와 자잘한 물건들이 나왔다.

"네가 부탁한 신문이다."

작희는 신문을 받아 신년문예 낭선자를 확인했다. 이춘복. 작희는 짧게 탄성을 질렀다. 어머니가 살아 계실 때 서포에 와서 날마다 공짜 책을 읽던 사람이었다. 작희는 그때 이춘복이 얄미워 눈을 흘겼지만 어머니는 그에게 여러 책을 권했었다.

"열심히 읽던 사람이에요. 참 잘된 일이에요."

작희가 흐뭇하게 웃었다.

"참, 삭희야."

신문에서 눈을 뗀 작희가 점예를 보았다. 점예가 비누와 샴푸를 내보였다. 비누는 가끔 써봤지만 샴푸는 말로만 듣던 거였다.

"이걸 챙겨주던데…… 자기 신문에 광고가 나오는 거라며."

"누가요?"

"신문사에 갔더니 오영락 씨가 있더라."

"그 사람이 지금 그 신문사에 있어요?"

"무슨 직을 맡았는지 모르겠지만 적을 두고 있는 건 확실해 보였어."

작희는 젓가락을 놓았다. 그는 복직을 한 걸까. 작희는 점점 표정이 없어졌다. 오영락을 떠올리자 몸이 굳고 마음에 살얼음이 끼는 것 같았다.

작희는 심신이 괴로웠지만 서포 일을 시작했다. 오영락이 발을 끊자 손님이 줄었다. 아플 때는 코빼기도 안 보였던 아버지만 아침 댓바람부터 들이닥쳤다. 그는 안색이 나쁜 딸을 걱정하다가 자신의 향수를 잡지에 선전할 수 있게 다리를 놓아

달라고 했다.

"직접 찾아가세요. 책정된 광고비가 있다고 들었어요."

"애비가 그걸 모르겠느냐? 당장 돈이 없어서 그런 게지. 그렇다고 내가 공짜로 해달라는 건 아니다. 선전을 하면 물건이 팔릴 게 아니냐. 그때 광고료를 후불로 낼 수 있게 네가 좀 도와달라는 말이다."

"제가요? 제가 무슨 수로요? 아버지가 말하는 그 향수는 지금 어느 상점에서 팔고 있나요?"

"상점엔 못 넣었다."

작희가 고개를 가로저었다.

"어려워요. 상점에도 진열하지 않은 상품을 무슨 수로 파나요. 그리고 무엇보다 제겐 그런 부탁을 할 정도로 친분 있는 사람은 없어요."

아버지가 코웃음을 쳤다.

"경성 바닥에 네가 신문사 기자인지 날자인지 하는 놈이랑 사겼단 소문이 파다하더구나."

"전엔 그랬지만 지금은 아니에요."

"벌써 끝나버린 거냐?"

"네, 그러니 저한테 무리한 부탁은 하지 말아주세요."

아버지가 책장을 발로 걷어찼다. 그 바람에 책이 우르르 쏟아졌다. 그는 유리문이 부서져라 열어젖히고 밖으로 나갔다. 추위가 풀렸는지 행인들의 옷차림이 제법 가벼웠다. 털로 짠

둥글고 납작한 모자를 쌍둥이처럼 쓴 여자 둘이 경쾌하게 걷다가 발을 멈추고 작희 쪽을 보았다. 아는 사람들도 아니었지만 작희는 순간 등을 돌렸다. 얼마간의 시간이 지난 뒤 다시 문밖으로 시선을 주었다. 땟물이 줄줄 흐르는 노인과 앙상하게 마른 어린아이를 수레에 실어 옮기는 젊은 아낙이 보였다. 꼬챙이처럼 마른 아낙의 얼굴은 땀으로 번질거렸지만 모든 운명을 받아들인 듯한 평온함이 깃들어 있었다.

"이젠 다 나은 거요? 아직도 해쓱해 보이는데."

기백이 다가오는 줄도 몰랐던 작희는 그를 반갑게 맞았다.

"어서 오세요. 댁으로 편지를 써드릴까요?"

"아뇨. 식구들이 경성으로 올라오기로 했습니다."

작희는 더없이 기쁜 소식이라 탄성을 질렀다.

"정말 잘됐습니다. 그럼 경성에서 가족들이 다 같이 사는 건가요?"

기백은 고개를 가로저었다.

"여기서 살긴 더 어렵지요. 저횐 연해주로 가려고 합니다."

"늘 궁금했는데 연해주는 어떤 곳인가요? 거긴 좋은 곳인가요?"

"글쎄요. 고향보다 좋은 곳이 어디 있겠습니까. 거도 살벌하기는 마찬가지일 겁니다."

작희의 눈에 눈물이 핑 돌았다.

"많이 춥다 하던데."

"네, 많이 춥다 하더군요."

기백의 눈에도 물기가 어렸다.

"이마고 주인장이 써준 편지 덕에 마누라가 편지 읽는 재미로 아이들과 잘 버텼다 합니다."

작희는 잠시만 기다리라고 하고 다락으로 올라가 아끼느라 몇 번 두르지 못한 토끼털 목도리와 양말 두 켤레를 보자기에 쌌다. 그런데 바삐 움직이던 작희의 손이 멈췄다. 영락에게 받은 시계가 떠올랐기 때문이었다. 작희는 서랍 안에 있던 시계를 꺼내 다락을 내려갔다.

"이걸 다 준다고요?"

"아저씨가 이걸 가져가셔야 제 마음이 편할 것 같아 그래요."

"그럼 양말만 가져갈게요. 한동안 장사도 못해 여유가 없잖습니까."

"아니요. 전 괜찮아요."

"이 시계는 절대 못 받습니다."

작희가 벽에 걸린 시계를 가리켰다.

"저기에 더 크고 좋은 시계가 있어요. 솔직히 말씀드리면…… 이 시계가 없어야 앞으로 잘살 수 있을 거 같아요."

"무슨 소립니까?"

"그 시곈…… 전 애인한테 받은 물건이에요. 제가 아파 죽어가는데도 여길 한번 안 오더군요. 새 애인을 만나려면 전 애인에게 받은 걸 없애야 한다고 들었어요."

작희가 씩 웃었다.

"그런 이야긴 금시초문입니다. 팔면 돈이 꽤 될 텐데."

"제 마음 편하려 그러는 거예요. 그냥 아저씨 여비에 보태 쓰세요."

작희에게 떠밀려 기백은 문밖으로 쫓겨나갔다. 유리문을 사이에 두고 작희가 말했다.

"기회가 되면 꼭 소식 전해주세요."

기백의 눈물이 그의 거친 얼굴을 축축이 적셨다. 작희는 그가 인파 속으로 사라질 때까지 배웅을 했다. 사람들이 간다는 만주나 연해주를 떠올렸다. 만만치 않은 여정일 텐데, 그럼에도 여기를 버리고 거기를 택하는 이들이 부러웠다. 서포만 아니면 작희도 어디론가 떠나고 싶었다.

인간사는 어지러웠지만 살구꽃과 복숭아꽃은 때에 맞춰 흐드러지게 피었다. 오영락이 발을 끊은 후 이마고는 전처럼 사람이 붐비지 않았다. 특히 작가 행세를 하는 자들은 약속이나 한 듯 발을 끊었다. 하지만 가난한 학생들은 여전히 서포를 찾았다. 그들은 서서 책을 읽었는데 어머니가 그랬듯 작희는 의자를 내주었다. 그들은 공짜 책을 읽었지만 돈이 생기면 책을 사갔다. 어떤 여학생은 작희에게 고마운 마음을 표하며 프랑시스 잠의 시를 곱게 적어주었다.

하루는 점예 아주머니의 생신이기도 해서 대필료로 받은 멥쌀로 백설기를 만들 준비를 했다. 멥쌀을 절구로 잘게 빻아 물에 불리고, 떡을 만들 때 쓰려고 아껴둔 귀한 찹쌀과 말린 대추를 꺼냈다. 그런데 시루가 없어 어쩔 수 없이 아버지가 사는 집에 다녀와야 했다. 문을 나서려는데 서포 안으로 여학생이 들어섰다. 한 눈에 봐도 어느 부잣집 여식처럼 보였다.

"서신 대필 좀 하려고요."

요즘 들어 부쩍 연애편지를 써달라는 학생 손님들이 있었다. 대부분이 남학생인데, 여학생은 처음이었다. 작희는 손님이 반가웠다. 여학생은 작희의 맞은편에 앉았다.

"어떤 내용으로 쓰면 되나요?"

여학생은 편지 받을 상대를 생각하는지 얼굴에 흠모의 마음이 절절히 드러났다.

"많이 애정하게 되었다고, 꼭 만나고 싶다고……"

작희는 발그레한 여학생의 얼굴을 보았다.

"아, 사귀는 분은 아니군요."

"네, 그분은 저를 몰라요."

작희는 편지지를 꺼냈다.

"그분 존함은요?"

여학생이 머뭇거렸다.

"오영락 씨입니다."

작희의 시선이 편지지에 못박혔다.

"직접 쓰지 그러세요."

"그러고 싶은데 제가 글재주가 없어도 보통 없어야 말이지요."

"……"

"그분의 작품을 읽고 너무나 큰 전율을 느꼈거든요. 이전에 몰랐던 세계를 마주한 느낌이었어요."

여학생이 무대 위에서 독백 연기를 하듯 조금 과장되게 말했다. 작희는 여학생이 일부러 찾아와 연기를 펼치는가 싶어 팔짱을 꼈다. 그러나 여학생에게 그런 의도는 없어 보였다.

"어떤 작품인가요? 저도 오 작가의 소설은 많이 읽었는데."

"신문화에 실린 작품이에요."

"신문화요?"

"새로 창간한 잡지고요, 소설 제목은 미쿠니 아파트예요."

작희는 멈칫했다.

"미쿠니 아파트라고요?"

"네."

자신이 쓴 「미쿠니 주택」과 같은 소재란 말인가. 작희는 불길한 생각이 들었지만 거듭 고개를 가로저었다. 설마, 그럴 리는 없을 것이다. 그가 처자식이 있는데도 자신에게 총각 행세를 했을지언정 애인의 작품을 훔쳐갈 정도의 파렴치한 자는 아닐 것이다.

작희는 안면이 있는 서점 주인에게 부탁해 〈신문화〉를 손에 넣었다. 서점 한 귀퉁이에 쭈그리고 앉아 소설을 찾아 펼쳤다. 첫 문장을 보자 몸이 떨렸고 한 문단을 읽자마자 비명을 질렀다. 서점 주인이 달려왔다. 작희는 주위의 시선 따위 아랑곳하지 않고 있는 힘껏 잡지를 움켜쥐었다.

"아, 내 소설을."

서점 주인은 울부짖는 작희를 진정시킨 후 물을 한잔 권했다.

"무슨 일이에요?"

"내 소설을 훔쳐갔어요."

"작희 씨가 소설을 썼었어요?"

"네."

"누가 훔쳐갔는데요?"

"오영락이요. 오영락 작가요."

서점 주인은 무슨 말도 안 되는 소릴 하냐는 듯이 작희를 싸늘하게 바라보다가 하던 일을 끝내려는지 서가 쪽으로 가버렸다. 한참을 울부짖다가 작희는 서점 밖으로 나왔다. 마땅히 들려야 할 거리의 소음이 일순 사라진 걸 느꼈다. 아무 소리도 들리지 않았다. 행인들이 부지런히 발을 옮기다가도 멍한 얼굴로 있는 작희를 보며 히죽히죽 웃었다.

서포까지 어떻게 왔는지 기억이 나지 않았다. 작희는 한참을 멍하니 있다가 세수를 하고 외출 준비를 했다. 머리를 빗으며 분노로 어지러웠던 마음을 가라앉혔다. 양장을 입을까 하다가 검정 치마에 검정 저고리를 꺼냈다. 저고리에 희고 구김 없는 새 동정을 달았다. 작희는 겨울에 입는 겉옷의 밑단을 뜯었다. 복주머니가 나왔다. 할머니가 돌아가시기 전에 작희에게 준 물건이었다.

오영락이 근무한다는 신문사가 가까워질수록 심장이 터질 것같이 아팠다. 도둑질은 그가 했는데, 왜 내 심장이 이렇게 아파야 하는가. 잘못은 그에게 있는데, 왜 그의 얼굴을 보는 게 이토록 부끄러운가.

신문사 사환으로 보이는 이에게 오영락이 자리에 있는지 물었다. 외근중이라고 했다. 신문사 정문 앞에서 그를 기다렸다. 얼마나 지났을까. 오고가는 행인들 틈에서 한 눈에 오영락을 찾을 수 있었다. 그의 인물이 출중해서도, 그의 차림새가 말끔해서도 아니었다. 멀리 떨어져 있었음에도 행인들 중 가장 그늘진 그의 얼굴이 양각처럼 도드라졌기 때문이었다.

지난겨울 이후 그를 만나지 못했기 때문에 거의 반년 만이었다. 매일이다시피 사랑을 속삭였지만 어느 날 갑자기 끈 끊어지듯 단절될 수 있는 것이 세상사 남녀 관계다. 작희는 영락이 한 번쯤은 자신을 찾아오길 바랐다. 아내와 자식이 있었다고, 그걸 숨겨 미안하다고. 그러나 지금의 분노는 그가 처자식이 있어서 생기는 것과 완벽하게 다른 문제이다.

"아, 여긴 어쩐 일로……"

"오랜만이군요."

작희는 침착함을 잃고 싶지 않았다.

"그래요. 잘 지냈어요?"

영락의 두 눈은 주눅이 들어 주변을 살폈다.

"안 그래도 작희 씨를 한번 만나러 갈 생각이었습니다."

"그럴 필요 없이 제가 먼저 왔네요. 저한테 할말이 있지요? 사실 그 이야기 들으러 왔습니다."

영락은 여기 말고 다른 곳에서 이야기하자고 했다. 그를 알은체하는 사람들이 하나둘 나타났기 때문일 것이다.

"내 소설 미쿠니 주택이 어떻게 오영락 씨의 미쿠니 아파트로 바뀌어 신문화에 실리게 됐는지 자초지종을 들어야겠네요."

그는 한참을 뜸들이다가 작희가 어서 이야기하라고 다그치자 그제야 입을 열었다.

"그게……"

"……"

"내가 무엇에 홀렸던 것 같아."

"무엇에요?"

"……마감에 쫓기다가 내가 이성을 잃었던 것 같아."

작희는 두 귀를 의심했다. 이자는 누구인가. 작가가 맞는가. 진실을 쓰는 기자가 맞는가. 한때나마 나는 이런 자를 사랑했던가.

"납득이 안 가네요. 내 소설을 어디서 훔친 거예요?"

영락이 검은 얼굴을 푹 숙였다.

"돈을 융통하러 갔다가…… 신문사에서."

그는 여러 작품 틈에서 작희가 투고한 작품을 보았다. 아무도 없는 빈 사무실에서 작희의 작품을 읽던 영락은 전율을 느꼈다. 그런데 정신을 차려보니 자신도 모르게 양복저고리 안에 원고를 품고 청계천을 지나고 있었다. 영락이 원고를 보내야 할 곳 중 하나인 〈신문화〉는 악독한 내지인이 돈줄이란 소문이 돌아 아무리 궁한 작가라도 청탁을 거절했다. 하지만 수술비가 급했던 영락은 〈신문화〉의 청탁을 수락한 터였다. 영락이 제때 원고를 주지 않자 창간이 늦어졌고, 혹시라도 작가가 마음을 바꾸지는 않을까 조바심이 난 〈신문화〉측은 압박을 가했다.

"주머니 안에 단도를 쥔 자들이 내 뒤를 따라붙었어. 그 때문에 작희한테 가기 어려웠어. 당신을 위험에 빠뜨릴까봐."

"당신 말엔 진실이 없어요."

"정말 죽을죄를 지었지만, 사람을 죽게 둘 순 없잖아."

작희는 환멸을 느꼈다.

"그건 나도 모르던 당신만의 일이었어!"

영락이 작희에게 다가오자 작희의 손이 번개처럼 그의 뺨으로 날아갔다. 영락보다 더 놀란 건 행인들이었다. 백주대낮에 멀쩡하게 생긴 남자가 새파랗게 젊은 여자에게 봉변을 당한다고 여긴 그들은 남자가 여자를 때리는 일은 봤어도 여자가 남자의 뺨을 올려붙이는 건 처음 보는 일이라 그저 세상 말세라고 생각하며 혀를 끌끌 찼다.

"일단 이마고로 갑시다. 이마고에서 이야기하자고."

작희는 영락의 손을 뿌리쳤다.

"그 입 다물어. 구린내가 진동을 하니까. 당신이 저지른 일은 당신이 세상에 밝혀. 신문화에 이작희의 원고를 훔쳐 실었다고 반드시 사과문을 게재해야 해. 그래야 내가 당신을 용서할 수 있어."

"알았어. 내 꼭 그리할게."

영락이 고개를 푹 숙였다.

작희는 태평로를 빠져나왔다. 허방을 걷는 느낌이었지만 이럴수록 어깨를 펴고 당당히 걸으려 했다. 조선호텔과 장곡천을 지나 남대문에 도착했을 때 전당포를 찾았다. 작희는 복주머니를 꺼냈다. 호랑이 이빨이 달린 노리개와 금가락지가 나왔다. 그토록 자신을 미워하던 할머니가 돌아가시기 전에 주신 거였다. 할머니와 늘 반목해왔지만 할머니가 몸져누웠을 때는 작희가 간호했다.

"어리석은 인생을 살았어. 그걸 깨달았지만 나는 이미 늦은 것 같다. 작희야, 네가 쓴다는 이야기가 뭔지 모른 채로 이 할미가 죽는구나. 뭔지 모르겠지만 네가 쓴 이야기가 많은 사람에게 읽혔으면 좋겠다."

할머니는 이불 밑에서 복주머니를 꺼내주었다. 글쓰기에 필요한 게 있으면 사서 쓰라고 했다. 작희는 눈물을 흘리며 할머니를 안았다. 처음으로 할머니의 체온을 느낀 날이었다.

전당포 주인은 물건을 탐내하면서도 물건값을 제대로 매기려 들지 않았다. 작희는 할머니의 유품이기 때문에 헐값엔 절대 팔지 않겠다고 했다. 전당포 주인은 작희의 서슬 퍼런 눈을 보며 보통 여자가 아니라고 느꼈다.

작희는 전당포에서 받은 돈을 가지고 미쓰코시 백화점에 들어갔다. 마네킹 걸은 화려한 여름옷을 입고 있었다. 그이들은 키가 컸지만 유난히 발이 작았다. 전족을 한 여인같이 그 작은 발로 종일 서 있어야 하는 것이다. 작희는 자신의 작은 발을 내려다보며 걸었다.

옷 판매 매장을 지나 엘리베이터를 탔다. 미쓰코시에 와서 물건을 사는 건 아마 오늘이 처음이자 마지막이 될 것 같았다. 오영락뿐 아니라 사소인의 남자들은 모두 그럴듯한 만년필을 가지고 있었다.

"제일 잘 써지는 걸로요."

하얀 셔츠에 조끼를 입은 점원은 단정한 중년의 남자였다. 작희에게 몇 개의 만년필을 보여줬다.

"손님, 선물하실 건가요?"

"네, 저한테 주는 선물입니다."

점원은 작희를 물끄러미 보았다. 작희도 고개를 들어 그의 얼굴을 똑바로 보았다.

"이 만년필로 계속 쓸 겁니다. 소설을요."

점원은 깡마르고 초라한 의복을 입은 여자에게서 결연한 의지를 느꼈다.

작희는 시루를 가지러 아버지의 집으로 갔다. 문이 닫혀 있었지만 문틈으로 손가락을 넣어 빗장을 조금씩 밀었다. 마당에는 마른 꽃잎이 흩어졌다. 할아버지는 식구들에게 종종 말씀하셨다고 한다. 떨어진 꽃도 감상하기 좋은 꽃이라고. 그러니 급히 치울 필요는 없다고. 작희의 눈에도 떨어진 꽃들이 무늬처럼 보여 좋았다.

시루를 둔 곳간으로 갔다. 길이 잘 들어 반짝였던 살림살이들은 하나같이 빛을 잃은 모습이었다. 할머니는 광이나 곳간 문을 열어 환기를 시키곤 했다. 그런데 지금은 집안 전체에서 곰팡이 냄새가 나는 것 같았다.

"왔어요?"

미설은 외출을 하고 돌아왔는지 단장한 모습이었다.

"떡 하려고요?"

"네."

"무슨 떡?"

"백설기요."

"맛 좋겠다. 무슨 날이에요?"

"점예 아주머니 생신이에요."

작희는 망설이다 말했다.

"떡 먹으러 올래요?"

"그래도 돼요?"

"네. 와요."

미설은 작희가 시루를 일 때 도와주었다. 작희는 내딛던 발을 멈추고 물었다.

"전부터 궁금한 게 있었어요."

"뭔데요?"

"우리 아버지 옆에 언제까지 있을 거예요?"

미설이 웃었다. 그러고는 담장 너머 어딘가에 시선을 두고 말했다.

"여길 벗어나면 노름꾼인 제 아버지한테 인생을 저당잡혀요. 나는 아버지가 죽었다는 소식만 기다리고 있어요. 그땐 떠날 거니까 걱정 마요."

설명하기 어려운 쓸쓸함이 밀려왔다. 작희는 꼭 그런 날이 왔으면 좋겠다고 작게 말했다.

기름을 묻힌 칼로 떡을 썰어 접시에 담았다. 미역국과 물김치도 상에 올렸다. 점예가 감동어린 눈으로 작희에게 말했다.

"작희야, 매년 오는 생일인걸."

"내년엔 더 맛난 걸 차려드릴게요."

"지금 굶주린 사람이 얼마나 많은데. 국 하나면 충분하다."

그때 문을 열고 미설이 들어서자 점예가 얼굴을 찌푸렸다.

"제가 불렀어요."

작희가 수저를 미설 앞에 놓았다.

"어쩌다보니 이 사람과 친구가 됐어요."

미설은 잠깐 당황한 것도 같았지만 이내 얼굴이 편안해졌다. 점예와 미설은 별다른 말 없이 음식을 먹었다. 작희도 달리 할말이 없었다.

어느 정도 배가 찼을 때 작희는 생각났다는 듯이 벌떡 일어나 간판 대용처럼 붙여둔 이마고를 떼어냈다. 그러고는 그 자리에 미쿠니 주택이라고 쓴 종이를 붙였다.

"뭐 하는 거야?"

"서포 이름을 바꿨어요."

미설이 한 글자씩 읽었다.

"여기가 미쿠니 주택이란 거예요? 아니, 미쿠니 서포라고 해야 하는 것 아니에요?"

작희가 모처럼 소리 내 웃었다.

"미쿠니 주택은 내가 쓴 소설 제목이에요."

"소설은 잘 모르지만 기회가 되면 꼭 읽어보고 싶구나."

점예의 시선이 탁자 위의 만년필로 옮겨갔다.

"만년필을 샀니?"

"네, 샀어요."

"꽤 좋아 보이는구나."

"할머니가 주신 노리개와 금가락지를 팔았어요."

점예는 아기를 다루듯 만년필을 손으로 쓸었다.

"더 열심히 글을 쓰겠네."

"네, 맞아요. 더 열심히 쓰려고 샀어요."

미설도 작희의 만년필을 보았다.

"정말 귀해 보여요. 내가 본 것 중 가장 상품 같아요."

작희가 흡족하게 웃었다.

"근데 왜 글을 쓰려고 하는 거예요?"

미설의 갑작스러운 질문에 작희는 뜸을 들였다.

"내가 너무 멍청한 질문을 했나요?"

"아니요. 그 질문이 반갑네요……"

"……"

"내가 왜 글을 쓰냐면…… 나만 아는 세계가 있어요. 그 세계를 여럿이 함께 알고 싶어서 글을 쓴다고 하면 이해가 되나요?"

미설은 알 듯 말 듯한 표정이었다. 그런데 점예가 깊은 생각에 잠겼다 깨어난 것 같은 얼굴로 작희와 미설을 돌아보았다.

"나도 가끔은 뭔가가 막 쓰고 싶을 때가 있었어. 〈군용열차〉라는 영화를 보고 난 밤이었지. 퍼뜩 떠오르는 걸 막 적었어. 거짓말 안 하고 종이 석 장은 적었던 것 같아. 그런데 다다음날

인가, 왜 이걸 시작했나 싶기도 하고, 어떻게 끝을 내야 하는지 전혀 떠오르지 않는 거야."

"그래서요, 결국은요?"

"그게 끝이야. 그때 느꼈단다. 누구나 이야기를 시작할 수 있다는 것, 그러나 끝을 쓰는 사람만이 작가가 된다는 것."

작희는 이런 대화를 나눴던 게 언제인가 싶었다. 어머니가 살아 계실 땐 어머니와 밤을 새워 이야기를 나눴다. 오영락과 좋은 관계일 땐 문학을 놓고 끝도 없는 이야기꽃을 피웠다.

"작희야, 내가 만년필은 못 사줬지만 잉크는 책임지고 대줄게."

"말씀만으로도 힘이 돼요."

"그럼 저는 종이를 댈게요."

미설이 끼어들었다. 작희는 점예와 미설에게 고마운 마음이 들었지만 괜히 부끄럽고 어색하여 자리에서 일어났다.

"제가 떡을 좀 싸드릴게요."

작희는 얼마 안 되는 백설기지만 남은 떡을 반으로 나눠 면포에 쌌다.

11

이른 아침에 문을 두드리며 다짜고짜 대필을 부탁하는 여자가 있었다. 성을 내서 쫓고 싶었지만 한푼이 아쉬웠다. 여자는 신문에 법률상담을 해주는 지면이 있는데, 그곳에 자신의 이야기가 실릴 수 있게 도와달라고 했다. 작희는 여자에게 대필료를 얼마나 줄 수 있느냐고 물었다. 잠이 덜 깬 작희의 목소리엔 무신경함이 묻어 있었다. 그러나 곧, 여자의 사연을 듣고 너무나 놀라 작희는 입을 다물지 못했다. 작희의 상황과 똑같은 일을 겪고 있었다. 작희는 세수도 잊고 만년필을 들었다.

저는 금년 열아홉 살이 된 여성입니다. 모친은 혹독하게 학대 당하다가 세상을 떠났습니다. 다른 누구도 아닌 남편이란 자로 인해 정신과 육신이 모두 망가졌습니다. 특히 그는 끊임없이 부적절한 여자 문제를 일으켰는데 그 상대가 유부녀일 때도 있고 자기가 가르치던 여학생일 때도 있었습니다. 그는 아내의 임종도 지키지 않고 그 시간에 술에 취해 있었습니다. 그런데 비극은 끝나지 않았습니다. 아버지는 고리업자에게 집을 담보로 돈을 빌렸고 그 돈을 갚지 못하게 되자 저를 그자에게 첩으로 보내셨다고 했습니다. 고리업자는 본부인뿐 아니라 첩이 다섯이나 있는 자이며 쉰이 넘었습니다. 저는 이럴 경우 어찌해야 하는지 세상 돌아가는 일에 어린아이나 다름없는 저에게 조언을 부탁드립니다.

사연을 정리한 편지를 여자에게 보여주었다. 그런데 편지를 읽던 여자가 손바닥으로 얼굴을 가렸다.

"이렇게 한들 무엇이 달라지겠어요?"

여자의 음성이 가늘게 떨렸다. 작희는 여자 옆으로 가서 앉았다.

"아무것도 안 하면요? 아무것도 안 하면 정말 아무것도 달라지지 않을 겁니다."

작희는 여자의 손을 잡았다. 여자는 작희 또래였지만 거친 일을 많이 했는지 손톱이 하나도 성하지 않았다.

작희와 여자는 신문사로 향했다. 담배 연기가 자욱한 사무실 안으로 들어가 담당 기자에게 사연을 전달했다. 편지는 결투 신청장처럼 비장한 마음을 품게 했다. 신문사에서 나오자 여자는 작희의 손을 꼭 잡았다.

"같이 와줘서 고마워요."

"언제든 오세요."

작희는 여자가 인파 속으로 사라질 때까지 그대로 서 있었다. 그런데 삼십대 초반쯤으로 보이는 한 여자가 작희에게 다가왔다.

"김중숙 씨의 따님이지요?"

낯선 사람의 느닷없는 질문에 작희는 바로 대답을 하지 못했다. 여자는 회색 정장을 입고 두꺼운 검정 안경을 끼고 고동색 가죽가방을 들었다. 차림새로만 봐도 인텔리 여성이었다.

"난 손계연이라고 하는데⋯⋯"

손계연? 작희의 두 눈이 동그래졌다.

"아, 어머니께 종종 이야기 들었습니다."

"그랬군요. 반가워요."

계연이 기분 좋은 미소를 지었다.

"사실 귀국하자마자 이마고에서 차를 한잔한 적 있어요. 동료들하고 같이 갔지요."

"⋯⋯"

"동경에 있을 때 중숙 언니 소식을 들었지만⋯⋯"

"⋯⋯"

계연은 작희가 말이 없자 화제를 돌렸다.

"이마고 운영은 잘됩니까?"

"이제 그곳은 이마고가 아니라 미쿠니 주택이에요."

"상호를 바꿨군요. 그런데 여긴 무슨 일인가요?"

"고민상담소에 사연을 의뢰하느라……"

"어떤 내용인지 물어봐도 되나요?"

"아버지를 고발하는 내용인데, 제 사연은 아니에요. 사연 당사자가 신문사에 가는 걸 힘들어해서 같이 와줬습니다."

계연은 작희와 차를 한잔하고 싶지만 급히 들어가봐야 한다며 아쉬워했다. 하지만 며칠 내로 서포로 꼭 찾아가겠다고 약속했다. 작희는 처음 만난 계연인데도 그녀의 방문이 기대되었다.

서향 빛이 귤빛으로 물들다 더 짙은 홍싯빛이 되면 서포에 전깃불이 들어왔다. 책을 사러 오는 사람은 적었고 대필을 부탁하는 사람도 거의 없었다. 아주 가끔 차를 마시러 오는 손님들이 있었지만 그들은 서포에 글깨나 쓴다는 작가들을 보러 오는 사람들이었다. 그들은 서포 안을 기웃거리다가 돌아갔다. 이젠 모아둔 돈도 바닥이 났다. 만년필을 만지작거리던 작희는 서포 문을 일찍 닫아야겠다는 생각에 자리에서 일어났다. 그때 미닫이가 부서져라 열리며 아버지 흥규가 들어섰다. 그의 얼굴은 누군가에게 언어맞았는지 퉁퉁 부어 있었다.

"무슨 일이에요?"

"애비가 딸년한테 오는데 무슨 일은?"

그는 취해 있었다.

"거두절미하고 말하겠다."

"그래요. 어서 말씀하시고 더 어두워지기 전에 돌아가세요."

"건방진 년."

홍규의 혀 끌끌 대는 소리가 싫어 작희는 등을 돌렸다.

"넌 언제 시집을 갈 거냐. 이 어수선한 시절에 남편도 없이 책장사인지 물장사인지 해대며 혼자 지내는 게 말이 된다고 생각하냐. 괜히 사람들 입방아에 오르내리지 말고 서포 정리하고 시집이나 가거라."

작희는 달리 할말이 없어 홍규를 가만히 바라보았다. 전깃불이 깜빡거렸다. 홍규는 작희의 무표정한 얼굴에 움찔 놀랐다.

"할말 다 했으면 이제 가세요."

홍규가 단장을 휘둘러 탁자를 때렸다. 작희가 쓰고 있던 원고가 휘날렸고 만년필이 바닥으로 떨어졌다. 이런 비극이 또 있을까. 작희는 태어나서 가장 혐오하고 증오하는 사람이 아버지란 사실에 살이 떨리게 슬펐다. 언제부터인지 문앞에 사람이 서 있었다. 그자를 알아본 건 홍규였다.

"아이고, 여긴 어쩐 일로 오셨습니까."

작희는 아버지가 굽실거리고 있는 상대와 눈이 마주쳤다. 한 번도 본 적 없는 자였지만 그가 구철우라는 걸 알았다. 구철우의 말씨는 부드럽고 나직했지만 차갑고 매서운 인상이었다.

"우리가 일전에도 한 번 본 적 있지요?"

구철우가 작희에게 다가와 웃었다. 작희는 그를 본 적이 없었다.

"아, 맞다. 그때 나 혼자 봤었군요."

구철우가 종이 하나를 작희에게 내밀었다.

"아버님이 빌린 원금과 이자 내역입니다."

가늠이 안 되는 금액이 적혀 있었다. 작희는 대꾸 없이 등을 돌려 책 정리를 했다. 흥규는 안절부절못했지만 구철우는 상관없다는 듯 책장에서 고서 하나를 꺼내 들었다. 그의 손에 들린 게 어머니가 즐겨 읽던 『전우치전』이란 걸 알고 작희는 마음이 서늘해졌다. 그 애절한 눈빛을 알아챈 건지 구철우는 책장 한 장을 천천히 찢었다. 작희는 자신의 몸이 찢어지는 것 같아 숨도 쉬기 어려웠다. 그는 주머니에서 지전 한 뭉치를 꺼내 탁자 위에 소리가 나게 내려놓았다.

"책값으로 충분하지요?"

그러고는 바닥에 책을 던지고 서포 안을 탐색했다.

"많이 기다리고 있습니다."

작희는 고함이 터져나올 것 같은 기분을 간신히 억눌렀다.

"이 가게는 저희 아버지 명의도 아니고, 제 명의는 더더욱 아닙니다. 이 가게를 담보로 돈을 빌렸다면 그 돈은 제가 아닌 우리 아버지에게 받아야 하지 않나요?"

구철우가 껄껄대고 웃었다.

"이 점포는 제 외삼촌 명의로 된 물건이니, 그쪽이 우리 아버지께 사기를 당한 겁니다."

홍규가 단장을 휘두르며 작희에게 달려들었다. 그때, 셔터 소리가 나며 빛이 터졌다. 손계연과 사진기를 든 남자가 문앞에 서 있었다. 홍규의 단장이 허공에서 멈췄다가 다시 바닥으로 내려왔다. 몇 초간 정적이 흘렀다.

"손 기자님이 여긴 어쩐 일로."

구철우가 깍듯하게 예를 갖춰 인사했다. 계연은 사진기를 든 남자에게 먼저 가보라고 한 후 서포 안을 둘러보았다.

"책을 구하러 왔다가 제가 재미난 구경을 다 하네요."

계연이 싸늘하게 웃었다.

"참, 인사 나누지요. 여기 있는 애 이작희는 제 조카딸이나 진배없습니다. 애 엄마 김중숙 씨는 저와 피를 나눈 자매나 마찬가지였으니까요. 동경 유학 시절 아무도 날 돕지 않았는데, 애 엄마가 물심양면으로 날 도왔습니다."

계연이 바닥에 떨어져 있던 『전우치전』을 집어올렸다.

"이 서포에서 책을 팔아 내 학비를 보태주기도 했지요. 본인도 살기 힘들었을 텐데."

계연이 이번에는 홍규를 쓰윽 바라본 후 구철우를 응시했다. 냉혈한 같던 구철우가 굽실거리듯 두 손을 맞잡았다.

"아, 저는 몰랐습니다."

"당연합니다. 모르셨겠지요. 하지만 이제 아셨으니 됐습니다."

"네, 지금이라도 알아 천만다행입니다. 그나저나 선생님은 건강하신지요?"

"덕분에 아주 잘 지내고 계십니다."

"잘 지내신다니 정말 다행입니다. 조만간 식사 한번 모시겠습니다."

구철우가 서포를 나가기 전 작희에게 의미 모를 미소를 지어 보였다. 홍규는 안절부절못하다가 구철우의 뒤를 따라나갔다. 폭풍우가 몰아친 후처럼 서포 안이 잠잠해졌다. 적막을 먼저 깬 건 계연이었다.

"소문에 이 집은 차 인심이 후하다던데."

작희는 귀한 손님이 오면 내놓던 홍차를 끓였다. 계연은 홍차를 천천히 음미했다.

"참, 이젠 말을 놓으려고 하는데 괜찮겠지?"

"네, 괜찮습니다. 편히 말씀하세요."

"네 아버진 여전한 거니?"

작희는 힘없이 웃어 보였다.

"네가 사는 게 고단하겠구나."

찻잔에만 시선을 둔 채 계연은 말했다.

"그나저나 얼마를 빚진 거야?"

작희는 구철우가 두고 간 종이를 확인했다. 이자까지 합쳐 칠백 원이 넘었다.

"당분간 구철우가 널 괴롭히는 일은 없을 거다."

계연은 두 손을 뻗어 작희의 작은 손을 꼭 잡았다.

"중숙 언니한테 진 신세를 못 갚았으니 이젠 너에게라도 조금이나마 내가 도움이 됐으면 좋겠다. 사실 내가 학업을 계속 이어갈 수 있게 도와준 사람이 네 어머니다. 네 어머니가 아니었으면 지금쯤 어느 불한당 같은 놈한테 붙잡혀 있었을 거다. 그리고 전기 회사에 다닌 외삼촌이 있었지? 그 외삼촌이 유학 중에 물정 모르는 나에게 여러모로 도움을 주셨다. 그 은혜를 생각하면 지금 내 재산을 다 처분해 작희 너를 돕는다 해도 아깝지 않은 일이지."

작희는 외삼촌의 근황을 알지 못해 계연에게 아무 이야기도 해줄 수 없었다.

홍차를 다 마신 계연이 그만 가보겠다고 했다.

"참, 그 가방 좀 열어볼래?"

작희가 계연이 들고 온 가방을 열었다. 여러 권의 책이 들어 있었다.

"내가 가지고 있던 책인데, 네가 읽어도 좋고, 처분해도 좋을 것 같아 챙겨왔다."

작희가 책을 꺼냈다. 구하기 어려운 고서였다.

"아, 이걸 받아도 될지."

"되고말고."

"……"

"혹시 말이다, 공부를 더 하고 싶진 않니?"

마음과 다르게 작희는 고개를 가로저었다.

"나중에요. 지금은 공부할 마음의 준비가 안 되었어요."

"그럼, 그 준비가 끝났을 때 나에게 알려주렴."

"말씀만 들어도 감사합니다."

"가만 있자. 내가 책을 몇 권 빠뜨렸구나."

"이것만도 충분한걸요."

"아니다. 내가 내일 한번 더 들를게."

계연은 작희의 등을 따뜻하게 두드려준 후 서포를 나섰다. 그제서야 작희는 편하게 의자에 앉을 수 있었다. 불과 반시간 전만 해도 아버지는 단장을 휘둘렀고 고리업자는 빚 내역서를 내밀었다. 작희는 바닥에 떨어져 있던 만년필을 보았다. 놀란 마음으로 만년필을 집어들었다. 다행히 생채기 하나 나지 않았다.

자정이 지났을 무렵 작희는 오른쪽 어깨로 뜨끈한 기운을 느꼈다. 고개를 돌리니 바로 옆에 And가 서 있었다. 눈이 마주치진 않았다. And의 시선은 자신이 아닌 다른 곳에 닿아 있는 듯했다. 그럼에도 작희는 순간 눈이 마주친 줄 알고 화들짝 놀랐으나 침착하게 허리를 펴고 앉았다. And는 글씨를 쓰는 도구로 보이는 것의 끄트머리를 입에 물고 서포 안 이곳저곳을 살피며 서성거리다가 문학 서적이 꽂혀 있는 책장 앞으로 갔다. 작희가 보기에 몸이 길쭉한 여자였다. 다리에 꼭 달라붙는 검정 바지를 입었지만 그다지 불편해 보이진 않았다. And는 책을 내려놓고 서포 안을 또다시 살피기 시작했다.

"저기요!"

And의 귀가 닫힌 모양이었다. 여러 번 불렀지만 알아듣지 못했다. And는 문밖으로 나가 작희가 출입문 유리에 붙여놓은 미쿠니 주택이라는 글씨를 보고 다시 안으로 들어와 혼잣말을 했다.

"저 위가 다락일 거야."

작희도 천장을 올려다본 후 성난 얼굴로 And를 불렀다.

"이봐요!"

And는 작희의 만년필보다 가늘지만 훨씬 기능적으로 보이는 필기구로 공책에 무엇인가를 그리기 시작했다. 서포의 내부 같았다. 이어 And는 문장을 적었다. 작희는 무슨 말을 적는지 보고 싶어 And 옆으로 갔다. 그러나 And의 몸이 흐려져 뒤의 사물이 비쳤다.

"당신도 쓰는 여자입니까?"

작희가 물었다. 흐려지던 And의 두 눈이 크고 또렷하게 빛났다. 이렇게 정면으로 And를 마주한 적은 없었다. 놀라움과 두려움과 궁금함이 뒤섞인 눈빛이었다. And는 입을 벌렸다. 분명 무어라 이야기를 하는 것 같았지만 아무 소리도 들리지 않았다.

다음날 동이 트자마자 문 두드리는 소리가 들렸다. 다락에서 내려와보니 지난번 대필을 해주고 신문사에도 함께 간 여자가 서 있었다. 여자는 밝은 얼굴이었다.

"아침이 될 때까지 기다렸어요. 이걸 보여드리려고요."

여자는 신문을 건넸다. 자신을 서른한 살에 세 딸을 둔 아비라고 밝힌 사람은 아직도 중혼을 일삼고 첩을 들이는 악습이 끊어지지 않아 부끄럽기 그지없다고 했다. 그러고는 편지 말미에 고리업자의 주소를 알려주면 자신이 자객이 되어 그자의 면상에 똥 한 바가지를 발라주고 오겠다고……

편지를 보낸 남자의 능청이 마음에 들어 여자도 작희도 웃음을 참을 수 없었다. 여자는 이미 많이 웃었는데도 생각할수록 계속 웃음이 난다고 했다. 여자는 보따리 안에서 공책을 꺼내 작희에게 주었다.

"뭔가요?"

"일기장으로 쓰시면 좋을 것 같아서요."

여자는 자신이 다니는 한지 만드는 가게에서 사온 공책이라고 했다. 초록색 표지와 책등은 견고해 보였다. 작희는 공책으로 충분하기 때문에 대필료를 받지 않겠다고 했지만 여자는 기어코 사례를 했다.

……신문의 위력은 대단합니다. 지난번 사연이 실린 후 그자는 이 이야기의 주인공이 자신인 걸 눈치챘습니다. 제가 기거하는 곳을 아수라장을 만들고 협박했습니다. 빚 때문에 자신

의 여식을 고리업자에게 팔려고 하는 아버지도 악마지만 자신의 탐욕 때문에 딸보다 어린 여자를 억지로 첩으로 들이려는 자도 악귀와 같습니다. 그런데 이런 의문이 들었습니다. 그자의 만행이 이번이 처음이었을까요. 분명히 피해자가 더 있을 거라 생각됩니다……

여자는 이번 편지도 몹시 만족해했다. 물론 자신이 처한 상황이 금세 달라질 거란 생각은 안 한다고 했다.

여자가 돌아간 뒤 작희는 공책의 내지를 살폈다. 종이 한 장 한 장이 다 귀하게 느껴졌다. 계연이 들어서는 줄도 모르고 작희는 공책의 장수를 세어보았다.

"아, 오셨어요?"

"초록색이 예쁘구나. 선물을 받은 거니?"

"네, 대필 의뢰한 사람이 준 공책인데 정말 마음에 들어요."

"이것도 마음에 들려나. 이건 미처 못 챙긴 고서이고, 이건 잡지다. 나는 다 읽어서 너한테 요긴할 것 같아 가져왔다."

작희는 귀한 고서는 서랍 깊숙한 곳에 넣고 끈에 묶인 잡지는 책상 위에 놓았다. 일 년이 넘은 잡지도 있었고 비교적 근간도 있었다. 대부분 작희가 읽지 않은 잡지였다. 그런데 맨 아래 〈신문화〉가 보였다. 그걸 보자마자 작희의 심장이 요동을 쳤다. 영락이 약속을 지켰다면 〈신문화〉 안에 표절에 대한 반성문이 적혀 있을 터였다. 작희는 계연에게 다과를 대접하고 그녀가 차를 마실 동안 〈신문화〉의 목차를 보았다. 영락의 글이 두 개 실려 있었다. 작희의 입에서 안도의 숨이 길게 내쉬어졌다. 그중 하나는 남의 글을 훔쳐간 데 대한 반성의 글이겠지. 세상을 향해 자신의 죄를 까발리기가 쉽지는 않았을 거란 생각에 이르자 작희는 오영락에 대한 증오와 서글픔 같은 감정을 버리기로 했다.

작희는 그의 글을 찾았다. 하나는 소설이었다. 다른 하나는 신변잡기적인 수필이 전부였다. 아무리 찾아도 남의 작품을 가져다 쓴 자의 반성과 고해의 글은 없었다. 작희는 이를 잡듯 문장 안을 뒤졌지만 역시 없었다. 망연자실한 작희는 계연이 부르는 소리도 듣지 못했다. 계연이 남은 차를 마저 마시고 작희가 펼쳐놓은 잡지를 보았다.

"오영락이군."

"네……"

"너는 오 군의 어떤 작품이 좋던? 나는 미쿠니 아파트가 참 좋던데."

"……읽으셨으면 아실 것 같아요. 미쿠니 아파트에 나오는 주인공 둘이 저와 제 어머니를 닮지 않았나요?"

계연의 눈이 반짝였다.

"그렇구나. 오 작가가 너와 중숙 언니를 모델로 삼은 거니?"

"기자님!"

작희는 숨을 크게 내쉰 후 계연의 눈을 똑바로 바라보았다.

"미쿠니 아파트는 제가 쓴 미쿠니 주택이에요. 제 글을 그대로 가져다 발표했어요."

계연이 작희의 눈을 한동안 응시했다.

"지금 제가 헛소리를 한다고 생각하시나요? 그 소설의 대문자 J는 제 어머니 중숙이고 소문자 j는 작희 저예요."

계연은 한동안 묵묵히 침묵을 지키다 나직한 목소리로 말했다.

"아, 말도 안 돼. 어떻게 그런 버러지 같은 짓을!"

계연이 주먹으로 탁자를 내리쳤다.

증명할 수 있니? 증거가 있어야 해! 계연이 이렇게 말할 줄 알았는데.

작희는 쏟아지는 눈물을 감추질 못했다. 하고 싶은 말이 많았지만, 울음이 작희의 말을 삼켰다.

"이젠 그만 울고……"

작희는 다락으로 뛰어올라가 옷궤에서 「미쿠니 주택」의 초고를 찾았다. 작희가 층계를 밟고 내려올 때 계연은 작희의 손에 들린 원고뭉치를 보았다. 그 원고가 계연의 손으로 넘어왔고 원고를 살펴본 계연의 얼굴이 더욱 검붉어졌다. 작희의 눈에 또다시 눈물이 고였다.

"이 일을 아는 사람은 있어?"

"없어요. 저는 그 사람한테 시간을 줬어요. 신문화에 사실을 고하는 사과문을 게재하라고요."

"이건 조금 다른 이야긴데 넌 오 작가한테 처자식이 있는 걸 몰랐었니?"

"정말 몰랐어요. 당연히 미혼인 줄 알았어요."

"아무튼 인텔리라고 하는 놈들이 더 하면 더 했지 덜 하질 않아. 유학중에도 숱하게 봤어. 열에 아홉은 고향에 부인이 있었어. 영리한 여자들은 남자의 민적등본을 확인한 후에 연애를 허락했다. 아무튼!"

작희는 계연의 다음 말을 기다렸다.

"신문화에서 오영락의 특집기사를 준비중이라고 했어. 그의 용암 같은 창작열과 뛰어난 상상력을 칭송하는 내용이 될 거야."

계연의 눈이 차갑게 빛났다.

"잘 숨겨둬라. 이 초고가 있어야 사람들이 네 말을 믿을 거다."

"……"

"너만 아는 곳에 잘 간수하도록 해."

계연은 진지하고 단호하게 말했다.

오래도록 마른 개천이었던 청계천이 폭우로 범람했다. 경성 시내에 물난리가 나서 서포도 피해가지 못했다. 정강이까지 물이 찼기 때문에 작희는 끼니도 잊은 채 바닥의 책을 책장 위로, 그것도 안 되면 다락으로 옮겼다. 길 밖으로 물을 퍼냈다.

그러나 밖에 있던 물이 다시 안으로 밀려들어왔다. 그래도 가만히 있을 순 없었다. 작희는 책을 구하기 위해 빗물과 싸우는 심정으로 물을 퍼냈다. 왠지 오영락과의 싸움도 이러할 것 같아 겁이 났다.

다행히 정오가 조금 지날 즈음 비가 멈추고 서포 안의 물이 빠졌다. 작희는 다락으로 올라가는 계단에 주저앉았다. 땀이 비 오듯 쏟아졌다. 뒷문을 열어 맞바람이 들게 한 후 마른걸레로 바닥을 닦아야 했다. 숨을 고르고 일어났을 때 영락과 낯선 남자가 들어섰다. 그들은 다른 나라에서 살다 온 사람 같았다. 이 우중에 그들의 말끔한 입성을 보고 작희는 놀랐다. 비가 와도 비를 맞지 않을 수 있는 사람들인가. 작희에게 먼저 알은체를 한 건 낯선 남자였다. 그는 마흔가량 돼 보였고 표정이 여유로웠다.

"이마고 사장님이시군요. 처음 뵙겠습니다."

작희는 달리 할말이 없어 가만히 그를 보았다. 영락이 작희를 보며 조심스럽게 말했다.

"작희 씨, 이분은 신문화의 발행인인 안 사장님입니다."

안 사장은 모자를 벗어 오른손에 쥐고 사람 좋은 미소를 지었다.

"오 작가님께 그간의 사정을 들었습니다."

"사정이라뇨?"

"두 분 사이에 오해가 있었던 것 같더군요."

작희는 행인들에게도 들릴 정도로 깔깔대고 웃었다. 웃음을 멈춘 작희가 되물었다.

"오해요?"

영락의 얼굴이 검어졌다.

"신문사를 믿고 응모한 사람의 글을 몰래 빼돌려 본인 이름으로 세상에 발표를 했는데 그게 무슨 오해죠."

안 사장은 앞에 서 있는 여자가 생각했던 것보다 더 만만한 상대가 아니란 걸 알아차렸다.

"네, 백번 다 옳은 말씀입니다. 절대 해서는 안 될 일을 우리 오 작가님이 하셨죠. 그런데 작희 씨도 보셨을까요. 오 작가의 이후 작품들 말입니다. 독자와 동료 작가들에게 극찬을 받는 작품을 쓰고 있습니다."

"그래서요?"

"오 작가님이 해서는 안 될 실수를 저지른 내막은 너무나 딱합니다. 아버지와 아내의 생사가 달린 문제 앞에서 어쩔 수 없이 양심을 저버린 겁니다. 작희 씨도 어머님을 잃으셨다고 들었습니다. 만약 오 작가님과 같은 입장이라면 어떠셨을까요. 지푸라기라도 잡는 심정으로……"

순간 거대한 불길이 작희의 가슴속을 태웠다. 작희는 소리도 나오지 않는 비명을 지르고 있었다.

"지금, 어디서 당신이 내 어머니를 거론합니까?"

이글거리는 작희의 눈을 본 안 사장이 뒤로 주춤 물러났다.

딸뻘 되는 젊은 여자에게 예는 고사하고 당신 소리까지 들었지만 안 사장은 간절히 애원할 수밖에 없었다.

"작희 씨, 오 작가를 한때 사랑하지 않았나요. 한 번의 실수로 오 작가의 미래를 꺾지 말아주십시오. 그리고 작희 씨도 훌륭한 글을 쓰니, 원하신다면 제가 아는 잡지에 추천이 될 수 있도록 물심양면으로 애쓰겠습니다."

생전 느껴보지 못한 모욕감이 작희를 할퀴었다. 작희는 넋이 나간 채 서 있었다. 안 사장의 다음 말은 들리지 않았다. 그가 서포를 나가고 한참 뒤 작희는 오영락이 젖은 바닥에 무릎을 꿇고 있는 걸 보았다. 그의 눈에는 눈물이 가득했다.

"나를 용서하지 않아도 돼. 그런데 나는 작희 씨가 겪을 상처가 너무 걱정이 돼서."

"내가 앞으로 받을 상처가 또 있나보군."

작희는 경멸의 눈으로 영락을 노려본 후 다락방으로 올라갔다. 멈췄던 비가 다시 쏟아졌고 천둥 번개가 쳤다. 또 물이 차오를지 모른다. 그러나 작희는 몸을 움직일 수 없었다. 작희는 손바닥 두 장만한 작은 창에 시선을 주었다. 번개가 하늘에 잔금을 그었다. 천둥 때문에 지붕이 무너져내릴 것 같았다. 작희는 눈을 감았다.

어깨를 흔들어 깨우는 손길에 눈을 떴다. 작희는 안국정의 어머니 방에 누워 있었다.

"작희야."

작희가 눈을 부비며 일어나 앉았다.

"넌 무슨 잠을 그리 자?"

"어머니! 다시 오신 거예요?"

어머니는 말없이 빙긋 웃을 뿐이었다.

작희가 머리를 쥐어박고 세차게 눈을 비볐다. 어머니가 그만하라며 작희의 등을 쓰다듬고 눈물로 번진 얼굴을 닦아주었다. 그러나 곧 그 모든 것이 꿈이란 걸 알았다. 어머니는 허무하게 사라지고 빗소리가 거세게 들렸다. 작희는 무릎걸음으로 다락방을 기어다니다가 일층 서포로 내려왔다. 계속 어머니를 불렀다.

탁자에 엎드려 아침을 맞았다. 햇살이 젖은 바닥을 말렸다. 책들도 습기를 털어낼 수 있을 것 같았다. 그러나 작희는 만사가 귀찮았다. 침을 삼킬 힘도 빼앗긴 기분이었다. 그때, 작희는 탁자 아래 놓인 낯선 가방을 보았다. 가까스로 가방을 열었다. 지폐가 들어 있었다. 쪽지도 보였는데 오영락의 글씨는 아니었다.

삼백 원입니다. 영락의 소설이 영화화가 될 예정인데, 금전적 이득이 생기면 작희 씨에게 마음의 표시를 좀더 할 수 있습니다. 그러니 그만 노여움을 푸셨으면 합니다.

작희가 경성에서 사고 싶었던 집이 오백 원이었다. 그들은 자신의 입을 막으려 많은 노력을 기울이고 있는 거였다. 작희는 가방을 노려보았다. 가방 속에 무엇이 들었는가. 작희의 귀에 괴륵괴륵 하는 소리가 들렸다. 구린내가 훅 풍겼다.

작희는 끓는 물에 젖은 옷과 수건을 삶았다. 빨래를 하는 동안만은 그 어떤 생각도 하지 않았다. 문지르고 비비고 두드려 땟물을 뺀 후 빨랫줄에 옷을 널었다. 손목이 시큰해질 때까지 일을 해야 할 것 같았다. 걸레로 서포 바닥을 한번 더 닦고 맞바람이 치게 뒷문과 앞문을 열었다. 그러나 다시 천둥소리가 들렸다.

"제발, 그만 좀……"

작희는 음흉한 하늘을 올려다보았다. 진득하게 달라붙은 고약한 냄새가 가시지 않았다.

13

일제강점기의 여성 작가들을 찾아보았다. 작희가 혹시 이름을 바꿔 활동하지는 않았을까 싶어서였다. 그러나 주목할 만한 사람은 없었다. 02로 시작하는 번호가 여러 통 걸려왔다. 광고 전화라고 생각해서 받지 않았다. 잠시 후 모르는 휴대전화 번호가 화면에 떴을 때 전화를 받았다. 상대는 책 소개하는 채널의 작가라고 본인을 밝힌 뒤 인터뷰를 하고 싶다고 했다. 신간도 아니고 수년이 지난 책에 관심을 갖다니, 이제야 내 진가를 알게 된 건가. 나는 짧게 설렜다.

"그런데 제 연락처를 어떻게 아셨나요?"

"아, 강 교수님이 알려주셨습니다."

"깅 교수님이요?"

"네. 강안나 교수님이요. 강 교수님이 이 작가님 작품이 좋다고 추천을 해주셨어요."

"그래서 인터뷰를 하신다는 거죠."

"네. 어려우신가요?"

"어렵긴요."

약간은 착잡한 기분이 들었다. 안나가 중간에서 다리를 놓지 않으면 내 소설은 누구에게도 거론되지 못하는 것인가. 그렇다면 나는 안나를 내 소설의 구원자쯤으로 생각해야 하는가. 그 장편소설 하나를 탄생시키기 위해 쓰는 데만 3,000시간이 걸렸다. 구상 역시 1,000시간이 걸렸으니 도합 약 4,000시간을 들인 것이다. 이렇게 비효율적이고 비생산적인 일을 나는 왜 하고 있는 걸까.

안나와 큰아버지에게 전화가 번갈아 걸려왔지만 연이틀 전화를 받지 않았다. 안나는 메시지를 남겼다.

글 쓰느라 바쁜 모양이구나. 시간 될 때 전화 줘.

반면 큰아버지의 메시지엔 불편한 심기가 고스란히 드러나 있었다.

부재중 메시지가 떴을 텐데 전화가 없구나. 확인하는 대로 바로 연락을 하거라.

나는 그들에게 전화하지 않았다. 그리고 미스터의 규칙을 어겼다. 미스터는 일곱시 이후에는 작업실에 머물지 말라고 했다. CCTV로 작업실을 관찰하던 미스터가 "왜 퇴근을 안 하십니까?"라고 물었다. 나는 CCTV 쪽을 보는 대신 미스터에게 전화를 걸었다.

"계속 감시하는 건가요?"

내 질문이 어처구니가 없다고 생각한 모양이었다. 미스터가 숨을 고르는 소리가 들렸다.

"계속은 어렵습니다. 관리해야 할 작가가 은섬 작가님 말고도 스물한 명이 더 있어요. 나는 작가님들이 규칙을 잘 지키는지 확인할 의무가 있지 않습니까."

그는 잠깐 쉬었다가 다시 말을 이었다.

"그나저나 왜 퇴근을 안 하나요?"

"마땅히 갈 데가 없어서요."

"집으로 가시면 되지요."

"집에 가기가 어려워서 그래요. 당분간 출퇴근 시간을 지키지 못하는 걸 양해 부탁드립니다."

경은과 윤희는 보이지 않았다. 경은은 제작진 몇 명과 합숙을 하게 됐고 윤희는 캐스팅 관련하여 며칠째 밤샘 회의를 했다. 힘은 들지만 두 사람 모두 일이 원하는 방향으로 풀리고 있다고 했다. 물론 드라마는 방영이 될 때까지, 시나리오는 극장에 걸릴 때까지 마음을 놓으면 안 된다고 한다. 하도 엎어지는 일이 비일비재한 곳이라 언젠가 두 사람은 자학하듯 이번 생이야말로 '망작'인 것 같다고 말했다. 그렇기 때문에 큰 어려움 없이 일이 신행된다는 소식을 들으니 내 일인 듯 기뻤다.

나는 다시 휴대폰을 끄고 종이를 한 장 꺼냈다. 작희가 머물렀다는 서포의 구조를 떠올렸다. 그리고 서포의 내부를 상상해 그렸다. 책장과 탁자와 이층으로 올라가는 계단과 뒷문 등을. 작희는 어떻게 살다가 생을 마쳤을까. 답답한 마음에 미쿠니 주택과 손계연과 〈신문화〉를 검색해보았다. 혹시나 작희의 행방을 추정할 만한 단서를 찾을 수 있지 않을까 싶은 마음에 주병주, 강건, 나한구의 이름도 넣어 검색을 해보았다. 그러나 작희는 그 어떤 자료에도 없었다.

자정이 다 돼서야 휴대폰 전원을 켰다. 문자 메시지 여러 개가 물밀듯이 수신되었다. 안나와 큰아버지뿐 아니라 어머니, 아버지, 여동생, 심지어 출장을 간 남동생까지 전화와 문자를 했다. 큰아버지가 찾으시니 어서 전화를 드리라고. 가족들의 메시지에는 하나같이 조심스러운 마음이 묻어 있었다. 큰아버지에게 경제적 지원을 받지 않았다면 우리 가족은 그를 어떻게 대했을까.

늦은 시간이었지만 큰아버지에게 전화를 걸었다. 도대체 전화는 왜 안 받느냐고, 어디서 무얼 하고 있느냐고 낯선 목소리로 나무랄 줄 알았다.

"안나 말이 사실이냐? 미쿠니 아파트가 오영락 소설이 아니라고 들었다."

"네."

"거참, 묘한 일이구나……"

"……"

"그 일기장은 네가 잘 가지고 있느냐?"

"네, 제가 가지고 있어요."

"그건 아무에게도, 안나에게도 주지 말고 나에게 가져와라."

"네……"

"명심해."

나는 조금 힘주어 대답했다.

"네, 걱정 마세요."

순간, 큰아버지가 벌이려고 하던 사업이 물거품이 됐으니 그의 심경이 얼마나 혼란스러울까 싶어 잠깐이나마 미안한 마음이 들었다. 그런데 큰아버지는 뜻밖의 반응을 보였다.

"어찌 보면 잘된 일 같기도 하다."

"……"

"오영락이 관여했던 신문화가 친일 의혹도 있고 좀 복잡하구나. 사업 중간에 일이 생기면 더 골치 아플 수도 있었는데 일을 벌이기 전에 알게 됐으니 잘된 일인 것 같다. 네가 말한 그 일기장 주인, 아니 그 미쿠니 아파트의 진짜 주인인 이작희라는 여성이 세상에 내놓기에 더 깔끔한 것도 같고."

"……"

"은섬아."

"네, 큰아버지."

"오녕락 평전은 쓰지 말고 이작희에 대해 써보는 게 어떻겠니? 페미니즘하고 연결하면 꽤 좋은 작품이 될 것 같다."

나는 기습 공격을 받은 것처럼 놀랐다.

"무슨 뜻인가요?"

"무슨 뜻이긴. 말 그대로다."

전화를 끊고 두 손으로 이마를 짚었다. 나는 이미 두 문장을 쓴 상태였다.

쓰는 여자, 작희.

1921년에 태어난 작희의 원래 이름은 말성이었다……

나는 쓰고 있던 시놉시스 '작희'를 읽었다. 가슴이 저릿해졌고 절로 한숨이 나왔다. 그런데 오른쪽 어깨 뒤쪽에서 작은 움직임이 느껴졌다. 이어 뭔가 투두둑 하고 물방울이 떨어지는 듯한 소리가 났다. 그 소리는 작았지만 새벽의 고요를 단박에 걷어냈다. 손등으로 물기가 번졌다. 나는 등을 돌렸다. 차에서 만났을 때의 그 모습으로 작희가 서 있었다. 작희의 모습이 진해졌다가 다시 흐려졌다. 세차장에서 봤을 때와 다르게 표정으로 무엇인가를 묻고 있었다. 그러나 나도 작희도 말없이 서로를 응시할 뿐이었다.

"우리는 무엇을 위해 쓰려고 하는 걸까요?"

나는 남은 힘을 쥐어짜 가까스로 작희에게 물을 수 있었다.

작희는 대답 대신 슬픔을 이기지 못하는 듯 얼굴을 일그러뜨릴 뿐이었다.

14

책은 습기에 약했다. 사료로 가치가 있다며 어머니가 애지
중지하던 책이 있었다. 작희는 헛간에 있던 마른 나무와 숯을
가져다 책장 사이에 놓았다. 습기 제거에 얼마나 효과가 있을
지 모르겠지만 그렇게라도 해야 할 것 같았다. 작희는 부채질
을 하다가 시계를 보았다. 그들의 출근 시간에 맞춰 〈신문화〉
에 다녀올 생각이었다. 〈신문화〉는 본정에 있었다. 오전 열한
시에는 출근해 있겠지. 오영락의 면선에, 아니, 안 사장이란 자
앞에 돈 가방을 던져주고 오리라.

서포 문을 두드린 여학생은 얼굴이 상기돼 있었다. 숨을 헐
떡거리며 자신을 점예 아주머니의 제자라고 밝힌 여학생이 말
했다.

"선생님이 전차에 치이셔서…… 수술을 하셔야 한대요. 지

금 대홍의원에 계세요."

작희는 부채를 떨어뜨렸다. 작희는 그길로 대홍의원까지 뛰었다. 중간에 신발이 벗겨진 줄도 몰랐다. 전차와 자동차와 행인이 뒤섞인 어지러운 거리를 숨이 가쁘게 뛰었다.

"비켜! 위험해!"

누군가의 고함소리가 들렸지만 작희는 다른 곳에 신경을 쓸 겨를이 없었다. 경적이 요란하게 울렸다. 일순 작희의 몸이 하늘로 붕 떠올랐다. 그러나 곧 바닥으로 내동댕이쳐졌지만 작희는 아픔을 느끼지 못했다. 사람들이 걱정스레 작희를 보았다. 몸을 일으킬 때 나무젓가락이 부러지는 것 같은 소리가 났다. 피가 흐르는 건 신경이 쓰였지만 대홍의원까지 무조건 뛰어야 했다.

의사는 외과수술을 안 하면 환자가 목숨을 잃을 거라며 수속부터 밟으라 했다. 점예의 다리를 절단해야 할지 모른다는 말에 작희는 눈앞이 캄캄해졌다. 돈을 가져다줄 테니 지체하지 말고 목숨만 살려달라는 말을 주문처럼 외웠다. 병원 어딘가에서 점예 아주머니의 신음소리가 들리는 것 같았다. 작희는 왔던 길을 되돌아 서포로 갔다. 그리고 가방을 찾았다. 피에 젖은 오른손이 보였다. 손가락이 손등으로 꺾여 있었다. 그제서야 무서운 통증이 밀려왔다.

길 건너에 택시가 있었다. 택시를 타려는데 기사가 작희의 행색을 보고 태우지 않으려 했다. 경성에서 잘나가는 자들 중 하나가 저 택시 운전사들이었다. 작희는 가방에서 한 움큼의 돈을 꺼내 보여주며 눈을 부릅떴다.

"돈 여기 있어요! 빨리 대흥의원으로요……"

운전사가 말없이 달렸고 금세 병원 앞에 도착했다. 작희는 가방에서 꺼낸 돈을 택시 운전사에게 주었다. 그가 뭐라고 이야기하는 것 같았지만 작희는 그대로 병원으로 들어갔다.

수술이 집도되고 자정이 되어서야 의사가 나왔다. 그의 가운이 피로 물들어 있었다.

"저희 아주머니는요?"

"수술은 깨끗하게 됐습니다. 이젠 운명에 맡깁시다."

그런 말이 어디 있느냐고 고함을 지르려 했지만 의사가 말을 이었다.

"출혈이 멈추는 게 제일 중요합니다."

수술실 안에 있던 점예가 병실로 옮겨졌다. 점예의 얼굴은 눈과 얼음으로 만든 것같이 창백했다. 숨은 쉬는가. 작희가 점예의 얼굴에 귀를 가져다댔다. 옆에 서 있던 작희 또래의 간호사가 작희에게 손을 치료해야 하지 않느냐고 물었다. 작희는 가방에 있는 돈을 더는 꺼내고 싶지 않았다.

간호사는 그런 작희가 안됐는지 부목과 붕대를 이용해 작희의 다친 손을 묶어주었다.

"치료를 제대로 받아야죠. 손을 못 쓸 수도 있겠어요."

작희는 간호사의 호의에 고맙다는 말도 못하고 다시 서포로 왔다. 당분간 서포 문을 열지 못할 터였다. 옷가지를 몇 개 챙겼다. 쓰고 있던 소설은 서랍에 넣었다. 대신 초록색 공책을 꺼냈다. 대필료로 받은 공책이었다. 오른손을 다쳐 왼손으로 글씨를 썼다. 알아보기 힘든 악필이었다. 그래도 작희는 천천히 문장을 채웠다.

며칠 전 꿈에 어머니가 나오셔서 내 등을 쓸어주고 빙긋이 웃어주기까지 했다. 그런데 길몽이 아니었구나. 점예 아주머니가 전차에 치여 큰 수술을 받았다. 수술이 끝나길 기다리면서 핏물로 물드는 저녁 하늘을 보았다. 이곳은 온통 한스럽고 고통으로만 가득찬 수라와 같은 세상이다. 지금 울고 있는 사람이 또 있는가……

작희는 자신이 쓴 글씨를 자신도 알아보기 어렵다고 생각했다. 일기를 서랍에 넣었다. 그러고는 서포 뒷문으로 나와 걸쇠를 채웠다. 작희는 계연의 신문사로 향했다.

계연은 돈 가방 이야기와 점예의 사고 소식을 듣고 할 말을 잃은 표정이었다. 작희의 이야기를 말없이 듣던 계연이 작희를 데리고 종로통으로 향했다. 입추가 지났지만 한낮의 가을 볕은 따가웠다.

"손을 치료하도록 해. 보통 심하게 다친 게 아닌 것 같은데."

계연이 작희의 손을 안쓰럽게 보았다.

"안 사장 돈이 남았으면 일단은 그 손부터 고치도록 하자."

안 사장 돈이라는 말에 작희는 지옥으로 걸어들어가는 기분이었다.

"저는 패배했어요. 세상에 졌고, 제 글도 저 때문에 패배한 게 맞아요."

계연이 발을 멈추고 작희를 보았다.

"글이 너에게 뭘 해줄 거라 바라고 글을 쓴 건 아니지 않니? 그냥 기쁠 때나 슬플 때나 괴로울 때나 행복할 때나 매일같이 쓴다고 하지 않았어? 네 어머니가 그랬던 것처럼, 그렇게 사는 거지. 작희야, 그렇게 글에 기대 사는 거다."

작희는 발끝만 내려다보았다. 눈시울이 뜨거워졌다.

"사실, 이 말은 네 어머니가 나한테 해준 말이야. 내가 너에게 이런 말을 해준다는 게 참 묘하다."

작희가 걸음을 멈추고 계연을 뚫어지게 보았다.

"저, 배가 고파요."

계연이 작희를 냉면집으로 이끌었다. 작희는 왼손으로 젓가락질을 했다. 제대로 집히지 않는데도 냉면을 용케 입안으로 빨아 삼켰다. 계연이 자기 냉면을 작희에게 덜어주었다.

"난 아침을 많이 먹었어. 이거 더 먹어라."

계연은 작희가 먹는 걸 묵묵히 보다가 생각난 듯 물었다.

"하나님이 큰 작가가 되라고 이런 시련을 주나?"

작희는 차갑게 웃었다.

"점예 아주머니도 전에 그런 말씀을 하셨지만 저는 생각이 달라요. 신이 있는지 없는지 모르겠지만, 있다면 신은 가학성을 가지고 있어요. 인간이 고통을 느끼는 걸 즐기는……"

"하나님이 태업중이신가봐. 악인에게 벌을 내리지 않으시니……. 오영락이 또 신작을 냈더구나."

"……"

"그러나 그건 그거고, 내가 조만간 신문사와 잡지사마다 전화를 돌릴 예정이야. 이 사건을 알려야지."

"네, 꼭 그렇게 해주세요."

계연이 고개를 끄덕였다.

"그리고 작희야, 안 사장에게 받은 돈은 내가 마련해볼 테니 그 걱정은 하지 않아도 된다."

작희는 계연의 호의가 고마웠지만 받아들일 순 없었다.

"아니에요. 제가 저지른 일이니 제가 책임을 져야죠."

"무슨 수로? 어느 세월에 삼백 원을 만드니? 주는 것도 아니고 빌려오는 거니까 천천히 갚도록 해. 중숙 언니 친구들이 경성에 있어. 아무리 어려운 시절이라 해도 십시일반 하면 될 것 같아. 참, 너는 외삼촌들과 연락이 닿니?"

작희는 외삼촌 세 명을 떠올렸다. 큰 외삼촌은 독립 자금 조달을 하다가 체포됐지만 가까스로 도망쳤다. 둘째 외삼촌은 순사들을 피해 러시아에서 공부하다가 연락이 끊겼다고 했다. 그리고 셋째 외삼촌은 식구들을 데리고 어딘가로 숨어 못 본 지가 한참이었다.

"모두 연락이 끊겼어요."

"외삼촌들이 계셨다면 네가 이리 힘들게 살도록 두진 않았을 텐데. 아무튼 작희야."

"네."

"증명하기가 참 힘들 거다."

"……"

"내가 보니 오영락은 주변에 사람이 많아. 그를 돕는 사람들 중에 문인도 많고 심지어 일본 제국주의를 맹렬히 비판하는 공산주의자들도 있어. 그들은 오영락의 잘못을 한 번의 실수로 눈감아주자고 주장할 거야. 어쩌면 거기서 끝나지 않고 너에게 함구하라고 강요할 수도 있고, 아니면 너를 창녀로 만들고 모함할지도 모르겠다. 왜냐하면 너는 힘이 없지만, 오영락은 이미 하나의 권력이 돼버린 사람이야. 오영락은 이제 네가 사랑했던 옛날의 그 오영락으로 보면 안 된다."

작희는 몸이 떨렸다.

"그리고 안 사장 그 작자는 문화 사업을 하는 사람이 아니야."

"……"

"평양 기생들을 데려와 시내에서 요릿집을 크게 했단다. 거기서 번 돈으로 또 고리대업을 해서 엄청난 부를 축적한 사람이야."

"다른 일로 돈을 크게 벌 수 있을 텐데, 왜 잡지에 투자를 하는 건가요?"

"왜놈의 기관지 노릇을 하려는 거야. 자신의 입지를 더 탄탄하게 하려고. 돈을 가졌으니 이젠 펜을 갖고 싶은 거겠지. 펜이 권력을 도우니까."

계연이 씁쓸히 웃었다.

"일단 오늘 저녁에 안 사장을 만나볼게. 다행인 건 나에겐 지면이 있어. 이건 특종감이야. 오영락이 네 글을 몽땅 훔쳤다는 건 보통 지탄받을 일이 아니니까. 그리고 지금 신문은 총독부 감시하에 있지만 필자가 공격하는 대상이 자국의 문화인이라면 그다지 문제삼지 않을 거다."

계연과 헤어져 작희는 대흥의원으로 갔다. 점예 아주머니는 다리가 절단된 사실도 모르는 것 같았다. 심지어 작희를 알아보지 못했고 핏발 선 눈으로 비명만 질렀다.

작희는 환자에게 먹일 음식을 준비하려고 다시 서포로 갔다. 문 닫힌 서포 앞에 미설이 와 있었다. 점예 아주머니 소식을 전하자 미설이 안타까움을 감추지 못했다. 그러고는 집으로 돌아가 쌀 한 말과 생닭과 마늘 등을 가져왔다. 작희의 눈이 휘둥그레졌다.

"어쩌려고 이걸 가져왔어요."

"걱정 마세요. 홍규 씨한테는 쌀 팔아 엿 사먹었다 하면 돼요. 아니면 본인이 다 처자셨다고 하면 되지."

미설이 붕대로 둘둘 말린 작희의 손을 보고 대신 죽을 쑤겠다고 했다. 부엌으로 간 미설이 죽을 쑤다가 작희에게 말했다.

"그래도 이렇게 애지중지할 사람이 있다는 건 좀 부러운 일이에요."

"……"

"내가 전에도 말했지요? 내가 아이를 낳으면 그 아이 이름은 여자애건 사내애건 '후'라고. YMCA에 후 라이어스란 코쟁이가 있어요. 나는 후란 이름이 너무 좋아서 틈만 나면 후 후, 하고 소리 내 말해요."

작희는 미소를 지으며 진심으로 답했다.

"그래요, 꼭 낳아요. 대신 오래도록 함께할 수 있는 좋은 남자의 아이이길 바랄게요."

미설이 뭐가 재밌는지 까르르 웃었다. 작희는 미설이 자신의 말을 허투루 듣는 것 같아 마음이 상했다. 작희는 미설이 만든 죽을 사발에 담고 뚜껑을 닫았다. 서둘러 가야 아주머니에게 따뜻한 죽을 드릴 수 있었다.

저녁 회진을 도는지 의사가 병실에 있었다.

"수술은 잘된 거지요?"

"몇 번을 말합니까. 수술은 잘됐습니다. 회복이 중요하니 환자를 잘 보살펴요."

의사는 거만했지만 작희는 그가 은인처럼 느껴져 여러 번 허리를 굽혔다.

섬예 아주머니는 작희가 주는 죽을 받아먹었다. 오른손을 쓸 수 없어 왼손으로 죽을 떠주는 작희를 점예는 그렁그렁한 눈으로 보았다. 작희는 목이 메여 잠시 등을 돌렸다가 마음을 진정하고 다시 죽을 떠 점예 입에 넣어주었다.

"설렁탕을 좀 사올까요? 요즘 냉면 가게에서는 배달도 해준다 해요. 그런데 냉면보다 설렁탕이 낫겠죠?"

작희는 짐짓 명랑한 체했다.

"내가 네 어머니한테 받은 은혜를 갚지도 못했는데, 이젠 너한테 또 은혜를 입는구나."

옆 침상에서 환자를 돌보던 여자가 점예를 보더니 환자에게 단 거를 많이 먹이라고 일러주었다. 작희는 의원을 나와 광교를 건넌 후 남대문통을 지나 본정 제과점으로 갔다. 선전이 한창이던 초콜릿 파이가 보였다. 하나만 살까 두 개를 살까 망설이는데, 누군가 자신을 부르는 소리가 들려 뒤를 돌아보았다. 사소인의 병주와 한구였다.

"작희 씨 맞군요. 오랜만입니다."

병주가 반갑게 인사했다.

"네, 오랜만이네요."

"잘 지내셨죠?"

작희는 대답하지 않았다.

"작희 씨도 출판기념회에 가는 건가요……"

병주가 한구의 옆구리를 찔렀다. 한구는 아차 싶은 표정이
되었다.

"무슨 기념회요?"

"아, 그게."

"무슨 기념횐데요?"

작희가 싸늘하게 추궁했다.

"오늘이 영락 군 출판기념횐데…… 아, 제가 주책이 없었습
니다. 죄송합니다."

작희는 죄송할 일은 아니라고 말했다.

"그런데 출판기념회는 어디서 하나요?"

병주와 한구가 머뭇거리다가 앞장을 섰다.

출판기념회에는 각 분야의 유명 인사들이 다 모인 것 같았
다. 그들을 수행하는 사람들이 있는 걸로 보아 모두 내로라하
는 사람들이 분명했다. 영락과 안 사장도 있었다. 영락은 다른
사람이 된 것 같았다. 입고 있는 의복뿐 아니라 그의 표정과 말
할 때 함께 쓰는 손동작도 품위가 있었다.

작희는 사람들이 주고받는 이야기에 귀를 주었다. 그들은
영락을 칭송했다. 잘생긴데다가 글마저 매혹적이라고. 한 무
리의 여자들이 영락의 훤칠함을 칭찬했다. 작희는 태어나 한

번도 이렇게 휘황찬란한 불빛 아래 서본 적이 없다는 걸 깨달았다. 병주가 다가왔다.

"작희 씨."

병주는 너그러운 눈으로 작희를 보았다.

"요기 좀 하세요."

"여긴 어떤 세상인가요?"

병주는 질문의 의미를 골똘히 생각하는 것 같았다.

"저도 잘 모르겠습니다만, 제가 머물 세상은 아닌 것 같습니다. 영락 군은 이제 사소인 모임에서는 볼 수 없습니다. 이후 정치를 할 것 같네요."

작희는 병주를 보고 물었다.

"소설은요?"

"소설이야 쓰겠죠."

"소설을 쓰면서 정치를요?"

작희가 까르르 웃었다. 누군가 병주에게 인사를 했다. 다시 혼자가 된 작희는 소리 내서 웃었다. 머리부터 발끝까지 부잣집 아가씨 같은 차림의 여자가 작희를 날카롭게 쏘아보았다. 그 눈빛이 말했다. 예의를 지켜요. 그런 웃음은 실례잖아요.

"왜 노려보죠?"

"내가 언제요?"

"지금도 날 노려보잖아요."

"조용히 해요. 근데, 당신은 누구 초대로 여기 왔어요?"

작희는 조용히 있고 싶지 않았다.

"아무도 날 초대하지 않았어요."

"그럼 더더욱, 가만히, 잠자코 있어."

교양 있는 아가씨가 나직하게 말했다.

"미쿠니 아파트는 내 작품이에요."

자신도 모르게 툭 튀어나온 말이었다. 여자가 한 발자국 뒤로 물러나며 상대할 가치도 없다는 듯이 인상을 잔뜩 찌푸렸다. 그때 영락이 작희의 존재를 알아차렸다. 당황한 기색이 역력했다.

그 여자 옆으로 몇 명의 사람들이 다가왔다. 그들은 몇 마디 소곤거린 후 알 수 없는 미소를 나눴다. 누군가 빈정거리며 말했다. 지가 미쿠니 아파트를 썼으면 「운수 좋은 날」은 내 작품이겠네. 그래? 그럼 「달밤」은 내 거야. 작희는 끓어오르는 분노를 억누르며 그들에게 말했다.

"나는 초고가 있어."

작희가 돌아서려고 할 때 챙이 넓은 모자를 쓴 여자가 말했다.

"초고? 초고가 뭐지?"

"초고 몰라? 최초의 원고!"

사람들이 관심을 갖자 모자를 쓴 여자가 세련된 태도로 주위 사람들을 설득했다.

"이분이 오 작가님이 발표한 글을 보고 초고란 걸 썼나봐요.

아, 대중의 인기를 얻는다는 건 이렇게 어려운 거예요. 크고 작은 억측과 모함을 견뎌야 하는 일이죠."

여자가 어깨를 으쓱해 보였다. 작희는 여자를 당할 재간이 없었다. 작희는 몇 명의 여자들에게 에워싸여 밖으로 떠밀려 나왔다. 그 바람에 고무신 한 짝이 벗겨졌다. 여자들은 모두 굽이 높은 검정 구두를 신고 있었다. 작희는 벗겨진 자신의 고무신을 주워 신었다. 개중 검정색 에나멜 구두를 신은 여자가 타이르듯 말했다.

"이작희 씨."

여자가 작희의 이름을 불렀다.

"나 기억나요? 소화예요."

왜 기억이 안 나겠는가. 소화는 그때도 지금도 투명하게 예뻤다.

"오 작가와 헤어졌다는 이야기 들었어요. 연인과 헤어진 일로 상심이 크겠지만, 그래도 한때 사랑했던 사람이잖아요. 심정은 이해가 되지만 말도 안 되는 일로 한창 잘나가는 전 애인의 발목을 잡으면 되겠어요."

작희는 늪에 빠져 허부적거리는 심정이었고 제발 믿어주길 바라는 간절한 마음으로 말했다.

"묵인해달라고 삼백 원을 줬어요. 저들이."

소화의 표정이 흔들렸다.

"누가요?"

"신문화 발행인과 오 작가가요."

누군가 끼어들었다.

"삼백 원이 누구 애 이름인가. 그럼 그 돈을 가져와봐요."

작희가 대답을 못하자 소화는 등을 돌렸다. 병주가 뛰어와 작희에게 무엇인가를 건넸다.

"이걸 두고 가셔서."

작희가 제과점에서 산 파이였다.

"작희 씨, 조만간 이마고로 찾아가겠습니다. 우리 그때 이야기 나눠요."

작희가 붕대로 감긴 오른손을 내밀었다가 다시 왼손으로 초콜릿 파이를 받았다. 병주는 작희의 뒷모습을 쓸쓸한 낯으로 바라보았다.

병원에 들러 잠든 점예 아주머니의 머리맡에 파이를 두고 서포로 왔다. 작희는 옷궤 안에 숨겨뒀던 초고를 꺼냈다. 소화가 한 말이 떠올랐고 이내 살을 베는 듯한 고통이 느껴졌다. 이 초고가 무슨 의미가 있을까 싶었다. 그러나 계연의 말을 믿기로 했다.

초고는 누구에게도 빼앗기지 마.

바닥에 떨어져 있던 〈신가정〉을 펼쳤다. 초고는 모두 열두 장이었다. 초고 첫 장을 잡지에 붙였다. 그다음 장도, 그다음 장도 모두 붙였을 때 잡지는 원래보다 두툼해져 있었다. 작희는 그것을 저고리 안에 넣은 후 보따리에 쌌다.

서랍에서 새 일기장을 꺼냈다. 오늘의 일을 기록하려니 착잡하기만 했다. 오른손이 모두 검푸르게 변해 있었다. 손을 의식하자 통증이 거세게 밀려왔다. 사고 당시 정신을 잃어 어떻게 다쳤는지 알 수가 없었다. 뭔가 무겁고 단단한 것에 오른손이 말려들어간 건 분명했다.

작희는 왼손으로 글자를 써내려가다 탁자에 엎드려 잠이 들었다. 계연이 서포에 온 것은 다음날 오전 아홉시였다. 계연이 서 있는 서포 입구가 환했다.

"작희야."

작희는 고개를 들었다.

"여기서 잔 거야?"

"네, 그런데 이 시간에 무슨 일로."

"내가 구철우 씨를 불렀다."

작희의 눈이 휘둥그레졌다.

"놀라지 마. 네 얼굴 보니 내가 더 놀라겠어."

말이 끝나자마자 구철우는 서포 안으로 구렁이처럼 들어왔다. 그는 계연 앞에서 모자를 벗고 목례를 했다.

"구 사장님."

계연은 아무렇지도 않게 오늘 비가 올 것 같으냐고 물었고 그는 맑은 날이라고 답했다. 작희는 구철우를 보기 답답해 뒷문으로 나갔다가 한참 뒤에 들어왔다.

"일은 제가 원래대로 돌려놓겠습니다."

"네, 고맙습니다."

작희는 구 사장이 서포에서 빨리 나가주기만을 바랐다.

"깊이 사과드립니다."

구철우가 작희 쪽으로 고개를 숙였다. 그는 이 모든 일을 계획한 자 같지 않게 평화로워 보였다. 구철우가 모자를 쓰며 말했다.

"참, 어르신에게 말씀 좀 잘 부탁드립니다."

계연은 시종일관 표정이 없었다. 그는 또 한 차례 목례를 하고 나갔다. 계연은 잠시 말이 없었다. 작희는 생각에 잠긴 계연의 얼굴을 걱정스레 바라보았다. 구철우를 꼼짝 못하게 하는 것은 계연이 가진 펜의 힘일까. 아니면 작희는 얼굴도 본 적 없는 어르신이라 지칭되는 사람의 힘일까. 구철우와 같은 고리대업자를 굴복시킬 수 있는 어르신은 선량하고 바른 길을 걷는 사람일까.

"네 아버지 채무 문제로 널 괴롭힐 일은 없을 거야. 그리고 안 사장한테 받은 것도 빨리 돌려주는 게 좋겠지?"

계연이 작희에게 종이로 싼 꾸러미를 내밀었다.

"이건 뭔가요?"

"십시일반 한다고 하지 않았니. 다 네 어머니 어릴 적 동무들한테 빌려온 거야."

작희는 몸 둘 바를 몰라했다.

"꼭 갚겠습니다."

계연이 따듯한 손길로 작희의 등을 토닥였다.

계연과 작희는 〈신문화〉로 향했다. 한 발자국 디딜 때마다 작희는 각오를 다졌다. 살아야겠다고. 쉽게 빼앗기지도, 죽어 버리지도 않겠다고.

〈신문화〉 안은 담배 연기가 가득했다. 영락이 먼저 작희를 알아보고 자리에서 벌떡 일어났다. 작희는 영락에게 다가가 가방을 던졌다. 영락은 작희보다도 계연의 등장에 더 당황한 것 같았다.

"아니, 기자님이 여길 어떻게……"

"그간의 이야기는 잘 들었습니다. 일단 돈을 받았단 수령증을 쓰세요."

계연의 말과 행동에는 군더더기가 없었다.

"오늘 날짜 쓰고 이작희에게 일금 삼백 원을 받았다고."

영락이 순순히 펜을 꺼내 천천히 글씨를 썼다. 그러나 안 사장은 못마땅한 얼굴로 계연과 작희를 바라보다가 담배를 꺼내 물었다.

"잠깐 앉으시지요."

"다른 용무가 급해 그럴 시간은 없습니다."

계연이 말했다.

"이젠 두 분이 하셔야 할 일을 아실 겁니다. 특히 오 작가님은 이작희와 약속했던 걸 이행하시면 됩니다."

영락의 말을 어디까지 믿을 수 있을까. 그러나 그는 고개를 푹 숙이고 반드시 일을 바로잡겠다고 말했다.

작희는 자신이 해야 할 말을 계연이 대신해줘서 고마웠지만 또 아쉽기도 했다. 숙제를 스스로 하지 못하고 계연에게 떠넘긴 기분이었기 때문이다. 그러나 그런 마음도 잠시, 〈신문화〉에서 나왔을 때는 오라에서 풀려난 것처럼 말할 수 없이 가벼운 마음이 되었다.

15

　안나는 오영락의 필적 감정 결과를 메일로 보냈다고 했다. 메일을 열어보니 첨부파일이 있었다. 1958년에 출간된 『문우』라는 단행본에 영락이 강건에게 보내는 자필 편지가 실려 있었다. 그 필체와 「미쿠니 주택」의 필체는 불일치했다. 또한 1965년에 출간된 『모던의 빛과 그림자』라는 책에 영락이 자필로 서명한 매매계약서가 실려 있었는데, 그것 역시 「미쿠니 주택」의 필체와 불일치한다는 소견이 적혀 있었다.

　안나가 문화부 기자에게 자료를 보냈는지 이 문제가 기사화되었다. 이어, 표절 문제를 특집으로 준비중이던 PD가 이작희의 「미쿠니 주택」도 방송에 내보내려 한다는 소식이 들려왔다. 큰아버지는 방송 분량이 얼마 되지도 않을 것 같은데 하루종일 카메라 앞에 있었다고 말했다. 이젠 작희의 억울함이 해

소되는 것인가. 그런데 나는 여전히 편치 않은 기분이었다.

　술과 작업실 동료가 그리운 날이었다. 나는 경은과 윤희에게 아무리 바빠도 얼굴을 보여달라고 문자를 보냈다. 경은이 일이 많은 중에도 약속 장소를 잡아 모처럼 셋이 모일 수 있었다.

　"그동안 격조했습니다요."

　경은이 메뉴판을 펼쳤다.

　"돈 잘 버는 내가 낸다. 막 골라."

　윤희가 깔깔 웃은 후 와인 한 병과 샐러드를 주문했다.

　"막 고르라니까 골랐다. 근데 은섬 작가는 식사를 좀 해야 하지 않아?"

　"괜찮아. 요즘 소화가 잘 안 돼."

　"뭐? 쇠도 삼킬 나이에."

　윤희가 과장되게 말했다.

　"암튼 은섬 씨랑 윤희 씨를 밖에서 보니 되게 반갑다."

　"은섬 씬 글 잘 써지지?"

　나는 말없이 빈 잔만 만지작거렸다.

　"마감도 잘 지키고?"

　"칼같이 잘 지키지."

　"숨겨둔 남자랑도 잘 만나고?"

　나는 피식 웃었다.

"내 마지막 연애가 언제였더라. 고려 말인가."

내 말 끝에 윤희가 한숨을 푹 쉰 후 한탄조로 이야기했다.

"우리는 어쩌다 글하고 연애를 할까."

"난 남자랑 자본 기억이 안 나. 가끔 내가 처녀인 것 같아."

윤희가 경은의 등을 때리며 웃었다. 알코올 기운이 번지니 긴장이 풀리는 것 같았다.

"오늘 필적 감정이 나왔거든. 미쿠니 아파트는 오영락 작품이 아니었어."

경은과 윤희가 얼굴에서 장난기를 거두고 내 쪽으로 몸을 기울였다.

"일이 바른길로 접어들었건만, 왜 우리 은섬 씨는 기분이 그 모양일까?"

경은이 호기심이 깃든 얼굴로 물었다.

"일이 바른길로 접어든 걸까? 하지만 그냥 내 마음을 종잡을 수가 없어."

"원작자를 찾아줬잖아. 알다시피 나도 원작을 뺏긴 적이 있어. 그 때문에 우울증 약을 일 년 넘게 먹었다고."

윤희는 그때의 일이 생각나는지 숨을 길게 내쉬었다. 나는 윤희에게 와인을 가득 따라주며 말했다.

"힘들었겠다."

"말해 뭐 해. 그러니 그 작희란 사람은 오죽했겠어."

윤희가 평소보다 속도를 내서 와인을 마셨다.

"은섬 씨, 내가 타임 슬립 장르를 좋아하잖아. 작희란 사람이 여기 함께 앉아 있으면 얼마나 좋을까. 나는 도대체 그 옛날에 왜 글을 쓰려고 했는지 그걸 좀 물어보고 싶다."

나는 와인잔에 입을 댔다가 도로 내려놓았다.

16

점예는 동료의 도움으로 초음정에 있는 초음 아파트의 방 한 칸을 빌려 살 수 있게 되었다. 수레로 점예를 옮겼지만, 아직 걸을 수 없는 점예를 방까지 업고 올라가야 했다. 점예는 깡마른 작희의 목을 꼭 끌어안았다. 작희가 균형을 잃지 않게 하기 위해서였다. 작고 여린 작희의 몸에 업혀 있다는 것이 미안해서 점예의 눈으로 뜨거운 것이 흘렀다. 작희는 점예의 자리를 봐주고 좁은 부엌으로 나와 점심을 지었다.

"이모, 영혜란 분이 기름 한 병하고 계란 열 알을 두고 가셨어요."

작희가 처음으로 점예를 이모라고 부른 날이었다. 점예는 마음이 먹먹해졌다. 작희는 두부와 계란을 넣어 국을 끓이고 쌀밥 한 공기와 백김치를 소반에 올렸다.

"어서 드세요."

점예는 수저를 들고 입안에 밥을 넣었다. 그러고는 이 와중에도 밥이 맛있고 식욕이 샘솟는 게 신기하다고 말했다. 작희가 치아가 다 드러나게 웃었다.

"내일은 닭죽을 끓여야겠어요. 무조건 잘 드셔야 회복이 빠르니까요."

밥을 먹다 말고 점예는 작희의 오른손을 보았다.

"그 손은 괜찮은 거니? 의원한테 제대로 치료를 받아야 하는 거 아니냐?"

작희는 괜찮다고 말했지만 자신의 오른손이 기능적인 일은 할 수 없다는 사실을 이미 알고 있었다. 특히 만년필을 쥔다거나 바늘을 잡는 일은 영영 어려울 것이다.

점예는 통증이 밀려오는지 수저를 내려놓고 벽에 등을 기댔다. 작희가 약을 찾아 점예에게 주었다. 점예는 씩 웃으며 약도 맛있다고 말했다. 얼마 지나지 않아 점예가 잠에 빠졌고 작희도 점예 옆에서 잠이 들었다. 집채만한 돌덩어리가 작희의 사지에 매달려 잠의 바다로 끌고 내려갔다. 너무 고단한 날들이었다고, 그러나 오늘은 맛있게 밥을 먹었고 이 포만감이 참좋다고 생각했다. 그리고 이젠 정말 괜찮아질 거라고, 작희는 그렇게 생각하며 잠이 들었다.

얼마나 잤는가. 사위가 온통 어둠이었다. 인기척이 들려 나가보니 미설이 와 있었다. 미설은 어두운 밤거리에서도 밝게 빛났다.

"인사하러 왔어요."

"어디 가요?"

"히로시마에 가요."

"우리 아버지도요?"

"아뇨. 이흥규랑은 진작 끝났어요. 그리고 더 좋은 일이 생겼어요. 원수 같은 내 아버지와도 인연이 끊겼고요. 지난주에 아버지가 돼졌답니다. 난 이제 노름빚에 팔려 다닐 일이 없어요."

미설은 소리 내 웃었지만 얼굴이 눈물로 푹 젖어 있었다. 작희는 이럴 땐 애도를 해야 하는지 축하를 해야 하는지 몰라 우두커니 서서 미설의 말을 들었다.

"떠나기 전에 인사는 해야 할 것 같아서요."

"히로시마엔 연고가 있어요?"

"같이 일했던 언니가 공장에 다녀요. 자리가 있다고 언제든 오라고 했어요."

"잘됐네요."

"참 이거……"

"뭔가요?"

"내가 짐 싸고 있는데 한기백이란 분이 왔어요. 서포가 문을 닫은 걸 알고 작희 씨를 수소문해 찾다가 본가까지 왔대요. 지금 산구 여관에 머문다고 작희 씨에게 전해달랬어요. 오래 머물진 못한다 했는데."

"……."

"애인이에요?"

"그분은 처자식이 있어요. 제가 서신 대필을 해드리다 인연이 된 분이에요."

미설이 무안해하다가 갑자기 뭐가 생각났다는 듯이 말을 이었다.

"참, 그분이 그러더라고요. 김경완 선생님이 작희 씨를 급히 보고 싶어한다고."

김경완은 외삼촌 이름이었다. 작희는 다급히 물었다.

"한기백 아저씨가 온 걸 아버지도 아나요?"

"아뇨. 전하면 안 될 것 같아서 말 안 했어요."

"고마워요. 그리고 부디 좋은 일만 생겼으면 좋겠어요."

"더 나쁜 일은 생길 수가 없을걸요."

"맞아요. 미설 씨도 고생 많았어요."

"그렇게 말해줘서 고마워요. 마지막 인사를 할 수 있어 다행이에요. 그리고 미안해요."

"뭐가요?"

"이흥규를 두고 가서."

아버지는 술을 마시고 돌아오다가 어느 불한당에게 죽기 직전까지 매질을 당한 후 일어나질 못하고 있었다. 아버지는 자신을 그 지경으로 만든 건 구철우의 소행일 거라고 했다.

미설은 보따리를 두 개밖에 만들 수 없어서 병풍 뒤에 둔 종이 상자를 챙기지 못했다고 했다. 그 상자 안에 기생 일을 할 때 쓰던 옥비녀와 아끼고 안 입은 여름옷이 서너 벌 있는데, 큰돈은 안 되겠지만 팔아서 생계에 보태라 했다.

"혹시 기억나요?"

"뭐가요?"

"내가 전에 아이를 낳으면 이름을 후라고 짓겠다고 했던 것."

작희가 고개를 끄덕이자 미설이 빙그레 웃었다.

"난 결심했어요. 애비 없는 자식을 낳을 거예요. 내 진짜 이름은 고진명이에요. 그럼 아이 이름은 고후가 되는 거겠죠. 이름이 좀 이상한가요?"

작희가 그렇지 않다는 뜻으로 고개를 가로저었다. 미설은 기다리고 있던 인력거에 올라탔다. 작희가 인력거로 다가가 성한 왼손을 내밀었다. 미설이 양손으로 작희의 왼손을 꼭 잡았다.

"다시 오면 꼭 찾아줘요."

작희가 진심을 담아 말했다. 멀어지는 인력거를 보며 마음이 뜨거워진 작희는 미설이 이전보다 나은 삶을 살기를 기도했다.

날이 밝자마자 작희는 한기백을 만나러 산구 여관으로 갔다. 한기백은 여관 앞 평상에 앉아 행인들을 살피고 있었다. 두루마기에 중절모를 쓰고 수염을 말끔히 깎아 지게꾼 일을 할 때와는 몰라보게 달랐다. 기백이 작희를 보고 보일 듯 말 듯 웃어 보였다. 그러고는 사람의 이목이 신경쓰이는지 앞장서 걸었고 작희가 그뒤를 따랐다. 기백의 발이 멈춘 곳은 덕수학교 앞이었다.

기백은 하교하는 자녀를 기다리듯 서서 학교 안쪽을 보았다. 작희도 같은 방향을 보고 섰다.

"잘 지내셨지요?"

"네, 잘 지냈습니다."

"외숙부님이 지금 모스크바에 있습니다. 조카가 자기 쪽으로 왔으면 한다고 꼭 전해달라셨고요."

작희의 표정이 밝아졌다가 다시 어두워졌다.

"누군가 밀고를 한 모양입니다. 김동완 선생이 세력을 키우고 있다고 말입니다. 선생을 잡으려고 혈안이 돼 있습니다. 선생을 못 잡으면, 경성에 남아 있는 친인척들을 족쳐 선생의 거처를 알아내려 하겠지요. 그들의 잔혹함은 상상 이상입니다."

작희가 눈을 질끈 감았다.

"안 그래도 지난달에 순사한테 끌려가 심문을 당했어요. 제 죄목이 두 개가 넘는다 했어요. 제가 외삼촌들과 내통하고 불법 영업까지 했다고."

작희는 웬만한 일에 두려움을 느끼지 않았다. 그러나 경찰서에 끌려가 순사들에게 심문을 당할 때는 간장이 오그라드는 것 같았다. 작희는 외할아버지를 떠올렸다. 외할아버지도 고초로 인해 돌아가시지 않았는가. 계연이 손써주지 않았다면 자신도 순사에게 고문을 당해 벌써 이 세상 사람이 아니었을지 모른다.

"그런데, 저희 외숙부와는 어찌 인연이 되셨나요?"

"동지들과 이런저런 말을 나누다가 내가 대필을 해주던 젊은 주인장에 대해 이야기하게 됐지요."

기백은 살며시 웃었고 작희는 마치 그 자리에 있던 것처럼 동화되었다.

"삼촌이 저를 잘 기억하시던가요?"

"네."

"전 삼촌 얼굴을 모릅니다."

"경성에 가는 사람들마다 작희 씨 동향을 알아오게 시켰던 모양입니다."

작희는 어머니를 유독 예뻐했던 큰 외숙부가 이 세상에 살아계시다니 당장이라도 달려가고 싶었다.

"일본의 야욕은 끝이 없어요. 더 많은 사람이 죽어나갈 겁니다. 여기 있다가 더 큰 어려움을 겪을 수 있으니, 일단은 경성을 빠져나가 김동완 선생님한테 가 있는 게 좋을 것 같습니다.

저는 곧 신의주로 출발합니다. 신의주에서 동지들이 작희 씨를 모스크바로 안내할 겁니다."

"언제요?"

"빠르면 빠를수록 좋습니다."

"그런데 전 정리할 게 있어요."

"미련 두지 말고 떠나야 합니다."

작희는 점예를 생각하니 눈물이 쏟아졌다. 이어 계연이 떠올랐다. 계연에게 받은 큰 도움이 있었다. 계연은 구철우의 사채빚을 갚아준 사람이고 자신의 작품을 훔쳐간 오영락과의 일을 바로잡아주려고 애쓰는 사람이 아니은가. 경성을 떠나고 싶지만 그럴 수 없었다. 그리고 무엇보다 자리보전을 하는 아버지가 미설에게마저 버림받아 혼자 지내고 있지 않은가. 자식 된 도리를 다 하고 싶은 생각은 추호도 없었지만, 사람의 도리상 그를 굶어죽게 그냥 둘 순 없었다.

기백은 동래에서 일을 보고 오겠다고 했다. 열흘을 넘기지 않을 것이니, 그 사이에 떠날 준비를 서둘러달라고 당부했다.

기백과 헤어져 돌아온 작희는 점예를 바로 보지 못했다. 그걸 의아해한 점예가 작희를 마주보고 앉게 했다. 점예는 작희와 헤어져야 한다는 사실을 듣고 황망해하다가 끝내 눈물바람을 했다. 점예는 평생 독신으로 작희를 유일한 가족처럼 생각했다. 그래서 중숙을 잃었을 때만큼 큰 충격을 받았다. 그러나 오래 슬퍼할 겨를이 없다는 걸 점예는 알았다. 작희를 총독부의 미끼가 되게 할 순 없었다.

"경성을 떠나는 게 맞는 일 같다."

점예는 솜저고리 한 벌과 털양말과 목도리를 꺼냈다. 그리고 옷장 안을 뒤져 장옷을 꺼내 아랫단을 뜯었다. 금가락지 두 개가 나왔다.

"이거 가져가라."

작희가 고개를 가로저었다.

"이렇게 다 주시면 어찌 사시려고요."

점예 마음엔 가진 걸 다 줘도 아깝지 않았다.

"기백 아저씨게 말씀드려 이모도 같이 움직일 수 있게 할게요."

"짐만 될 거다. 아직도 목발이 익숙지 않아."

"제가 업어서 가면 되지요."

"말 같지도 않은 소리."

점예가 고집스러운 얼굴로 고개를 저었다.

"학교에서 안 받아주면 개인 교사를 하면 된다. 보성학교에 내가 가르친 아이들이 다 붙었잖니. 백 명 정원에 천백 명이 몰렸다는데. 내가 몸은 이래도 아이들 가르치는 일은 그 누구보다 잘할 수 있으니까."

점예의 짐짓 명랑한 말투가 작희의 마음을 더 아프게 했다.

기백이 동래에 가서 일을 보고 돌아오기까지 아무리 늦어도 십여 일이면 가능하다고 했다. 작희는 그 안에 정리해야 할 일이 많았다. 서포는 종로 경찰서에서 나온 순사들 때문에 문을 닫아야 했다. 영업을 하다 걸리면 더 큰 죄를 물을 듯했다. 작희는 밤이 이슥했을 때 서포에 갔다. 책의 냄새가 그리울 뿐이었다. 울컥 치미는 감정을 가까스로 다스리며 손바닥으로 책장과 그 책장에 꽂힌 책들을 쓰다듬었다. 어머니가 남겨준 서포를 포기해야 한단 말인가. 목이 꽉 메고 오장육부가 끊어지는 듯한 고통을 느꼈다. 몸안에서 신음소리가 북소리처럼 웅웅 울렸다. 작희는 미처 가져오지 못했던 초록색 일기장을 꺼냈다. 만년필을 쥐고 근간의 일을 기록했다.

다음날 작희는 계연의 신문사로 찾아갔다. 계연을 못 본 지 거의 한 달이 지났기 때문이었다. 안면이 있는 사환 아이가 작희를 보자마자 계연은 신문사를 그만뒀다고 말해주었다. 작희는 적지 아니 당황했다. 신문사를 그만둔다는 이야기는 들은 적이 없었다. 무슨 일이 있으신가. 사환 아이는 작희의 간곡한 부탁에 어쩔 수 없다는 듯이 계연의 집주소를 찾아주었다.

일본식 이층집은 한 눈에 봐도 세력가의 집처럼 보였다. 담장이 높아 작희가 발돋움을 해야 크고 넓은 마당이 보였다. 마당의 나무와 꽃은 누군가의 끝없는 정성으로 탐스럽게 자란 듯 보였다. 작희는 한 발 뒤로 물러나 집 전체를 응시했다. 태어나서 이렇게 크고 잘 지은 집을 본 적이 없었다. 계연의 집이 이렇게 으리으리할 거라고는 생각지 못했다. 다시 담장을 따라 걷다가 집안으로 들어가는 입구 앞에서 발을 멈췄다. 말소리가 들려 마당 안을 살피니 몇 명의 사람들이 웃음꽃을 피웠다.

작희는 문을 열고 들어가 손계연 기자님을 만나러 왔다고 말할 용기가 나지 않았다. 사람들 사이의 크고 기다란 탁자 위에는 얼핏 보아도 격식을 갖춘 음식이 차려져 있었다. 시중을 드는 듯한 두어 명의 여자들이 분주하게 움직였다. 음식을 나눠 먹는 남자는 세 명이었다. 뒷모습이 너무나 익숙한 사람이 있어 작희는 더 자세히 보려고 발돋움을 했다. 그러나 자동차 소리가 나서 재빨리 나무 뒤로 몸을 숨겼다.

자동차에서 내린 사람은 구철우였다. 저자가 여길 왜? 구철우는 거침없이 대문을 밀고 들어갔다. 작희는 누가 보든지 말든지 구철우가 들어간 대문으로 따라 들어갔다. 키가 큰 여자가 화로 위에 고기를 구웠다. 여자는 우아한 안주인에게 어울릴 법한 원피스에 프릴이 잔뜩 달린 앞치마를 하고 있었다. 작희는 여러 번 눈을 끔뻑였다. 계연이었다.

"안사람 자랑하는 것처럼 팔불출은 없다지만 이젠 시대가 바뀌었지요. 여자라도 능력이 있으면 새시대 건설에 앞장을 서야 하지 않겠습니까."

"퍽 맞는 말씀입니다. 그렇고말고요. 손 기자님이 동경여자대학을 수석으로 졸업하였단 소문은 들었습니다. 글도 잘 쓰시고 열 남자 이상의 능력을 가지셨지요."

작희는 자신의 눈과 귀를 믿을 수 없었다. 저도 모르게 한 발 더 안으로 들어섰다. 〈신문화〉의 안 사장과 오영락이 초로의 남자 앞에 앉아 있었다. 구철우는 그들의 대화에 끼고 싶어 안달이 난 듯 보였다. 그는 선물로 가져온 것을 초로의 남자에게 긴넸다. 누군가가 감탄을 했고 누군가는 손바닥을 마주쳤다. 고기 굽는 냄새에 작희는 어지럼증을 느꼈다.

"신문화는 그대로 유지한 채로 신문사까지 인수하시려면 인력이 부족하겠군요."

그 말에 안 사장이 굽실거리는 어조로 대답했다.

"손 기자님이 계시니 크게 걱정하지 않고 있습니다."

"모쪼록 시대에 걸맞은 언론으로 거듭나길 기원하겠습니다."

과장된 웃음소리가 웅웅 울렸다. 작희는 네 명의 남자보다 고기를 굽는 계연이 더 궁금했다. 두려울 건 없었다. 성큼성큼 그들에게 다가갔다. 초로의 남자를 제외한 나머지 사람들이 하나같이 감전이라도 된 듯한 얼굴로 작희를 보았다.

"아니, 여기가 어디라고."

안 사장이 복화술을 하듯 작게 말했다. 계연이 고기 굽던 손을 멈췄다. 계연을 안사람이라고 말했던 남자는 가까이서 보니 더 늙고 교활해 보였다. 늘어진 눈꺼풀에 덮인 길고 작은 눈알이 작희를 벨 듯이 바라보았다.

"혹시 저 사람이 그 이작희란 분이신가?"

영락과 안 사장이 허둥거렸다. 구철우는 긴장하는 것 같지 않았다. 오히려 일이 재미있게 돌아간다는 듯 작희를 보고 야비한 미소를 지었다. 작희는 분노를 드러내며 그들에게 욕이라도 퍼붓고 싶었지만, 말문이 막혀 무엇부터 이야기해야 할지 몰랐다.

"당신들 부끄럽지 않아?"

작희는 영락을 노려본 후 시선을 계연에게 옮겼다.

"다 한통속이었어?"

초로의 남자의 얼굴이 차갑다못해 회색빛으로 바뀌었다. 그의 손에 칼이라도 있으면 당장이라도 작희를 베어버릴 기세였다. 구철우가 고개를 가로저으며 쯧쯧 소리를 냈다. 영락의 눈도 작희에게 말하고 있었다. 너에게 너무 많은 관용을 베풀었어.

작희를 막아선 건 계연이었다. 계연이 작희를 떠밀어 문밖까지 내몰았다. 작희는 그렇게 떠밀려 나오다가 문앞에 붙은 문패를 보았다.

오토모 사네오미.

"안사람이 일을 잘 마무리할 겁니다. 자, 고기가 식기 전에 어서 드시고 술도 한 잔씩들 드십시다."

남자의 목소리는 아무 일도 없었다는 듯 자연스러웠다.

작희는 계연에게 이게 무슨 상황이냐고 물었지만 계연은

대답하지 않았다. 계연의 눈은 절망과 슬픔으로 잠겼다가 이내 냉정을 찾았다.

"작희야, 그만 돌아가라."

"아무 말이라도 해보세요. 이게 무슨 상황인지. 그 전엔 못 가요."

"네가 본 대로야. 내 힘으론 어찌할 도리가 없구나."

계연은 등을 돌렸고 철문이 닫혔다. 고기 굽는 냄새와 사람들의 웃음소리가 담장을 넘어왔다. 작희는 계연의 집에서 나와 병주의 잡지사로 갔다. 병주는 외근을 갔다 돌아오는 길이었다. 창백해 보이는 작희에게 따듯한 물과 단팥묵을 주었다. 단팥묵을 물끄러미 보던 작희가 천천히 한입 물었다.

"저희 어머니가 마지막 드셨던 것이 이 단팥묵이에요."

병주가 고개를 가만히 끄덕였다.

"귀한 건데, 절 주셨네요."

"서포 일은 들었습니다. 정말 안 된 일입니다."

"네, 상상도 못했어요. 문을 닫는다는 건."

작희는 눈을 꼭 감고 주먹을 쥐었다. 병주가 어디까지 믿어줄지 몰랐지만 그간의 일들을 세세하게 고했다. 몇 번인가 목소리가 높아졌고 울음소리가 커졌다. 이야기를 잠자코 듣던 병주의 얼굴이 붉어졌다.

"영락 군을 대신하여 사과드리고 싶습니다……"

작희는 그렇게라도 말해주는 병주에게 고마움을 느꼈다.

"영락 군은 영혼을 팔아치웠네요. 작품 도둑질을 딱 한 번 했다 쳐도 그는 작가이기 때문에 용서받을 수 없습니다. 그것도 응모를 한 애인의 작품을 빼돌리다니. 인간이길 포기한 자가 아닙니까. 제가 다 부끄러워 작희 씨 앞에서 얼굴을 들 수 없습니다."

병주는 줄담배를 피웠다.

"궁금한 게 있어요. 오토모 사네오미란 사람은 누구인가요."

"권세가 하늘을 찌르고 있다죠. 오토모 사네오미. 일본의 참된 신하라고 자발적으로 그렇게 개명을 했답니다. 그의 기침 소리만 들려도 나뭇잎이 알아서 몸을 떨군다는 말이 있을 지경입니다."

"그럼 손 기자가 그의 권세 때문에 같이 산단 말인가요?"

"남녀 간의 문제는 아무도 모르지만 손 기자가 사랑만 보고 그 사람을 선택한 건 아닌 것 같습니다. 그것보다, 손 기자가 맨 처음에 작희 씨를 돕고자 했던 마음은 진심이었던 걸로 보여요. 본인도 어쩌지 못하는 압력이 있었던 게 아닐까요."

작희는 병주의 말을 수긍할 수 없었다.

"내 도둑맞은 작품을 내가 찾고 증명하는 일이 이렇게 어려운 일이라니, 원래 세상일은 이렇게 순리에 맞는 게 하나도 없는 건가요?"

"안타깝게도 현재의 세상은 그러한 것 같습니다."

"만약, 아무리 노력해도 안 되는 게 세상 이치라면 저는 이런 세상에 미련이 없습니다."

작희의 축 처진 어깨를 보고 병주는 말했다.

"그래도 미래는 좀 다르지 않을까요."

다음날, 작희는 신문사마다 찾아가 오영락의 표절 문제에 대해 이야기했다. 그러나 그들은 이미 작희가 올 것을 알고 있었다는 듯이 대수롭지 않게 넘기거나 조롱이 담긴 웃음을 흘렸다. 독자의 고민 상담을 실어주는 신문사에도 글을 보냈지만 실리지 않았다.

작희는 잠을 못 이룬 어느 날 밤 영락의 집으로 갔다. 문을 두드리고 당장 나오라고 소리쳤지만 그는 나오지 않았다. 영락의 이웃들이 그만 돌아가라고 호통을 쳤다. 작희가 돌아가지 않자 한 남자가 방으로 들어가 긴 검을 가지고 나왔다. 작희는 자신이 칼에 두려움을 느낀다는 걸 알고 또 한번 절망했다. 두려울 게 없는 세상이라고 부르짖어놓고 겁에 질린 꼴이라니.

작희는 돌멩이를 꺼내 영락의 유리창을 향해 던졌다. 유리 깨지는 소리에도 영락은 끝내 문을 열지 않았다. 영락의 집과 계연의 집은 오백 보도 떨어져 있지 않았다. 작희는 계연을 비호해주는 그 권력을 생각했다.

계연의 집 앞에는 자동차가 세워져 있었다. 끝이 뾰족한 기다란 삼각형 돌멩이를 찾아 앞유리를 그었다. 유리는 깨지지 않았다. 왼손은 아무래도 힘이 없었다. 수십 번을 쳤을 것이다. 그제야 금이 크게 갔고 꼭 열 번을 더 치니 박살이 났다. 손안으로 진득한 핏물이 흘렀지만 속이 후련했다.

생각 없이 걷다가 자신의 발이 안국정 본가에 멈춰 있는 걸 알았다. 다시는 오고 싶지 않은 집이었다. 그러나 작희는 문을 열었다. 마당은 달빛 한 줄기 스며들지 않아 어둡기만 했다. 툇마루엔 먼지가 켜켜이 쌓여 있을 것이다. 아버지가 머무는 안채로 가니 댓돌 위에 신발 한 켤레가 뒤집어져 있었다. 방안에서 앓는 이의 기침소리가 요란하게 들렸다.

작희는 마루에 앉았다. 아버지의 뒤집힌 신발을 물끄러미 내려다보다가 바로 놓았다. 비를 가져와 마당을 쓸었다. 부엌으로 들어가 아궁이에 불을 놓고 물을 길어 솥에 부었다. 그 소리를 들었는지 홍규가 뭐라고 웅얼거렸다. 작희는 대답 없이 한 줌 되는 쌀을 씻어 죽을 끓였다. 뒤꼍에 언제부터 말렸는지 모를 호박과 시래기가 있어 두어 수저밖에 남지 않은 마른 된장으로 국을 끓였다.

아버지는 예상했던 것 이상으로 병세가 심각했다. 방안에선 악취가 났고 언제 빨았는지 모를 옷을 입고 있었다. 요강에는 똥오줌이 넘쳤다. 작희는 구역질이 나는 걸 참았다.

"어쩐 일이냐."

"……"

작희는 그의 앞으로 밥상을 밀었다. 그는 몸을 일으키는 것도 어려워 보였다. 작희는 어쩔 수 없이 그의 입에 죽을 떠 넣어줬다. 그는 두어 번 고맙다고 말했다.

"고맙다는 말을 할 줄도 아는 분이셨군요."

흥규는 작희의 구박에도 희미하게 웃었다.

작희는 요강을 치우고 아버지의 옷궤를 열었다. 갈아입힐 옷이 마땅히 없었다. 빨랫감을 가지고 우물로 갔다. 양잿물을 풀고 왼손으로 방망이를 단단히 쥐었다. 불규칙한 방망이 소리가 처렁처렁 울렸다.

이 집에 살던 사람들은 죽거나 떠났다. 구철우 일당에게 몸을 못 쓸 정도로 얻어맞은 아버지도 언제 떠날지 모를 일이었다. 작희는 더 세게 방망이를 두드려 빨래를 했다.

날이 밝자마자 작희는 만년필을 챙겨 전당포에 가져갔다. 곧 찾아갈 터이니 아무에게도 팔지 말라고 당부했다. 전당포 주인에게서 받은 돈으로 나무와 쌀을 샀다. 지게꾼을 시켜 반은 점예 이모 댁에 놓고, 나머지는 안국정으로 옮겼다.

점예 이모는 하얗게 질린 얼굴이었다. 순사들이 찾아와 작희가 어디에 있는지 대라고 추궁을 했단다. 점예는 작희에게 어서 몸을 피하라 했지만 작희는 각오하고 있었다.

작희는 다시 본가로 가 의원을 불렀다. 의원은 폭행을 당했을 때 생긴 염좌가 나을 기미는 안 보이고 빠르게 범위를 넓혀 간다며 약을 써도 효과가 없을 것 같다고 말했다. 그러나 희한

하게도 아버지는 여전히 식욕이 있었다. 나뭇가지처럼 바짝 말랐지만 마른 논이 물을 빨아들이듯 끊임없이 음식을 섭취했다. 작희는 뜬눈으로 밤을 새운 후 아버지가 그토록 원하던 진고개 요릿집에서 파는 돼지고기 편육을 사왔다. 겨우 두 점을 입에 넣는 것도 잠시, 모두 게워내기 시작했다. 잠시 후 아버지가 숨을 멈춘 것 같았다. 작희는 깜짝 놀라 아버지 곁으로 바짝 다가갔다. 그러나 들숨과 날숨이 그의 힘없는 수염을 미세하게 흔들었다. 아버지가 어느새 눈을 뜨고 작희를 보았다. 그의 수염에는 소화되지 않은 음식 찌꺼기가 묻어 있었다. 작희는 물수건을 가져와 아버지의 얼굴을 닦았다.

"작희야."

"왜요? 또 뭘 잡숫고 싶으세요? 이젠 안 돼요. 돈이 없어요."

"아니, 네 어머니 말이다."

작희는 손을 멈추고 아버지를 보았다.

"벽장을 열어봐라. 액자가 있다. 액자 안에……"

아버지와 어머니가 혼사 때 찍은 사진이 든 액자였다. 어머니는 지금의 작희보다도 훨씬 앳됐다. 화가 치밀어 액자를 내던지고 싶었다.

"이게 왜요?"

"네 어머니, 김중숙의 글이 그 안에 있어."

작희는 액자 뒤를 열었다. 한지에 빽빽하게 쓴 글씨가 보였다. 어느 밤, 잠 못 들던 어머니가 할아버지를 그리워하며 쓴 일기였다. 또박또박 쓴 글씨가 문득 살아 꿈틀거리는 것 같았고 이내 작희는 어머니의 현신을 맞은 듯 감격했다.

"네 어머니가 나에게 시집오지 않았다면 좀더 근사한 사람으로 살았을 거다."

"아무 말도 하지 말고 그냥 계세요."

아버지가 감상에 젖어 떠드는 말을 귀에 담고 싶지 않았다.

"내가 너무 늦게 알았다⋯⋯"

작희는 치솟는 화를 감당할 수 없었다. 혼사 사진을 반으로 찢어 어머니가 나온 부분만 챙겼다. 아버지의 눈에서 진물 같은 액체가 스며나왔다.

"전 곧 떠나야 해요. 가능하면 나 있을 때 아버지도 가실 곳 있으면 서둘러 가세요."

흥규의 입이 달싹거렸다. 작희는 반쪽 사진과 한지를 챙겨 방을 나왔다.

다른 세상으로 간 사람을 생각하며 자꾸 슬퍼하면 망자의 안식에 방해가 된다고, 점예 아주머니는 적당한 때가 되면 슬픔도 그리움도 작아져야 한다고 말했다. 이승의 딸이 툭하면 울고불고 괴로워하는 걸 저승의 어머니가 바라겠느냐고도 말했다. 작희는 점예 아주머니 말을 떠올리며 마음을 다잡곤 했다. 그러나 작희는 툇마루에 걸터앉아 앙상한 나뭇가지를 올려다보며 눈물을 주르륵 흘렸다. 눈이 오려는가. 하늘이 어둡게 내려앉았다. 전운이 휩싸인 거리를 걷는 것처럼 마음이 조급해졌다. 작희는 서둘러 저녁 지을 준비를 했다. 쌀죽을 끓이려고 하는데, 종로 경찰서에서 남자 셋이 안국정 본가로 들이닥쳤다. 그들은 다짜고짜 기백의 행방을 물었다. 작희가 모른다고 했지만 거칠게 결박을 했다. 그들은 재물 손괴 혐의도 있으니 순순히 따라오라고 했다. 작희는 안방에 있는 아버지가 살날이 얼마 안 남았다고 며칠만 있게 해달라고 부탁했다. 작희를 익히 알고 있는 듯한 남자가 말했다.

"당신이 아비와 의절한 걸 경성 바닥에서 모르는 사람이 있는 줄 아오? 갑자기 효녀로 둔갑하면 누가 그걸 믿어주겠소. 힘 빼지 말고 어서 갑시다."

안방에서 가래 끓는 소리가 희미하게 넘어왔다.

"저기요, 마지막으로 아버지한테 물 좀 드리고 갈 수 있게 도와주세요."

그들은 작희의 팔을 풀었다. 방안으로 들어가니 병자의 희뿌연 눈이 작희를 찾았다. 바싹 마른 입이 잠시 달싹거렸지만 아무 소리도 새어나오지 않았다. 작희는 수저로 물을 떠서 아버지의 입에 조금씩 흘려넣었다. 그리고 온기 없는 아버지의 차가운 손을 꼭 잡았다.

"아버지, 저 있을 때 가시지 그랬어요."

병자의 눈에서 또 한번 진물 같은 눈물이 흘러내렸다.

"내가 어리석었고 많이 미안하다."

병자가 낯선 남자들을 경계하며 남은 힘을 짜 말했다.

"살아. 무조건 살아."

작희는 병자의 손을 두 손으로 꼭 잡았다. 아버지의 유언인 것이다. 작희는 악문 이를 푼 후 꼭 그러겠다고 말했다. 하지만 작희는 과연 살 수 있을지, 아니 꼭 살아야 하는지 잘 모르겠다는 말이 절로 나올 것 같았다. 더이상 지체할 수 없다며 순사들이 작희를 거칠게 일으켰다. 병자의 텅 빈 눈동자에 어떤 바람 같은 것이 스쳤다. 아버지의 손이 마지막 힘을 다해 허공 어딘가를 더듬다가 맥없이 떨어졌다. 작희가 대문을 넘을 때 가래 끓는 소리가 더는 들리지 않았다.

기백과 마지막으로 만날 날, 작희는 애써 명랑한 얼굴로 말했다. 그 누구도 아닌 자신이 해결해야 할 일이 있다고. 아마도 계란으로 바위 치기처럼 허무하기 그지없는 일일 테지만, 그렇다고 안 하고 모른 체할 수는 없는 일이라고. 기백은 그 일이 무엇이든 건강하게 살아 있다가 다시 만나자고 했다.

"외숙부한테 꼭 전해주세요. 조카를 잊지 않고 찾아주셔서 정말 감사하다고요. 저에겐 점예 이모 빼고는 이젠 아무도 없다고 생각했는데, 외숙부가 계시다는 것만으로도 얼마나 마음이 든든한지 모른다고요."

말을 하는 작희보다 말을 듣고 있는 기백이 눈물바람을 했다. 기백은 신의주행 열차를 탄다고 했다. 작희는 기백과 헤어져 돌아오는 길에 그 열차에 올라탔어야 했던 게 아닌가 하는 생각을 오랫동안 버리지 못했다.

경찰서에 끌려들어갈 때 외할아버지가 생각났다. 모진 심문을 당할 때 얼마나 두려우셨을까. 경찰서 안으로 발을 딛자마자 작희는 앞으로 어떠한 문도 자유롭게 나서지 못할 것 같은 예감이 들었다.

살기 위해 밥을 먹는 것조차 비루하게 느껴진 적이 있었다. 아침에 눈을 뜨면 오늘 하루를 어떻게 버티나 싶은 날도 있었다. 문득 수증기처럼 증발해버리면 얼마나 좋을까 싶은 날도 있었다. 그러나 작희는 한 번도 목숨을 버리려는 시도를 한 적이 없었다. 꼭 살아야 했다. 이유는 하나였다. 쓰고 싶은 글이 있었기 때문이다. 그래서 무슨 일이 있어도 여기서 죽을 순 없다고, 특히 어머니가 끝내지 못한 글을 자신이 이어 써야 한다고, 설사 아무도 알아주지 않아 괴로워도 충분히 참을 수 있다고 생각했다. 글만 쓸 수 있다면 그 어떤 고독이라 해도 친구처럼 곁에 두고 오래오래 쓸 터였다.

"아무도 알아주지 않더라도……"

작희가 읊조리던 구절이었다.

점예는 작희가 그리울 때마다 그 애의 일기를 읽었다. 작희가 그리워 펑펑 눈물을 흘린 날이 많았다. 일기장은 주인의 눈물로 이미 얼룩져 있었는데 그 일기장에 점예의 눈물이 보태졌다.

작희는 내란죄로 무기징역을 받았다. 스물도 안 된 작희는 소련과 내통하여 나라의 전복을 꾀하는 인물이 되었다.

점예는 미국인 선교사가 세운 학교에서 한글과 영어를 가르치게 되었다. 평택에 있는 학교로 이직하게 되어 이사를 가는 날이었다. 서대문 형무소는 작희의 면회를 금지하고 있었다. 자신의 편지가 전달이 되는지도 알 수 없었다. 이삿짐을 싸면서 가장 소중히 챙긴 것은 작희가 남긴 원고와 일기장이었다. 짐이 수레에 거의 다 실렸을 때 점예는 전보를 받았다. 서대문 형무소발이었다. 전보를 손에 든 점예의 몸이 떨렸다. 전보를 열어보기도 전에 곡이 터졌다.

옥중사망.

점예는 대성통곡을 하다가 바닥에 쓰러졌다. 짐을 옮겨주던 인부는 일손을 놓고 놀란 눈으로 쓰러진 점예를 바라만 보았다. 점예의 몸 위로 겨울비가 쏟아졌다.

17

경은과 윤희는 미스터의 규칙이 없더라도 집중해서 글을
쓰고 있었다. 그들은 글자 수만 채우며 쓰던 습관을 버리고
그 어느 때보다 몰입하여 사건을 구성한 후 문장을 완성했다.
그런데 나는 어떠한가. 아직도 갈피가 안 잡혀 마음이 어수선
했다.

작업실을 나와 주차된 차 앞으로 갔다. 새똥을 선사하던 그
애들은 어디로 날아갔을까. 나는 시동을 건 후 작희를 처음 만
났던 세차장으로 향했다. 세차장 직원은 나를 알아보고 걱정
스레 말했다.

"오늘은 문 열고 그러시면 안 돼요."

"네."

"정말 안 됩니다. 정말이에요."

나는 대답 대신 남자를 향해 고개를 끄덕였다.

"백미러 접고, 기아 중립! 자, 브레이크 밟지 마시고요."

세차 터널 안으로 차가 끌려들어갔다. 앞유리로 거품이 쏟아지며 시야가 어두워졌다. 지난번처럼 소음 속에서도 적요를 느꼈고, 이어 바다로 빠져드는 것 같았다.

"작희 씨 여기 계신가요? 당신한테 할말이 있어요."

순간 차체가 덜컹거렸다. 나는 운전대를 바짝 움켜잡았다. 싸늘한 기운이 번졌다. 오른쪽 뺨과 어깨와 팔뚝에 찬기가 스며들었다. 그러나 조수석에는 아무도 없었다. 세차가 끝나가는지 출구가 하얗게 보였다.

목적지 없이 차를 몰았다. 서향 빛 때문에 눈이 부셔서 표지판 글씨가 잘 보이지 않았다. 나는 해가 지는 반대쪽으로 달리기 시작했다. 주파수가 안 맞는지 치직거리는 소리가 났다. 정체 구간을 빠져나오자마자 속도를 올렸다.

얼마나 지났을까. 이정표를 보니 양양간 고속도로를 달리고 있었다. 터널 입구로 들어서자 치직거리는 소리가 더욱 심해졌다. 그런데 조수석으로 무엇인가가 서늘하게 채워지는 느낌이 들었다. 고개를 획 돌리자 홀로그램같이 흐릿한 것이 가득 채워지고 있었다. 하지만 터널을 빠져나오자 말끔히 사라졌다. 차선을 바꾸고 속도를 줄였다. 터널이 나오길 기다리며.

머지않아 조금 긴 터널로 진입했을 때 반투명하지만 분명한 모습으로 작희가 조수석에 앉아 있었다. 그녀는 정면을 보고 있었다. 나는 핸들을 꽉 쥐고 상체를 세웠다. 손안으로 땀이 고이고 얼굴과 목과 등으로 식은땀이 주루룩 흘렀다. 반갑고, 두렵고, 설레고, 목이 꽉 막혔다. 용기를 내서 오른쪽으로 고개를 돌렸다. 작희도 나를 돌아보았다. 오래도록 그리워만 하며 못 만나던 사람을 만난 기분이었다. 나는 다시 고개를 정면으로 향하고 떨리는 목소리로 물었다.

"아직도 마음이 슬픈가요?"

터널이 끝나는 지점이었다. 고개를 오른쪽으로 돌렸다. 작희가 나를 보고 있었다.

"저, 제가 당신 이야기를 세상에 말해도 될까요?"

크고 맑은 작희의 눈이 이내 그렁그렁해졌다.

"당신의 결말을 계속 상상하고 있어요. 당신이 운 좋게 조선을 떠나 조금 좋은 나라에서 글을 계속 쓸 수 있는 사람이 되었다면, 아니면…… 당신을 괴롭혔던 자들이 모두 벌을 받았다면 어떨까. 그래서 그 글에 집중하는 독자들이 많이 생기면, 더 운이 좋아 영상으로 만들어져 세상이 당신을 알게 된다면…… 그런데 그런 글은 제가 아니더라도 누군가가 쓸 수 있을 텐데……"

나는 도대체 무슨 말을 하는가. 속도를 더 줄이고 작희를 보았다. 작희의 모습이 처음보다 흐릿해졌다.

"사라지면 안 돼요! 전 당신한테 듣고 싶은 말이 있어요. 그럼, 이 질문에 한마디만 해줘요."

터널 밖으로 나오자 작희의 형체가 거의 사라졌다. 나는 운전대를 꽉 쥐고 가속 페달을 밟았다. 다시 나타난 터널 안으로 진입했을 때 작희는 이미 사라진 상태였다. 나는 허탈한 마음에 중얼거리듯 말했다.

"당신은 아무 보상도 못 받는 글을 썼잖아요. 심지어 글을 빼앗기기까지 했고요. 후회 안 하나요? 글을 안 썼더라면 당신 인생이 그렇게 파국으로 치닫지 않았을 거란 생각은 하지 않나요?"

그때 따듯한 온기가 담긴, 나직하지만 또렷한 음성이 들렸다. 터널 입구가 보였다. 엑셀을 밟았다.

"……나는 행복했습니다. 내 문장이 있어 좋았습니다. 그러니 나를 가엾게 여기지 말아요. 당신이 더 슬퍼질 거 같아 내 마음이 안 좋습니다. 나도…… 궁금합니다. 당신은 지금, 당신의 문장이 있나요? 그리고 행복한가요?"

작희의 말에 목이 메어 대답을 못했다. 눈물이 뺨을 적시고 셔츠 앞섶을 적셨다. 나는 조용히 흐느꼈다.

"잘 모르겠어요. 내가 행복한지, 내가 끝까지 창작자로 남을지."

나는 작희를 돌아보았다. 작희는 깊숙한 눈으로 나를 보다가 살풋 웃어 보였다. 나는 작희의 아련한 미소에 답하듯 활짝 웃어주었다. 작희의 몸이 점점 투명해지다가 완전히 사라질 때까지 작희에게서 눈을 뗄 수 없었다.

큰아버지는 몇몇 언론사와 팔십여 년 전에 있었던 표절 사건과 관련한 인터뷰를 했다. 큰아버지는 오영락으로 지원까지 받아 사업을 했다면 자신의 말년이 매우 거추장스러운 일에 휩싸였을 거라고 말하며 안도하는 눈치였다. 활기를 다소 잃은 것처럼 보였지만 의미 있고 재미있는 일을 찾을 거라고 했다.

안나는 SNS에 작희의 일기를 조금씩 올렸다. 그 속도라면 최소 오 개월은 걸릴 것 같았다. 나와 다른 세계에 사는 듯한 안나에게 마냥 호감을 갖는 건 아니지만, 안나가 작희의 일생과 「미쿠니 아파트」의 진짜 원작자가 누구였는지 세상에 알리는 일에 도움을 준 데는 고마움을 느꼈다.

원고 작업을 끝낸 경은이 자리에서 기지개를 켰다. 오후 여섯시였다. 윤희도 노트북을 덮었다.

"오늘은 여기까지만! 아, 허리 어깨 무릎 발 안 아픈 데가 없네."

"고생했어."

경은이 윤희의 어깨를 두 손으로 눌러주었다.

"아, 시원하니 좋네."

"좋지? 자판 치는 비싼 손이 해주는 마사지니까."

윤희가 경은과 농담을 주고받았다.

"참, 이제 은섬 씬 오영락 평전 안 써도 되겠네. 그럼 좋은 거지?"

윤희가 조심스럽게 물었다. 나는 가만히 고개를 끄덕였다.

"근데, 표정이 왜 그래?"

이번엔 경은이 물었다. 나는 자리에서 일어나 벽에 붙은 거울에 얼굴을 비추었다. 긴 여행을 다녀온 사람처럼 초췌하고 피로해 보였다. 나는 혼잣말처럼 작게 중얼거렸다.

"내가 한 일이 없잖아, 이작희라는 작가를 위해서. 그냥 마음이 복잡해."

"글을 쓰면 되지. 이작희의 일생을 마무리해봐."

윤희의 말에 이번엔 경은도 맞장구를 쳤다.

"도대체 글쓰기란 무엇인가, 작품을 남긴다는 것은 창작자들에게 무슨 의미일까, 뭐 그런 이야기를 써보면 어떨까."

그때 노크 소리가 들렸다. 나는 경은과 윤희를 번갈아 보았다. 미스터일 것이다.

"네, 들어오세요."

경은이 문 쪽으로 갔다. 문이 열리고 미스터가 들어왔다.

"어서 오세요."

미스터는 안으로 들어서자마자 작업실 안을 꼼꼼히 훑었다.

"오늘이 퇴마 마지막 날이고 해서 검사검사 왔습니다."

"네, 그럼 오늘이 퇴마 계약 종료 날이란 말씀이지요?"

윤희가 물었다. 미스터는 고개를 끄덕였다. 경은은 99일이 너무 빨리 지나간 것 같다고 말했다. 그러나 나에게 99일은 매우 긴 시간이었다. 미스터는 가늘게 뜬 눈으로 또 한번 작업실 안을 살폈다.

"글쓰기에 매우 좋은 환경이 됐군요."

경은이 미스터 쪽으로 다가가 작은 소리로 물었다.

"저, 지금 있나요?"

"뭐가요?"

"아시잖아요. 그분들. 글 못 쓰게 방해하는 분들."

미스터는 고개를 가로저었다.

"지금 여기엔 우리 네 사람밖에 없습니다."

경은과 윤희가 동시에 안도의 한숨을 지었다.

나는 새 일기장을 펼쳤다. 볼펜을 만지작거리다가 오른손에 쥔 볼펜을 왼손으로 옮겨 잡았다. 그리고 어색하지만 문장을 적었다.

오늘은 퇴마 시작일로부터 99일째이며, '작희'를 제대로 쓰는 첫날이다.

글쓰기의 어려움

—고은규 소설 『쓰는 여자, 작희』 읽기

오민석(문학평론가·단국대 명예교수)

I

버지니아 울프는 "여자가 소설을 쓰고자 한다면 돈과 자기만의 방이 있어야 한다"고 했다. 여기에서 "돈과 자기만의 방"은 물론 경제적 독립과 사적 공간을 의미한다. 가부장 시대에 여성을 안방–감옥에 가두어놓는 유효한 방법은 여성의 손에 돈이 들어가지 않게 하는 것이었다. 여성이 돈을 갖지 못하게 하려면, 여성에게 돈벌이가 되는 전문 직업을 허락하지 말아야 했고, 그러려면 고등교육의 기회를 여성들에게 주지 말아야 했다. 그러므로 울프에게 돈은 여성을 가부장의 감옥에 가두는 이 모든 과정을 역으로 해체하는 힘이었다. 울프는 『자기만의 방』에서 여성의 독립에 필요한 돈의 구체적 액수까지 밝히고 있는데(연간 500파운드, 오늘날로 환산하면 미화 41,000달러), 이런 점에서 버지니아 울프를 유물론적 페미니스트라 불러도 된다. 그러나 여성의 경제적 독립이라는 문제는 단순히 돈 문제만이 아니라 가부장제 시스템의 전면적 해체라는 기획을 함께 끌고 들어간다. 여성의 독립을 위해서는 여성성을 대하는 태도 자체의 변화와 더불어 참정권, 교육과 직업 선택에 있어서 평등한 기회 부여 등, 한마디로 모든 것이 변해야 하기 때문이다. 그러므로 이런 모든 발상과 기획과 실천은 널리 근대적 지성의 확립 과정과도 맞물려 있다.

근대성의 기획은 유럽에서 가장 먼저 시작되었고 여성 해방은 봉건제의 해체와 근대 자본주의 생산양식의 발전과 더불어 서서히 성취되었다. 여성을 전문 직업의 전선에서 배제하는 태도가 순전히 자본-경제의 논리에서 볼 때도 어리석고 비효율적이며 비생산적인 것임이 확인되었을 때, 여성은 자본-경제 시스템의 당당한 주체로 자리잡기 시작했다. 그러므로 근대화의 세계적 주역이었고 식민지 건설의 선봉 제국이었던 영국에서 버지니아 울프의 시대에 여자가 소설을 쓰기 위해 갖추어야 할 인프라는 "돈과 자기만의 방" 정도로 (사실 그것도 지난한 일이지만) 상대적으로 단순한(?!) 것일 수 있었다.

그러나 내부의 힘으로 총체적 근대화의 발효과정을 채 겪기도 전에 식민화되었던 조선에서 여성이 소설을 쓰려면 어떻게 해야 했을까? 여성의 글쓰기를 방해하는 결핍의 요인이 돈과 자기만의 방뿐이었을까? 전혀 그렇지 않다. 식민지 조선의 여성들은 글을 쓰기 위하여 크게 세 가지 굴레와 싸우지 않으면 안 되었다. 그 첫번째 굴레는 악착같이 남아 있는 봉건적 가부장제 이데올로기였다. 이 소설 속에는 3세대의 여성 작가들이 등장하는데 식민지 세대인 1세대의 중숙과 2세대의 작희는 전근대적 가부장제 이데올로기의 철저한 희생양들이었다. 둘째, 그들은 또한 남성들이 전적으로 경제권을 쥐고 있는 상황에서 "돈과 자기만의 방"을 얻어내고 지켜내야 한다는 계급적 굴레를 지고 있었다. 중숙과 작희는 책방을 운영하는 것으로 이 문제를 해결했는데, 당시로서는 이 정도도 매우 선진적이고 예외적인 사례였다. 셋째, 이들은 피식민지 민중으로서 민족 모순의 희생자들이었다. 작희는 외삼촌들의 독립운동과 직접적으로 아무 연관이 없음에도 불구하고 '반란죄'로 기소되어 무기징역을 선고받고 결국 감옥에서 죽는다. 피식민지 조선에서 글을 쓰려던 여성 작가들은 결국 돈과 자기만의 방을 구하는 것(계급 모순)에 그치지 않고, 그것과 동시에 생활 속에서 봉건적 가부장제 이데올로기(성적 모순)와 매일 분투해야 했으며, 생명을 위협하는 제국주의의 폭력적 지배(민족 모순)와도 맞서 싸워야 했다. 결국 이 소설은 성적 모순, 계급 모순, 민족 모순이라는 삼중의 굴레를 뒤집어쓴 최악의 상황에서 글을 쓰던 1, 2세대 여성 작가들과 현대의 3세대 여성 작가들로 이어지는 광범위한 연대의 이야기이자, 글쓰기라는 보편적 주제에 대한 깊은 사유의 결과물이다.

II

  이 소설은 "작가 전문 퇴마사"의 이야기로 시작한다. 화자인 은섬과 작업실을 함께 쓰는 드라마 대본 작가 경은과 시나리오 작가 윤희는 "어느 순간부터 창작자들을 괴롭히는 귀신이 있다"고 믿는다. 그리하여 은섬과 함께 작가 전문 퇴마사인 미스터를 부르고 그의 치유를 받기로 한다. 이들의 믿음에 걸맞게 이 소설의 작가들에겐 실제로 귀신들이 나타난다. 중숙과 작희에게는 And라는 이름의 귀신이 나타나고, 은섬에게는 중숙과 작희의 귀신이 나타난다. '퇴마사'라는 대중 서사의 모티브는 이 소설을 고리타분하지 않고 훨씬 더 재미있게, 그리고 대중적으로 친숙하게 만들어준다. 원래 이들이 쫓아내려고 하는 귀신의 역할은 작가들에게 들러붙어 작가들의 글쓰기를 방해하는 것이다. 그러나 실제로 이들에게 나타나는 귀신들은 글쓰기를 방해한다기보다는 글쓰기와 관련하여 그들과 은밀한 대화를 즐기며 그들의 글쓰기를 독려하거나 이끄는 역할을 한다. 정작 이들의 글쓰기를 방해하는 것은 이런 영적인 존재가 아니라 물질적이고 경험적인 현실이다. 이는 퇴마사가 이들을 치유하는 방식에서도 드러난다. 퇴마사는 귀신의 존재를 파악하고 작가들이 보지 못하는 귀신들에 관한 정보를 작가들에게 주기도 하지만 정작 그의 '퇴마' 방식은 귀신의 존재와는 거리가 멀다. 99일간 계속되는 퇴마의식에서 그가 작가들에게 주문하는 것은, 일정한 시간에 일어나고, 하루에 삼십 분 이상 산책을 하며, 영양과 열량을 균형 있게 배치한 식사를 하고, 작업실에 정시 출근하며, 작업중 집중도를 높이기 위해 휴대폰을 무음으로 해놓고, 정시에 퇴근하는, 매우 규칙적이고 합리적이며 건강한 '생활'이다. 말하자면 퇴마사를 부른 작가들의 글쓰기를 방해하는 것은 정작 귀신들이 아니라 그들의 잘못된 생활방식이라는 이야기이다. 3세대 현대 여성 작가들뿐만 아니라, 1, 2세대 여성 작가들에게도 정작 그들의 글쓰기를 방해하는 것은 귀신이 아니라 봉건적 가부장제와 일제의 식민지로 설정된 객관적 현실이다. 그러므로 이 소설에서 퇴마사 혹은 퇴마 행위의 의미는 말 그대로 '마귀 쫓기'가 아니다. 작가는 소설적 장치로 이런 것들을 끌어들이지만 결국 여성 작가들의 글쓰기를 방해하는 치명적인 힘을 물질적 객관 현실에서 찾고 있다는 점에서 이 소설은 울프의 페미니즘처럼 유물론적이다.

그럼에도 불구하고 퇴마사 모티브는 이 소설에서 매우 중요한 상징성을 갖는다. 위에서 언급했듯이 이 소설에서 여성 작가들의 글쓰기를 방해하는 것은 귀신들이 아니라 잘못된 생활방식이거나 일제강점기부터 지속되어온 반여성적 시스템이다. 울프에게 돈과 자기만의 방이 필요했던 것처럼, 중숙과 작희에게 필요했던 것은 경제적 독립과 아울러 봉건적 가부장제 이데올로기와 식민주의에 맞서 싸우는 것이었다. 이들의 퇴마 대상은 계급 모순, 성적 모순, 그리고 민족 모순이라는 물질적 현실이었다. 고은규 작가는 퇴마사 모티브를 끌어들여 여성들의 글쓰기를 방해하는 실질적인 것들과 그것들의 역사를 자세히 묘사한다. 그리하여 버지니아 울프와 비슷한 연대를 살았지만 울프와는 비교도 되지 않는 최악의 환경에서 글을 쓰기 위해 분투했던 조선의 여성 작가들(1903년생인 중숙과 1882년생인 울프의 나이 차이는 불과 스물하나밖에 되지 않는다)의 삶을 현대 한국의 여성 작가들의 관점에서 재조명한다.

읽어보면 금방 알게 되겠지만, 이 소설의 플롯은 이중의 서사 구조를 가지고 있다. 그 첫번째 서사는 중숙과 그의 딸 작희의 이야기이다. 중숙은 그 먼 봉건시대에 태어나 가부장제를 온몸으로 관통해온 여성이다. 그녀는 어려서부터 "하나를 가르치면 열을 깨치는" "영리함"의 소유자였다. 그녀는 아버지의 사랑과 도움으로 원하는 책을 마음껏 보고 자랐으며 책 읽기를 통하여 글쓰기에 깊은 열망을 갖게 된다. 그중에서도 중숙은 "이야기 짓는 일에만 빠져 있었다". 중숙의 딸인 작희는 이름마저 "지을 작, 쌍 희"이다. 중숙의 태몽에서 작희는 파밭에 붓을 심는 아이로 등장한다. 말하자면 타고난 글쟁이인 셈이다. 중숙이 세상을 떠난 후에 중숙이 운영하던 서포를 이어 꾸려가면서 작희는 밤을 새워 소설을 쓴다. 작희는 「미쿠니 주택」이라는 작품을 신문에 응모했으나 이 과정에서 유명 작가인 오영락에게 작품을 도둑질당한다. 오영락은 유부남이라는 사실을 속인 채 한때 작희와 사귀기도 했으나 신문사에서 작희의 작품을 우연히 훔쳐 「미쿠니 아파트」라고 이름만 바꾸어 자신의 이름으로 발표하고 높은 평가를 받는다. 이 작품은 이후 문학사적으로도 크게 인정을 받아 수능 모의고사에도 여러 번 나올 정도로 잘 알려진 작품이다. 작희가 자신의 작품과 함께 신문에 응모했던 중숙의 유작 「량량과 호미」까지 오영락의 미발표 소설로 추정되면서 중숙과 작희는 한국 문학사에서 아무런 흔적도 없이 깨끗이 사라지고 만다. 만일 이들의 작품이 남성 권력에 의해 도용당하지 않았더라면, 이 소설에서 한국의 문학사는 완전히 다시 써졌을 것이고, 실제로 이 소설은 그런 작업을 하고 있다.

　이 소설에서 또하나의 서사는 화자 은섬을 중심으로 전개되는 현대 여성 작가들의 이야기이다. 그런데 이들의 이야기는 재미로서의 퇴마사 스토리를 빼고 나면 그 자체로서 특별한 이슈 메이킹이 없다. 결국 이 소설의 중심 플롯은 중숙과 작희의 이야기이고, 이들 3세대 여성 작가들의 서사는 1, 2세대 여성 작가들인 중숙, 작희의 서사를 조명하는 서브플롯의 역할을 하게 된다. 중숙, 작희의 서사와 이들이 연결되는 것은 은섬이 오영락 문학관을 설립하려던 국문학자 큰아버지의 부탁으로 작희의 일기와 소설 「미쿠니 주택」, 중숙의 유작 「량량과 호미」를 읽는 대목에서 시작된다. 은섬은 결국 중숙과 작희의 작품들이 남성 작가 권력에 의해 도용당했다는 엄청난 사실을 알게 되고 이를 세상에 알리게 되는데, 이는 남성 권력에 의해 문학사에서 영원히 사라진 여성 문학사의 복원이자 그에 토대한 문학사 다시 쓰기라는 점에서 큰 의미가 있다. 이 과정을 통하여 1, 2, 3세대 여성 작가들은 그들(여성)만의 광범위한 코뮌을 형성하게 된다. 버지니아 울프의『자기만의 방 *A Room of One's Own*』에서 힌트를 얻어『그들만의 문학*A Literature of Their Own*』(1977)이라는 제목의 페미니즘 비평서를 낸 일레인 쇼월터E. Showalter는 실제로 이 책을 통하여 남성 학문 권력에 의해 문학사에서 사라진 여성들의 문학사("그들만의 문학")를 복원해낸다. 쇼월터의 작업이 이론적 작업이라면 이 소설은 창작의 지평에서 남성 권력에 의해 억압되거나 사라진 '그들만의 문학' 혹은 여성성의 역사와 목소리에 대하여 이야기하고 있다.

III

울프의 사례를 들어 이야기했지만, 여성의 글쓰기라는 것 자체가 사실은 근대성 혹은 근대 지성을 대표하는 다양한 지표 중의 하나이다. 무지와 폭력의 가부장제 안에서 중숙은 왜 그렇게 글쓰기에 매달렸을까. 결과에 상관없이 중숙의 작품을 신문에 응모하려 했던 작희에 따르면 "글쓴이가 해야 하는 일은 이야기를 생산하고 생산한 이야기를 밖으로 내보내는 일까지"이다. 말하자면, 쓰는 일로만 끝나면 안 된다는 것이다. 그러나 작희에 의하면 중숙에게는 "쓰기 자체가 꿈"이었다. 중숙은 왜 그렇게 책 읽기에 몰두했으며 대가도 없는 "쓰기"에 매달렸을까. 손계연의 입을 통해 작희에게 전달된 중숙의 생각은 이런 것이었다. "글이 너에게 뭘 해줄 거라 바라고 글을 쓴건 아니지 않니? 그냥 기쁠 때나 슬플 때나 괴로울 때나 행복할 때나 매일같이 쓴다고 하지 않았어?"

가부장의 폐쇄적 집단 안에서 한정된 기능의 충실한 노예의 입장만을 강요당하던 여성이 탈기능적인 글쓰기, 즉 특별히 가시적인 생산성이 있는 것도 아닌 일에 완전히 몰두하는 것, 그리하여 글쓰기라는 행위 자체를 평생의 "꿈"으로 인지하는 것이야말로 복종적 기능주의의 가부장제에 대한 강력한 도전이다. 어떤 일이 특별히 "뭘 해줄" 것도 아닌데, 그것에 목숨을 걸고 매달리는 것보다 더 절절한 자기 인식과 표현이 있을까. 글쓰기에 대한 1, 2세대 여성 작가들의 집착은 3세대 여성 작가인 은섬에게도 그대로 이어진다. 은섬의 이런 고백을 보라. "소설 하나를 탄생시키기 위해 쓰는 데만 3,000시간이 걸렸다. 구상 역시 1,000시간이 걸렸으니 약 4,000시간을 늘인 것이다. 이렇게 비효율적이고 비생산적인 일을 나는 왜 하고 있는 걸까." 은섬의 말대로 기능 지배의 세상에서 글쓰기란 "비효율적이고 비생산적인 일"이다. 특히 후기 자본주의의 제3세대 작가들에게 있어서 비효율과 비생산성은 그 자체로 사회적 죄악이다. 그것의 생산은 그런 말도 안 되는 것에 몰두하는 자들만의 독특한 '자기 욕망' 없이는 불가능하다. 중숙에게서 작희, 그리고 현대 여성 작가들에게로 이어지는 글쓰기에 대한 집착은 이렇게 가부장제 안에서 탈체제화한 의식의 강력한 표현이다. 그러나 자기 재생산과 영속화를 목적으로 하는 시스템은 그 모든 탈체제화 경향의 운동성에 강력한 제동을 건다. 조선의 여성 작가들에게 있어서 그런 제동은 폭력적 가부장제 이데올로기, 여성의 경제적 자주권을 인정하지 않는 시스템, 수탈의 제국주의 같은 것들을 통해서 가동되었다. 여성의 글쓰기는 특히 이 모든 완고한 기능주의에 대한 야유이고 조롱이라는 의미에서 더욱 해방적이고 반체제적이다. 이 소설은 메인플롯과 서브플롯의 (낭비 없는) 유기적 연결을 통해 일제강점기부터 현대로 이어져내려오는 여성들의 문학 의식과 문학사를 복원하고, 그들만의 문학적 코뮌을 꾸려내며, 그 위에서 문학사 전체를 다시 쓰는 방대한 작업을 소설 쓰기라는 주제 위에서 능숙하게 실현하고 있다. 이 소설은 특별히 글쓰기를 통하여 글쓰기에 관하여 이야기하고 있다는 점에서 메타픽션적 서사 구조를 가지고 있다. 이 작품은 한편으로는 남성 권력에 의해 뭉개진 여성 문학의 전통에 관해 이야기하고 있지만, 다른 한편으로는 글쓰기 자체의 실존적, 사회적 의미에 관한 질문을 계속 던진다. 결국 이 소설의 궁극적 주제는 '글쓰기란 무엇인가?'이다. 그러므로 이 소설은 작가들에게도 가장 작가다운 소설로 다가갈 것이며, 글을 쓰려는 예비 작가들에게도 글쓰기에 대한 근원적 질문을 던져줄 것이다. 게다가 유물론적 리얼리즘의 엄정한 전통에 깊게 뿌리박고 있으면서도 퇴마 서사라는 귀신 이야기를 끌어들여 재미와 상징성을 더하는 작가의 능력은 앞으로 나올 작품들에 대해서도 더 큰 기대를 갖게 한다. 소설가 고은규는 진지한 주제조차도 드라마처럼 재미있게 접근할 수 있도록 만드는 기술을 가지고 있다. 그런데 이런 '진지한 재미'야말로 현대 소설이 나가야 할 길이 아닌가. 소설가로서의 그의 행로가 환히 더 빛날 것이다.

작가의 말

소설을 구상할 때만 해도 '작희'는 명랑하고 운이 좋은 여자였습니다. 그래서 결말은 작희가 조금 더 나은 세상에서 꿈을 펼치다가 생을 마감하는 것이 좋겠다고 생각했습니다. 그러나 글을 끝냈을 때 암울한 얼굴을 한 작희가 말을 걸어왔습니다. 너도 '쓰는 여자'면서 꼭 이래야만 했어? 작희를 생각하다가 눈물을 툭 떨궜습니다.

초고를 쓸 즈음부터 몇몇 지인들의 위로와 응원을 받았습니다. 그들은 모두 '쓰는 여자'들이고 앞으로도 계속 쓸 작가들입니다. 제 주변의 그 '쓰는 여자'들을 자주 생각하며 힘을 얻습니다. 또 제가 모르는 시간을 견디며 문장을 적어나갔을, 잊힌 작가와 그들의 작품도 상상합니다. 돌연, 마음이 묵직해집니다.

도대체 무엇이 우리를 계속 쓰게 하는가. 대단한 보상이 있는 것도 아닌데, 왜 끝내 쓰고 마는가. 어떤 날은 쓰고 있는 그때만이 가장 나답게 빛나는 순간이라고 생각하지만 또 어떤 날은 허무와 허탈을 견디느라 마음이 휘청일 때도 있습니다. 그럼에도 다행인 것은 창조하고픈 세계가 아직도 남아 있고, 그 세계 속의 캐릭터와 마주하는 일은 여전히 짜릿하고 의미 있게 느껴진다는 점입니다. 저는 이 소설을 마감이 있거나 없거나 꾸준히 작품을 만드는 모든 장르의 창작자들이 읽어주셨으면 하는 바람을 갖고 있습니다.

2020년 봄부터 현재까지 제 '랜선 문우'인 모든 작가님들! 정말 고맙습니다. 제 닉네임은 '레담'이었습니다.

부족한 글을 출간해주신 교유당 신정민 대표님과 편집자님께도 깊은 마음 전합니다.

마지막으로 제 글쓰기에 조력을 아끼지 않는 첫 독자이자 마지막 독자인, '쓰는 여자' 옆에서 '그리는 남자'로 지내는 Radio jam 님에게도 고맙다는 말 전합니다.

고은규

2007년 「급류타기」로 〈문학수첩〉 등단. 『트렁커』로 제2회 중앙장편문학상을 수상했다. 장편소설로 『데스케어 주식회사』 『알바 패밀리』, 단편집으로 『오빠 알레르기』와 에세이집 『당근에 너를 보낼래』 등이 있다.

쓰는 여자, 작희

초판 1쇄 발행 2024년 5월 27일
초판 3쇄 발행 2024년 6월 21일

지은이 고은규

편집 이원주 정소리 | 디자인 윤종윤 이주영 | 마케팅 김선진 김다정
브랜딩 함유지 함근아 고보미 박민재 김희숙 박다솔 조다현 정승민 배진성
저작권 박지영 형소진 최은진 서연주 오서영
제작 강신은 김동욱 이순호 | 제작처 천광인쇄사

펴낸곳 (주)교유당 | 펴낸이 신정민
출판등록 2019년 5월 24일 제406-2019-000052호

주소 10881 경기도 파주시 회동길 210
전화 031.955.8891(마케팅) | 031.955.2692(편집) | 031.955.8855(팩스)
전자우편 gyoyudang@munhak.com

인스타그램 @gyoyu_books | 트위터 @gyoyu_books | 페이스북 @gyoyubooks

ISBN 979-11-93710-36-4 03810